1

LO SINIESTRO DE LAS AGUAS

Elizabeth Alvarez

SINOPSIS

¿Que pasaría si tu vida cambiará de un día para otro?, el aire que apaga las velas del cumpleaños número quince de Alexia Storm sería el inicio de una serie de sucesos extraños y escalofriantes en su vida, un enigma basado en mentiras, asesinatos, cultos y traiciones, infundados bajo el deseo del poder proveniente de lo oculto. Acontecimientos que comenzaran a desequilibrar la vida de una joven en busca de la verdad.

CAPITULO I

INITIUM NOVU " UN NUEVO COMIENZO

Era una fría tarde de diciembre, acostada sobre una enorme alfombra emplumada de color beige se encuentra una joven a la que vamos a llamar Alexia, una silueta delgada y sútil, de firmes cabellos oscuros y ojos perfilados que la caracterizan, llevando como todas las noches sus calcetines rosas, y una sudadera holgada, un poco desgastada, observándose una magulladura en la zona del hombro izquierdo, muy vieja para mantenerla, debería sin duda quererla mucho para seguir usándola, podría ser que tuviese un gran valor sentimental para conservarla, probablemente.

Mientras se encuentra acostada en la alfombra medita en que, han pasado ya dos meses desde que dejó su antigua casa, y que en realidad fue muy duro dejar gran parte de su infancia en ella. Su vida era un ir y venir de varias ciudades y países, ya que sus padres tenían un poderoso negocio familiar encargado de la explotación petrolera y la hostelería. Muy detenidamente pensaba que siempre se sentía extraña en cada sitio donde iba, no encajaba, podría ser tal vez porque nunca podía establecerse por completo en un sitio.

Dentro de poco entraría al instituto y eso generaba en ella una gran emoción, pero a su vez sentía la presión de ser la nueva en su clase, "*espero que esta vez no me obliguen a marcharme a mitad del curso*" pensó; "*no quiero tener que empezar de cero nuevamente*". El año anterior había empezado el instituto en Inglaterra, donde sus padres tenían un hotel de cinco estrellas, pero tuvieron que abandonar el lugar, su padre había comprado un terreno para una nueva sede hotelera en Milwaukee, ciudad de donde eran originarios sus padres y tuvieron que abandonar Inglaterra fugazmente.

Aquella noche mientras Alexia se encontraba tirada en la alfombra, cayó profundamente dormida. No pudo dejar de soñar con un gran lago dentro de una especie de bosque, un lago con aguas cristalinas, era inevitable que ella no se acercara a ver este hermoso lago, había algo en el que le atraía, tal vez el conjunto de colores que lo envolvían o simplemente algo que no sabía.

Parecía como si de algo tan real se tratase. Alexia escuchaba muy claramente el sonido de las aguas contra las rocas, alzó la mirada para encontrarse con la vista de unas bellas flores a lo lejos, comenzó a caminar muy suavemente hasta llegar a la orilla, sumergió sus manos y sintió lo fresca que estaba el agua; *"vaya, que relajante"* pensó, mientras hundía sus manos y sonreía complacientemente. En ese momento pensó que ya había pasado mucho tiempo sin sentir la naturaleza tan de cerca. Entre selvas de cemento y el caos de grandes ciudades no tenía paz desde hace mucho.

De repente, la tranquilidad de su sueño se ve interrumpida por una serie de ruidos extraños, como una especie de murmullos, suena… Como si estuvieran hablando a los lejos. Sin poder distinguir de qué se trataba, en ese momento la joven Alexia decide esconderse detrás de un árbol *"creo que esperaré aquí para ver de qué se trata"* dijo mientras se inclinaba para poder encoger su cuerpo y camuflarse detrás de un árbol.

Alexia se mantiene inclinada cuando siente una brisa recorrer su cuerpo, *"algo me ha tocado la mano"*, se dijo mientras gira la vista y se encuentra con unas flores rojas como el carmesí que se encontraban junto al árbol, que movidas por la brisa tocaron la mano de Alexia, *"que extraño"* dijo. Jamás en su vida se había topado con un árbol similar a este, tenía algo en sí que era muy peculiar, las flores tenían unos puntos negros que formaban una circunferencia en el centro, pero este no era el momento para analizarlo, solo tenía que esconderse, *"!ding dong! !ding dong!"* se escuchan unas campanadas a lo lejos.

"¿¡Qué es todo esto!?" exclamó Alexia, "buaa, buaaa, buaaa" se escucha un llanto de bebés a lo lejos, parece que son varios y no tan solo uno. *"¿Acaso son bebés lo que traen en esas cestas aquella gente?"*, dijo mientras trataba de acercarse más para verlo mejor pero sin emitir ruido alguno.

Eran un total de 8 personas, entre ellos, tres mujeres que se encontraban en la escena. Cada una llevaba una cesta en brazos con una cobija roja en sus manos. Se podía ver claramente como uno de ellos sacaba de un baúl muy antiguo un libro negro, tenía la portada decorada con una especie de letras-

rojas. De repente, todo alrededor pareció tornarse más oscuro, como si de algo no bueno se tratase, el aire era casi irrespirable, todo el bosque se sumió en un silencio sepulcral.

"Te hemos invocado por mucho tiempo" exclama un hombre extraño de momento. *"Ahora traemos ante ti tres almas puras como ofrenda para tu regreso"* dice, mientras abre aquel libro que tiene ahora en sus manos. De repente un frío helado recorrió el cuerpo de Alexia, era inevitable que sus vellos se erizaran. Quería despertar de esta pesadilla tan extraña, pero no encontraba el modo, aun así no podía evitar querer saber de qué trataba todo, aunque el panorama no parecía predecir nada bueno.

"¿Qué es lo que lleva en su mano izquierda?" se preguntó , *"Parece una especie de… ¿Un cuchillo?, no parece uno normal, dios esto ya se está poniendo demasiado mal para mí"* comienza a repetir asustada. De repente se escucha el sonido de tres campanadas *"ding, dang, ding, dang, ding dang"* el sonido inunda el sitio y a medida que suena, cada una las mujeres que llevaban las cestas en su manos sacan a los niños de las mismas para colocarlos en el suelo cerca al río.

Las mujeres cubren por completo el cuerpo de los niños con unas sábanas que llevan una especie de símbolos rojos decorándolas. Nuevamente se escucha el llanto desconsolado y desgarrador de aquellas pequeñas criaturas colocados junto al río, desesperados sin duda por no poder respirar bien al estar totalmente cubiertos.

"Ding dang" vuelve el sonido de las campanas, *"ding dang"* se escucha mientras al ruido de la tercera campanada las mujeres recostaban cada niño en sentido vertical a la orilla del rio, *"¡Que tu presencia sea eterna y que el caudal de las aguas sea tu voz eterna esta noche, desde el inicio de los días, inmortaliza tu presencia y responde a nuestro llamado!"* grita el hombre, cuyo rostro era imposible ver con claridad.

El hombre saca aquel cuchillo, la daga de color negro antes observada, y comienza a enterrarla despiadadamente contra los tres cuerpos cubiertos de los niños a la orilla del rio, *"¡buaaaa, buaaaaaaaa, buaaaaaa!"* se puedeescuchar inmediatamente; son los gritos de aquellos inocentes, como un ruido totalmente espeluznante y caótico, algo fuera de sí y que era lo que bañaba la escena.

No solo el ruido, sino también la sangre que dejaba a su paso cada puñalada que cortaba la inocente piel. Lo único que pudo hacer Alexia fue cerrar sus ojos y escuchar como los llantos iban cesando poco a poco. De repente vio como eran arrojados los cuerpos y el río se llevaba toda prueba de lo sucedido.

"*Triiiiin triiiin*" sonó la alarma, "*¿Qué mierda fue todo esto?*" se pregunta mientras que se despierta con un semblante pálido, sudoroso, sin duda alguno del susto de aquel inusual sueño, intenta coger su teléfono y se da cuenta que está temblando. "*Me siento tan fuera de mi…*" se repite, y no era para menos, aquel sueño no parecía solo un sueño; Alexia no podía dejar de pensar que todo lo sucedido se sentía muy real.

"*¡Toc toc!*" suenan dos golpes en la puerta del cuarto. "*¿Alexia ya estás lista?, salimos en 20 minutos*" exclama una mujer al otro lado de la puerta. "*Voy mamá*'" respondió, siendo su madre de quien se trataba. Rápidamente coge el móvil que había dejado sobre la mesa de noche junto a la cama y mira la hora, "*¿10:30?.. ¡Mierda! me he quedado dormida*" dice mientras salta de la cama. Incorporándose de prisa, comienza a buscar en su armario.

"*Mmmm creo que con esto estará bien*", y separa un conjunto deportivo aun con etiqueta dando a notar que las actividades físicas no son lo suyo. Se cambia inmediatamente y sujeta su cabello con una goma muy rápido tratando de que no se haga muy tarde. "*Había olvidado que hoy iríamos de excursión, de las ideas de mis padres*" se repite en la mente.

Los padres de Alexia habían alquilado una pequeña cabaña a las afueras de la ciudad en un lugar llamado Eagle River, perteneciente al Estado de Wisconsin, la intención de sus padres era pasar un momento juntos antes de que comience el instituto, de esta manera podrían compartir en familia y dejar sus apretadas agendas de lado. "*¡Venga es hora de irnos!*" le dice la madre, mientras su padre comienza a guardar las maletas y arranca el coche

"*¡Listo, están todas!*" Exclama Alexia y de inmediato sube al coche. Durante el viaje Alexia se halla totalmente pensativa. "*¿Por qué aquel sueño*" comienza a preguntarse. No recordaba haber visto ninguna película de terror como para justificar el sueño. "*¿Qué era aquel libro? ¿Y de donde salieron aquellas personas? ¿Por qué harían aquello tan horrible?*" Le invadían las preguntas en ese momento. "*S*in duda me volveré loca" pensó. "*Creo que le estoy dando importancia a un simple sueño Después de todo es lo que es, un simple sueño*" se dijo.

Trató de persuadir sus pensamientos mirando por la ventana el trayecto del viaje, el paisaje era muy verde, se veían unas vacas, montañas, y podía ver lagunas y riachuelos, se veía un ambiente algo nublado y frío afuera.

Aun así era una vista muy bella, libre de toda la contaminación de la ciudad y del ruido. Alexia pierde totalmente la noción del tiempo al verse envuelta en tan majestuosa vista, cuando de repente solamente siente parar la marcha del coche.

"*!Listo, hemos llegado!* dijo su padre, su madre sonríe, "*¡Está tal cual la vi la última vez!*" exclama, mientras alexia hace un gesto de sorpresa, "*¿Ustedes habían estado ya antes aquí*" les pregunta, su madre sonríe coquetamente "*Sí, tu padre y yo pasamos la luna de miel en esta cabaña, podría decirse que fue aquí donde inició tu vida.*" regresa a mirar al padre de Alexia y ambos se sonríen de manera conspiranoica, "*¡okey okey!*" Responde Alexia, "*No quiero saber el resto*" les dice mientras desabrocha el cinturón de seguridad y abre la puerta del coche.

"*Vamos Alexia, ayúdame a desempacar*" le dice su madre mientras también desabrocha su cinturón y sale del coche, "*¡Muy bien, pues manos a la obra!*" le responde está, conforme comienzan a desempacar Alexia se siente muy feliz, siente que este viaje es algo que realmente necesitaban; tener a su padres cerca y más aún en un lugar tan hermoso, siente esto como un regalo de cumpleaños adelantado.

"Había olvidado que ya solo quedan cuatro días para mi cumpleaños y este viaje me cae como anillo al dedo" se dice Alexia hablando en su mente. *"Espero que me hayan traído los regalos, aunque poder tener esta paz y a mis padres juntos sin tener que estar uno en un continente distinto al otro me basta, ¡Estabilidad!"* se dice nuevamente.

"Bueno, esta es la última maleta" dice Alexia, *"Creo que iré a caminar un poco alrededor de la cabaña mamá"* le dice mientras cierra la puerta trasera del coche, *"Muy bien, pero no te alejes tanto"* le responde la madre. *"No te preocupes mamá nada malo pasará"* le dice riendo.

"Al menos que las vacas corran con cuchillos... no creo que algo más vaya a suceder; tranquila mamá, sólo estaré por ahí viendo los campos" le vuelve a responder. *"Solo quiero que tengas cuidado"* le dice Mariane y ambas se sonríen.

Alexia coge un paraguas ya que durante el viaje vio un par de nubes anunciantes de lluvia y pensó en ser precavida, *"Bien, con el paraguas en mano creo que estará bien"* réplica y se marcha, bordea la casa y continúa un camino formado por hojas caídas de los árboles que poco mantenían en sus copas, la naturaleza era todo lo que la rodeaba, observa un par de aves aterrizando en sus nidos anunciando que la lluvia estaba cerca, aun así, sintió la curiosidad de seguir y no parar, *"Qué sitio tan lindo"* dijo, *"Sin lugar a dudas esto es similar al paraíso"*.

De repente Alexia se adentraba más y más al paisaje sin darse cuenta, todo era tan colorido que llamaba su atención, *"¡crash crash!"* se escucha a lo lejos el sonido de los rayos cayendo, *"¡Oh no! ¡Ya está aquí la lluvia"*; *"No, justo cuando todo estaba tan interesante, creo que debería volver, supongo que mañana continuaré"* se repite mientras comienza a caminar de regreso, recoge los pasos de vuelta cuando de inmediato a lo lejos ve una silueta.

"¿Es acaso una persona la que se ve a lo lejos?" se pregunta, *"Sí, sin duda también se estará regresando como yo"* dice, *"Debe tratarse de algún vecino que tuvo la misma idea que yo, salir con mal clima"* continúa hablándose a sí misma mientras camina, conforme alexia se acerca nota algo raro en esta-

persona, llevaba un camisón verde aceituna que le recordaba mucho a algo que ya había visto antes; Alexia se llena de intriga y continúa acercándose más, siente casi como una necesidad vital ver quien es la persona, *"es idéntico al camisón favorito que tenía la abuela, pero… ¿como? !Es imposible!"* replica angustiada.

De repente Alexia se acerca y cuando cree que por fin se acerca a la silueta, acelera más y más el paso y en ese momento sin darse cuento que el suelo lleva muchas partes lleno de fango, *"¡Ah!"* Grita, *"¡no es posible!"* dice, al reaccionar que resbala en el fango formado por las gotas de la lluvia sobre la tierra. *"Vaya maldita broma"* grita, mientras trata de incorporarse de inmediato para así no perderle el rastro, pero era tarde sea lo que sea y fuese quien fuese se había ido, ya no estaba.

"No puede ser cierto" menciona, "casi podía haber visto quién era la persona, que sensación mas rara" exclama Alexia, "pum" se escucha al cerrar la puerta, "ya he llegado mama" lanza un grito, de inmediato la madre sale de la cocina, "¿ pero que te a pasado?" le pregunta asombrada al verla llena de lodo.

"He resbalado de regreso a casa, no es nada" menciona Alexia con una cara de disgusto, recordando que antes de lo sucedido casi pudo saber quien era la persona que llevaba una chaqueta idéntica a la de su abuela fallecida, "creo que iré a darme una ducha luego cenaré" le dice Alexia mientras muestra cara de fatiga y sube las escaleras de la cabaña donde se está quedando con sus padres.

"¿Dónde diablos está el baño aquí?" se pregunta, " había olvidado que me fui tan rápido que no me dio tiempo a saber dónde está nada"menciona frunciendo el ceño, "creo que abriré puertas hasta encontrarlo" dice mientras comienza a abrir cada una de las puertas de la planta superior de la cabaña, tampoco es que fuera muy grande como una mansión, pero tenía su historia.

 "¡Aquí no!, ¡aquí tampoco!"Exclama, "abriré la siguiente puede que tenga suerte" lleva la mano a su cara en señal de agotamiento, "¡eureka! Lo encontré" Alexia se despoja de su ropa toda llena de barro, de inmediato queda asombrada con la decoración del baño.

Un toque rústico y futurista envolvía el cuarto de baño, los ojos se le iluminan cuando ve que hay una gran tina a sus pies. "Bueno creo que es hora de relajarme un poco en esta preciosidad, es a lo que viene después de todo" dice, antes de comenzar a llenar la gran bañera. Mientras se va llenando la tina Alexia lava sus manos y alza su mirada directamente al espejo, de inmediato viene a su mente pequeños recuerdos del sueño que había tenido, había algo que la alteraba más y era la frase dicha por el tipo extraño del sueño.

"¡Te esperamos desde hace mucho tiempo!, ¡señor oscuro!" recuerda estas palabras incesantemente, ¿a que se refería? se pregunta Alexia, "esto parece la típica película vieja con la trama ya desgastada de demonios y estas paranoias, aun asi temo que hay algo más"expresa. Se mostraba confundida no quería creer en estas cosas.

" Cada vez que intento comprender mi sueño cada vez pienso que esto es más una tontería" se repite mientras mira al espejo y observa una magulladura en su rodilla izquierda, "¡no puede ser!, que idiota soy, lo que me faltaba" se queja mientras comienza a hechar agua en la herida tratando de limpiarla..

"Chof chof chof ... ." Suena el agua al caer en la tina, "bueno creo que ya está lista" dice mientras cierra la llave, en ese momento entra a la bañera se tumba e inhala lentamente, "¡si! A esto me refería con relajarse" sonríe mientras termina la frase, "oh cierto lo olvidaba" dice mientras se inclina un poco para alcanzar su ropa, saca de sus pantalones una funda de gomitas dulces que trajo de casa, y se mete un puñado de ellas a la boca cierra sus ojos y las saborea.

"Mmmm…. Ácidas como me encantan" degusta encantada, en ese momento Alexia cae en un estado de relajación tan grande que inconscientemente se queda dormida.

"Buaaaa buaaaaa buaaaaa" la escena se inunda con los llantos de niños, "din dan din don ding dong.." suena de inmediato campanada tras campanada, "!no!" grita angustiada, "!las campanas otra vez no!" comienza a angustiarse Alexia..

Chupulun,chupulun, chupulun, "¿que es ese ruido?" preguntó de inmediato, "algo acaba de caer" dice mientras trata de saber que sucede, "¿porque está todo...todo tan oscuro?, no logro ver que o quienes son los que están ahí" exclama y abre mas los ojos como si estuviera a punto de encontrar el tesoro.

"!Lo veo!, ¡lo veo!" grita en su mente, "¡tres sunt animarum! ¡Tempus est reverteretur a exsilium!" Eran las palabras que escuchaba Alexia a lo lejos, "esa voz" menciona, "es la misma voz de aquel hombre, pero qué es lo que está diciendo, no logro comprender nada" la cara de alexia pinta una expresión de confusión y no es para menos, no lograba comprender de qué se trataba nuevamente todo.

Con esfuerzo logra ver la misma imagen del su sueño anterior, el lugar, las personas, con la única excepción de que esta vez los recién nacidos en las cestas que habían sido brutalmente apuñalados habían desaparecido, "¡ven devorador de almas, mi rey, dios mío y de tu rebaño, tu pueblo te aclama!" son las palabras recitadas que continuaba escuchando Alexia, "a quien se están refiriendo, no veo que haya alguien más hay. no se porque siento que algo malo está cerca" intrigada Alexia frota sus hombros tratando de calmarse, luego decide acercarse más para tener una mejor vista del panorama.

Comienza a gatear rápido pero sin darse cuenta de repente aplasta unas ramas "¡crack! ¡crack!" suenan las delatoras, los ojos de Alexia se abren a tal punto que parecen salirse de sus órbitas, "¡no, no, no! no hagas ruido, estupida Alexia" se dice a sí misma mientras se gacha mas para no ser vista.

El ruido que hace es poco para lo que está por venir realmente. "gluc gluc" alexia traga saliva de manera nerviosa, siente que el cuerpo le hiela, como si la temperatura hubiera descendido a cero en un momento, "quiero salir de aquí ahora mismo" piensa, pero de repente escucha como que algo se acerca,como sonido de pasos acercarse.

"¡Si! Te sentimos, sentimos tu presencia, estás cerca" menciona el hombre de la capa "sabemos que estas aquí, sabemos que aun necesitas mas fuerzas para atravesar a este mundo" continuaba aquel hombre, hablándole a la nada, pero se notaba que algo estaba con ellos a pesar de no verlo. "¿más fuerzas?" se pregunta Alexia, bueno no sé de qué va todo pero creo que es mejor salir de aquí" dice mientras comienza a retroceder," esto es un sueño, esto es solo un maldito y jodido sueño, debo despertar" continúa repitiendo mientras se agarra los ojos y la cabeza y la mueve de un lado a otro intentando despertar, "esto no es real no es real no es real" se repite.

De repente se oyen nuevamente gritos, pero esta vez no eran niños sonaba mas, mas como la gente adulta, eran mujeres, "!Aaaaaaaaaaaa!" gritaban, "!no! !nooooo!, por favor noooo" se escuchan los gritos de mujeres suplicando, Alexia abre súbitamente sus ojos al escuchar los gritos.

"¿Quiénes son esas mujeres? ¿que es todo esto?" comienza a preguntarse nerviosa, "no, no otra vez por favor" exclama desesperada al ver a tres mujeres ser arrastradas por las personas que se encuentran en aquel sitio, las mujeres estaban encadenadas y vestidas con unas ropas rojas, la mujeres portaban vestidos rojos con sellos negros el mismo sello que observo en la portada del libro de su sueño anterior, ¿que significado pordia tener todo esto?, ¿ de que estaba tratandose todo? y lo más importante, ¿que tiene Alexia que ver en esto?.

"Creo que esto ya no es un sueño" menciona Alexia "esto ya dejó de ser un sueño normal" replica, "!ahhhhh! !Por favor!, ¡no nos hagas daño! !Por favor!" los gritos y las súplicas habían vuelto, pero parecía que no resultaría en nada.

"!Se que esta vez podrás estar con nosotros!", grita el hombre de la capa mientras vuelve a sacar la misma daga con la que asesinó a los tres niños anteriormente, "!no!" grita Alexia, " No quiero ver esto, no" intenta cerrar sus ojos mientras que sin éxito observa cómo estas tres mujeres son brutalmente golpeadas, "¡no!" repite en su mente mientras las lágrimas se deslizan en sus mejillas, "esto no es real por favor, ya no" son las palabras que Alexia menciona ante la brutal escena que está presenciado.

Parecía como si el tiempo se detuviera, como si cada minuto se volviera una eternidad, "¿Porque a mi?" era la pregunta que invadía la mente de Alexia, "esto ya no es solo algo insignificante, no puede haber una coincidencia en esta visión , en esta...en esta pesadilla!" Exclama, "¡Déjanos por favor! !No nos hagas daño!" Gritaban las mujeres, cuyos rostros mostraban la desesperación de lo que estaban por vivir, sabían que algo malo les iba a suceder, eso era muy obvio.

"Debes cumplir tu propósito, Tu y ellas saben a qué vinieron a este mundo" les dice aquel hombre cuyo rostro es imposible identificar a estas alturas, lleva una túnica que cubría toda su presencia, ¿quien podría ser el dueño de tan despiadada persona?. "!stella matututinam!" se escucha que grita, ¿pero en qué idioma podría estar hablando?, era mas difícil así saber de qué trataba todo.

"Se que estas aquí, y esta vez se que te quedas con nosotros" expresa el hombre cuya cara no se logra ver, esta vez todo está como debería de ser" menciona. " no diablos lo que lleva en la mano, la misma jodida cuchilla de la vez anterior, no quiero verlo otra vez" Alexia trata de retroceder para huir de la escena, pero siempre vuelve al mismo lugar, como si no hubiera un escape del sitio.

De repente a lo lejos puede ver qué tres personas salen de detrás de los árboles, "¿Acaso estuvieron todo este tiempo en la sombra de los árboles? Pero como no pude verlos" se repite sorprendida, "estuvieron observando todo este tiempo y porque ninguno de ellos hace nada" se pregunta ya para este punto un tanto alterada "esto debe ser una maldita broma, o es eso o toda esta gente esta mal de la cabeza" dice con sarcasmo y nerviosismo al conocer que hay más gente detrás de esta descabellada escena escalofriante y sin sentido.

Estas tres personas llevan una túnica muy similar a la del misterioso hombre, y al igual que en su sueño anterior Alexia se percata que estos trajes llevan algo en común, "¿esos sellos?, ¿que significa esos sellos?, todos tienen ese símbolo tan extraño" se lo plantea intrigada, pero ni siquiera tendría tiempo de analizarlo, cuando de repente una de estas personas vuelve hacia los árboles y saca de este sitio una caja, "¿pero que, pero que es eso?" se pregunta-

mientras observa la pequeña caja color plata que sostiene en sus manos una de las personas.

De inmediato está camina hacia el hombre que parece es el líder de los demás y se la entrega, aquel hombre de inmediato abre la caja y saca de ella una especie de bulto muy pequeño, "¿acaso es un libro lo que sostiene?" se pregunta, " ¡si, claro lo es!" responde, mientras se da una respuesta inmediata.

Aquel hombre abre este libro, y al hacerlo Alexia se percata que en la parte delantera lleva varios símbolos extraños y de entre ellos reconoce claramente el que estas personas llevan en sus vestimentas, "¡es el mismo!" Menciona alexia, "el mismo símbolo que tienen en sus vestidos, ¿Que significan?" Algo raro enlazaba cada una de las cosas sucedidas en la escena, pero el tiempo era oro y no era justamente lo que gozaba en ese momento Alexia como para llegar al final del asunto.

Inmediatamente todos quiénes se encontraban en la escena juntos a las mujeres comienzan a levantar las manos, "¡Si tres tonos tres mentes incorrupta vita et male faciunt tres Trinitatis in anima liberatur!" Exclama el hombre mientras coloca aquel libro hacia un lado de las mujeres, y de inmediato cada una las personas que acompañan la escena escabrosa saca una daga del interior de las túnicas, y comienzan a apuñalar sin piedad alguna, como lo había visto la vez anterior.

Las mujeres poco o nada pueden hacer para liberarse, para correr, poco ayudan sus gritos pues los árboles y la soledad del bosque son sus únicos testigos, testigos de un brutal y despiadado acto que mantienen perpleja a una adolescente cuyo destino la llevaría a adentrarse muy pronto en una telaraña de sucesos extraños que tendrían más relación con su vida de lo que ella cree.

¡Ya está aquí! menciona el hombre lo puedo sentir esta vez por completo está aquí.

CAPÍTULO II

SACERDOS-SACERDOTE

"¡Alexia! !Alexia!" se escucha de fondo, "una voz que grita mi nombre" piensa, "!Alexia Aa!" nuevamente escucha los gritos, "¿mamá eres tú?"pregunta, incorporándose súbitamente de la tina, el agua rueda por todo su cuerpo, y su cara empapada por el vapor del calor ha enrojecido sus mejillas, " ¿porque has demorado en responder? estamos esperándote para cenar, se hace tarde, sería mejor que te vistas y bajes" le ordena la madre.

!Pum pum pum pum!, se escuchaban unos pasos, "ya estoy aquí, siento haber tardado tanto" les dice a los padres, mientras se sienta en la silla del comedor, "no te preocupes cariño" menciona su padre, "anda come rápido antes que la cena se enfríe" le repite este, Alexia asienta con la cabeza mientras se sienta y saborea un poco del guiso que su madre había preparado, súbitamente y de una manera involuntaria Alexia comienza a recordar el extraño sueño de hace un momento.

"¿Qué significado tiene todo esto?" se pregunta, "¿es acaso solo un sueño? O es algo más?" vuelva la marea de preguntas a su cabeza, " Quiero creer que esto es tan solo producto de mi imaginación y solo es una pesadilla, pero el simple hecho de recordarlo… hace que en mi cuerpo recorre un sentimiento que me dice.. me dice que.. que esto es real" sigue intrigada ante lo que está sucediendo, las cosas no estaban tan claras para ella y no era para menos, una vez puede ser algo sin importancia, pero que ocurra dos veces, el experimentar ese tipo de sueños comenzaba a volverse extraño.

"¿te pasa algo hija?"le pregunta la Mariane, sin duda alguna se ha dado cuenta de que su hija se encuentra algo ida y pensativa, "no mama no me pasa nada, ¿porque lo preguntas?" le responde, mientras que el padre regresa a verlas.

La madre mira fijamente a Alexia mientras gesticula la frente " será a lo mejor porque no has tocado casi nada de la comida, tu cuerpo está aquí, pero tu mente…" le respondió el padre y continuó comiendo, "bueno me disculpo entonces" les dice mientras les lanza una sonrisa para continuar comiendo.

"Mañana nos vamos a levantar temprano, tu padre tiene unas actividades organizadas para nosotras, ¿sobre que hora saldremos Rob?"le pregunta Mariane al padre de Alexia, "a las 8 debemos estar despiertos, salimos a las 9" les dice mientras alexia los escucha, "pues muy bien termino de cenar y a la cama, no quiero volver a quedarme dormida" bromea con lo pasado anteriormente.

"Muy bien creo que he terminado, ¡gracias mamá!, la comida estaba increíble" sonríe Alexia mientras deja los platos en el fregadero de la cocina, "ahora si me permiten creo que iré a cepillarme los dientes y a dormir" les dice mientras se dirige a las escaleras para ir a la habitación " que descanses hija" le dice Rob mientras lanza un beso, "descansa amor" le responde también la madre.

Al instante se escuchó la puerta del cuarto cerrarse, "antes de dormir creo que mejor empezare a desempacar" dice Alexia, "!Trac trac!" Suenan las puertas del armario de su habitación, abre ambas puertas y se dispone a guardar la ropa de la maleta, "pantalones listos, chaqueta los, zapatos listos, mi sudadera list... ¿mi sudadera?" se pregunta angustiada, siempre lleva la vieja sudadera que había sido un regalo de su abuela.

"¡ Joder mi sudadera!" dice con desesperación, "¿dónde dejé la sudadera que me dio la abuela? No, no no no no no! no creo haberla dejado en casa, estoy segura que la traje" se repite, alexia comienza a buscar su sudadera, sin duda alguna es la prenda más importante que tiene, no tanto por su valor económico, tenerla aun es como mantiene vivo el recuerdo de su abuela, esta lo había sido todo en su vida, sus padres siempre tenían una vida de agendas agotadas y viajaban constantemente por motivos de trabajo y por lo cual alexia pasaba todo el tiempo con ella.

"Tiene que estar por aquí, en algún lado la metí" Alexia abre otra pequeña maleta que traía consigo tratando de encontrarla, "por aquí debe de estar, estoy segura de que la traje conmigo" comienza a rebuscar con desesperación, "tiene que estar aquí no podré estar tranquila si no la traje" comienza a sacar la ropa de la maleta en su voz se entrevé la desesperación.

No pasan ni tres minutos cuando de repente se escucha un grito "¡si! si si aquí estás" dice con alegría, le falta poco para ponerse a saltar en la habitación, "¡la encontré! Sabía que estabas por algún lugar" de inmediato Alexia se coloca la sudadera camina hacia la cama y se deja caer sin contemplación.

"Abuela, casi puedo sentir que estás conmigo siento que aun lleva tu aroma, te echo tanto de menos" menciona, cuando de repente deja caer un par de lágrimas por sus mejillas, "siento que nos quitaron la oportunidad de compartir más juntas" la abuela de alexia había fallecido de una enfermedad fulminante, los médicos nunca pudieron determinar con exactitud lo que era y fue poco el tiempo que le permitió compartir con su nieta, en dos meses la enfermedad la había consumido completamente y nada podía hacerse para cambiar su destino.

"Odio tanto recordar esos momentos" dice alexia y en su voz se puede apreciar el sentimiento de rabia y dolor, "siento que nada es igual desde que te fuiste, para mi nada lo volverá a ser" Alexia se incorpora de la cama y se dirige hacia la ventana de la habitación, mira el cielo y un par de lágrimas vuelven a bañar sus mejillas, "siento que estas cuidándome, donde quiera que estés, sé que estas cuidándome repite sin parar esta última frase tratando de consolarse al decirlo una y otra vez con los ojos cerrados casi entrando en un bucle con la frase.

De repente Alexia abre sus ojos, aun con brillo debido a las lágrimas y con la visión algo empañada dirige la mirada recta por la ventana, y puede apreciar la hermosa vista del bosque, "¡vaya!" Expresa sorprendida, "no sabia que la vista desde aquí era tan hermosa" sonríe, en ese momento gira su cara en otra dirección parada frente a la ventana. su expresión de felicidad cambia súbitamente.

Se puede decir que fue cuestión de segundos, si existe algo menos que un segundo, puede compararse a eso lo que bastó para que alexia cambie su expresión por una de ¿sorpresa?, ¿Intriga?, Se asemeja más a cuando estás viendo una película de suspenso y llegas al punto de tener dilatar las pupilas y los ojos tan abiertos esperando a saber qué pasa, se asemeja más a esto... pero ¿por qué?.

"¿Qué? ¿Qué es lo que estoy viendo?, ¿Acaso estoy alucinando?" se pregunta extrañada como si hubiera perdido la cordura, " ¿es un hombre el que me mira?, ¡él me mira!" eran las palabras que invaden la mente de Alexia, "es él, el hombre de mis sueños"repite en su cabeza.

lejos tenía esta expresión de sentir gusto al decirse que era el hombre de sus sueños, como se escucha en las películas románticas cuando con alegría lo dicen, esta expresión en alexia era un sabor más bien a horror y sorpresa, "esa ropa, esos símbolos, no hay duda ¡es el!" Grita en su mente, puesto que la situación la tiene tan perpleja que ni siquiera puede articular palabra.

"Debo salir de aquí… mam…ma…" tartamudea Alexia, resulta imposible que pueda hablar, la situación parece dominarla por completo, "pero… ¿es solo un sueño?" se repite… "¿acaso no era un sueño lo ocurrido anteriormente?" se pregunta mientras trata de mover su cuerpo para ir con sus padres. " quiero correr pero casi no me siento dueña de mi cuerpo a no ser porque respiro sola podría decir que por completo me he perdido" se repite Alexia, totalmente paralizada.

De repente la luna que estaba eclipsada por un par de nubes de lluvia, logra disiparse y baña el bosque con su luz, ahí estaba, no había sido producto de su imaginación, la situación era real. "quiero correr y no puedo, quiero gritar y tampoco puedo, ¿qué está pasando conmigo?" comienza a repetirse desesperada, "Abuela… si estás ahí en algún lugar solo quiero decirte que tengo tanto miedo" dice cuando de repente la figura a lo lejos es más clara, la luz permite apreciar un mentón, una boca, un bosquejo de cara, pero no es suficiente, Alexia trata de mil maneras poder ver más, sabe que necesita más, necesita conocer quién es este hombre, quien es este ser.

Alexia sabe que quiere ver de quién se trata, pero más allá de quererlo siente que es una necesidad, un deseo inhumano de poder ver su cara, de repente esta figura a lo lejos comienza a moverse, caminando por el bosque, " ¿qué? ¿qué es lo que está haciendo?" Se pregunta, "acaso está… ¿Acercándose a la casa?" exclama, los ojos casi podía salirse de sus órbitas, tenía tanto temor, el hombre de sus pesadillas estaba frente a ella y si no solo bastase eso, estaba-

cerca, cada vez más cerca y no solo en sentido figurado, realmente se acercaba paso a paso a la casa.

Este lugar ya no parecía un lugar seguro, no después de haber visto las cosas horribles que este sujeto era capaz de hacer en sus sueños, y en la vida real... ¿sería igual?, esta sería una gran pregunta que tal vez Alexia no quisiera saber. La luna, si todos sabemos que la luna es un regalo precioso, su luz, su presencia, aunque enigmática para muchos, para otros algo simple, es la eterna compañera del planeta tierra, pero hoy, esta noche, la luna es el único testigo de este encuentro casi irreal entre Alexia y su némesis.

"Se acerca" susurra Alexia, "¿esto es real? continúa planteándose con respecto al encuentro que está teniendo, la silueta a lo lejos deja ya de ser solo una silueta y a medida que se acerca alexia puede ver más claramente su ropa, los símbolos en ella, ya no hay duda de que no sea aquel hombre de su sueño, lejos estaba de saber lo que traería este sorpresivo encuentro en su vida, pero formaría parte de una de las tantas historias que estarían por venir a cambiar su "tranquila" vida.

De inmediato Alexia cierra los ojos intentando escapar, cuando de repente sin más se dispara un recuerdo a su mente, "!Abuela!" se escucha el grito de una niña, "Mira es un gatito tiene la pata herida abuela" se escucha nuevamente la voz de una pequeña, "Alexia deja ese bicho sin duda alguna tendrá un millón de enfermedades" aquella niña se trataba de Alexia de pequeña junto a su abuela, parece que la circunstancia que estaba viviendo la habían llevado a refugiarse en los recuerdos que tenía.

 "pero abuela... mira que lindo es, tiene su carita súper tierna , no deja de verme, vamos abuela, llevémoslo a casa por favor" le dice Alexia entre miradas de tristeza, "vamos alexia no me hagas esto por favor deja ese gato ya no podemos llevarlo sin más, sin duda será de alguien que estará cerca de aquí" le responde mientras se levanta del asiento donde estaba.

"pero abuela si lo dejamos aquí de seguro morirá es muy pequeño" le responde mientras acaricia la cara del felino, "¿acaso te crees capaz de cuidarlo si lo llevamos?" le pregunta la abuela que a este punto parece haber cedido a los-

pedidos de su nieta, " pues claro que sí abuela ya tengo 7 años soy mayor ¿acaso no me ves lo grande que soy abuela?" le responde mientras sonríe.

"Muy bien entonces trae ese bicho contigo" exclama Mary su abuela que había cedido por completo a los pedidos de su única nieta, "¡gracias abuela!" exclama Alexia mientras salta sobre ella llenándola de besos," ahora vamos antes de que se haga tarde, esas nubes tienen toda la pinta que no aguantan más, parece que caerá un diluvio alexia venga vamos ¡ya!" su abuela no se equivocaba el cielo parecía traer consigo una gran tempestad;"muy bien abuela vamos ya, ven gatito nos vamos a casa" exclama mientras la imagen se va opacando con ella y su abuela caminando.

Será acaso que la situación había desencadenado algún estado de ansiedad o miedo, o a lo mejor todo lo que estaba viviendo era su deseo de estar aferrándose a recuerdos del pasado, a lo que más amo, ama o amará por toda su vida. o tal vez realmente esto estaba sucediendo y estas simulaciones mentales y recuerdos eran como una especie de protección espiritual o mental, una esfera de sentimientos eran los que invadía a Alexia quien no dejaba de ser tan solo una niña frente a brutales experiencias.

No puedo huir de esto ¿verdad abuela?; ¿es así como terminará todo?, Vendrá a por mí y me hará exactamente lo mismo que a aquellas personas" se repetía Alexia en la cabeza. " no puedo saber que es verdad o cierto si lo tengo ahora frente a mí, el sueño ahora esto" dice cuando de repente aquel hombre misterioso no estaba solo estático frente a la casa, se puede apreciar un ligero movimiento.

 "¿Qué es lo que hace con sus manos?" se pregunta, "La última vez que metía sus manos en la ropa era cuando sacó aquella espada pequeña y apuñaló a esas personas, muy bien entonces… ¿Llegó mi hora?" finaliza para inmediatamente sentir como se aceleraban sus latidos cardíacos.

Se logra ver con dificultad algo blanco en la mano izquierda de aquel hombre, ¿que podría ser?, ¿un libro?, ¿Acaso es el libro que usó anteriormente?. no, no parece que fuera aquel libro, ¿un papel?, Parece más un trozo de papel queun libro, pero ¿qué es? Por completo saca sus manos de la túnica y deja caer en el suelo cubierto de césped este objeto, simplemente lo libera.

De repente esta figura comienza a retroceder, como si ya hubiera cumplido la razón por la cual estaba presente en ese instante, "¿Se va?" se pregunta Alexia, y lo parecía, se estaba marchando. desaparece como si el viento se llevase una hoja de entre el bosque; la escena pasa a ser solo un mal momento, la escena irreal ¿Acabo? De momento parece que si, pareciese que el destino no quería entrar en caos.

Una Alexia curiosa mira sin cesar aquello que está ahí afuera, preguntando múltiples veces en su mente, "¿qué es lo que llevaba en su mano?" pregunta, "¿por qué lo habrá dejado tirado? temo salir, pero siento que debo saberlo" concluye, mientras comienza a analizar todo el paisaje afuera tratando de ver si aquella persona estaba escondida o seguía en algún lugar, "okey, no veo a nadie, creo que es seguro así que saldré a ver de qué trataba" rápidamente comienza a bajar de las escaleras muy despacio para que sus padres no escuche ningún ruido.

Resopla el sonido del viento en el campo, un viento helado, no es para menos son aproximadamente las 11 pm y la casa está a las afueras de Wisconsin, además para estas épocas de octubre es normal que hiele afuera. "okey, ahora donde estaba esta pequeña cosa" Alexia comienza a buscar por todos lados, parece como si se tratase de una aguja en un pajar, parece como que cada vez es más imposible encontrarla, y más aún cuando las hojas de los árboles inundan todo el suelo.

"Debe de estar por aquí, si no calculo mal, aquella persona se paró en este sitio, pero… dónde está" a Alexia le faltaba poco para convertirse en un búho y poder girar su cabeza en toda la órbita posible para poder encontrar este trozo ¿de?, Es lo que no está claro de momento, ¿Qué era esto que soltó? muy pronto estaría por descubrirse.

"¡Si! ¡Al fin! Lo he encontrado" Alexia se acerca suavemente a este objeto, ahora si podía distinguirse de entre las hojas del suelo su color era característico, ¿blanco? ¿beige? ¿blanco hueso? Parece más el color de una…

¿de una foto?, " Es una foto, tiene todas las características de una foto pero la fecha que tiene atrás dice 2004, es decir no es una foto reciente" comienza a preguntarse, ¿qué revelaría aquel trozo de papel?.

Que hace una foto en medio del campo, por qué la dejaría sin más, y qué relación tiene la fecha, la foto, el hombre o Alexia. "Bien, veamos que ahí delante de la foto" exclama, y casi como si el tiempo fuera más lento que de costumbre, conocer lo que ahí delante de la foto se vuelve eterno.

Parece que la noche no dejaría de darle sorpresas a Alexia, y como si poco faltase, al girar la foto se puede ver a la abuela de alexia protagonizando la imagen, ¿pero qué hacía aquel individuo con esta foto tan personal?, ¿acaso la obtuvo de alguien que conocía a su abuela?, puede a lo mejor haberla obtenido de alguna de sus víctimas que probablemente guarda relación con esta, sin duda estas serían pocas de las preguntas que estarían pasando por su mente.

¿Quiénes son las personas que cogen la mano de la abuela de Alexia?, parece que hubiera una amistad de por medio. "¿en donde fue tomada esta foto?, parece una especie de iglesia, pero nunca había visto algún lugar como este parece muy poco real, será que mamá sabe ¿de esto? algo dentro de mi me dice que debo comentarlo pero algo también dentro de mi me dice que no, tengo tanto miedo y si esta no es la última vez que vea a este hombre, ser humano si es que es una persona es algo que no lo tengo claro" todas las dudas invaden su cabeza y juegan con su cordura y estabilidad mental.

"Creo que será mejor que vuelva a casa no se si este sitio sea seguro realmente, y además la noche me da mala espina" Alexia camina al portal de la casa de manera inmediata poco le faltaba ya para correr dentro de casa, cierra de inmediato la puerta de la entrada y coloca el seguro, aunque realmente siendo una puerta grande de vidrio muy segura no es que pueda ser, pero aun así, el cerrojo daba una protección mental a la pequeña luego de tan irreal situación.

"Qué estabas haciendo ahí afuera hija acaso estas demente, estás consciente del frío que hace a esta hora" dice Mariane quien por lo visto había bajado a por un vaso de agua a la cocina, "deberías tener cuidado, no queremos que te-

resfríes y tengamos que suspender el viaje para ir al medico" le dice la madre a manera de regaño, "lo se mama tranquila solo quería ver el cielo un momento, lo veía tan precioso desde la habitación que quise verlo más abiertamente" inventa Alexia una excusa para tranquilizar a su madre, piensa en que sería mejor comentarle lo sucedido pero decide callarse y subir a su habitación.

Nuevamente se tumba en la cama cierra los ojos y brevemente empieza a relajarse, "no se si deba pretender que esto no ha pasado o debería comentarlo mañana a mamá, pero si se lo cuento sin duda se pondrá en estado paranoica y es muy posible que suspenda el viaje, y no quiero tener que irme y perder este tiempo con ellos, dios sabrá de aquí cuando nuevamente podremos estar juntos" comienza a cuestionarse que seria lo mejor que debería hacer.

Alexia comienza a entrar en un debate mental sobre si debería o no comentar sobre lo sucedido, pero muy dentro de ella sabe que al decirlo todo el viaje acabará por ser cancelado y tendrán que regresar a casa y volver a sus vidas cotidianas, además el viaje había sido planeado porque festejaron aquí su cumpleaños, antes de tener que volver a casa, y no quería arruinar nada, muy poco tiempo pasaban en familia como para ahora tener que acabar con todo.

"Creo que lo mejor será dejar que todo siga su curso, además no creo que se repita" lo dice tratando de convencerse a sí misma mientras guarda la foto que encontró, abre el cajón del pequeño velador junto a su cama y se acuesta, cierra sus ojos y en cuestión de segundos se duerme.

"Alexia, mi pequeña... Alexia cariño mio ven conmigo mi cielo" comienza a escuchar unas voces, "¿que?" se pregunta Alexia, "ven, ven conmigo" continúan diciendo aquellas voces, "¿abuela? abuela eres tú, ¿dónde estás?" comienza a gritar desesperada, una imagen oscura de una alexia corriendo es la postal panorámica que se puede visualizar, un paisaje ensombrecido inunda totalmente la escena.

A lo lejos se podía visualizar una especie de silueta, ¿que era?, ¿qué es lo que se ve al final de la escena?, ¿un bulto?, ¿una persona?, no podía verse con determinación, a medida que trataba de acercarse al final, una segunda voz sale de la nada y de inmediato se escucha, "¿que es lo que más deseas-

alexia?" esta pregunta se esparce como el eco de un río, aunque sin saber de quién provenía, "¿qué es lo que más deseas ahora mismo alexia?, ¿te invaden los recuerdos?" le pregunta la desconocida voz, "¿quién eres? venga, ya sal, ¿crees que esto es gracioso acaso?, ¿no te cansas tú de hacer todo esto?" grita Alexia tratando de contactar con aquella persona.

"¿Qué quieres de mí? dime, ¿qué quieres?, ¿porque juegas conmigo? !Basta ya por favor!" una Alexia quebrada, una alexia inundada, desbordada por la situación es lo que permite ver la escena, una alexia vulnerada, ¿que es lo que-este ser pretende con ella?, no deja de ser solo una niña enfrentada a algo más allá de su entendimiento, los sucesos saben a tortura para ella y sin duda lo serían para cualquiera.

"Sabes perfectamente que es lo que quiero, bueno, lo que queremos, dentro de ti sabes por lo que estamos aquí ¿o acaso no es así?" exclama aquella persona mientras Alexia se ha quedado estática escuchando las palabras.

"Todos lo saben, todos lo sabemos ella también lo sabía" le dice mientras Alexia se arma de valor para comenzar a caminar en círculos tratando de encontrar de quién venía aquella voz, "¿ella? a quien te refieres con ella" continúa preguntando y caminando a la vez, "!JAJAJAJA!" una risa muy tétrica, una risa muy diabólica, muy detestable retumba y ensordece todo lo presente, una risa satírica y burlesca es lo que es.

"sabes perfectamente quien es tu lo sabes, ¿Acaso no viste la imagen?" aquella persona hace referencia a la foto encontrada hace poco tiempo en el bosque ¿Pero cómo podía saber lo que había ocurrido ahí ?, "como no puedes saber de quién hablo, si tu llevas su sangre, vamos pequeña tu no eres tonta, nosotros sabemos que tu no lo eres, busca dentro de ti analiza mis palabras y descubre de quien te hablamos, llevas sus ojos, llevas la similitud de su rostro" aquella persona se estaba refiriendo a alguien muy cercano a Alexia y haciendo referencia a la foto encontrada hablaba de la abuela de Alexia.

"JAJAJA" vuelve la peculiar risa más allá de dar terror es una risa que esconde más como una especie de intimidación, "basta ya de juegos no se de quien me hablas" menciona alexia se puede entrever en su cara el miedo, el odio, Talvez es una mezcla de sentimientos que la invaden, " dime ¿porque he escuchado la voz de mi abuela hace un momento como puede ser eso posible? ¿Estás dónde está ella o tú tuviste que ver algo con su muerte?" pregunta desesperada intentando obtener respuestas.

"¿Como podría hacer yo eso?, ¿como podría traer su voz aquí?, No tengo el poder para traer su alma o la vida de una personas y más aún si ese alguien escogió perderla" le responde aquella voz que para estas alturas sonaba a un hombre hablando entre las sombras, "¿a que te refieres con que escogió perderla?" le pregunta intrigada, " pues si,como lo oyes, todos somos conscientes de nuestros actos y las consecuencias que trae con ello" responde de inmediato dejando en claro que la muerta de la abuela de Alexia no fue por causas naturales, había algo más detrás de todo.

"¿Pero a qué te refieres con esto? dime, a qué te refieres con que mi abuela fue quien escogió morir cuando todos sabíamos que fue una enfermedad la que puso fin a su vida, y que tengo yo que ver con esto, por que en mis sueños veo todas esas escenas, que es todo esto, ¿quien eres tu? ¿ eres real?" Alexia sabía que no podía desperdiciar este momento y debía hacer todas las preguntas posibles para saber de una vez por todas de que se trataba todos estos episodios tan repentinos que estaba comenzando a experimentar.

"¿Si soy real? Bueno, soy tan real como el aire que estás respirando ahora, y quien soy, eso te encargas tu de descubrirlo, de esa manera entenderás porque cada visión que tengas, cada sueño como los llamas, forman parte de tu presente, considera esta como una charla amistosa como una introducción a lo que tendrás a futuro, prepárate, porque no será nada fácil " exclama la voz mientras se disipa haciendo eco. "!espera espera! ¿Eres tú el hombre de la capa? !Espera no te vayas! ¿eres tú el tipo de los sueños?" grita estás preguntas tratando de obtener unas últimas respuestas.

"Si yo fuera él no estarías con vida en este momento, no te preocupes en descubrir quién soy yo ahora, créeme cuando te digo que habrá cosas es las que realmente debas invertir cada neurona de tu cerebro es descubrir si es real o no y entonces ahí sí que habrá de que preocuparse" le advierte el hombre, plantando pensamientos y dudas.

"Adiós Alexia" finaliza mientras la voz desaparece finalmente. como apareció se desvanece como el viento como una brisa de playa no pasaron ni cinco minutos del encuentro pero para alexia fue algo eterno, ¿a que se habrá querido referir cuando decía que vendrían cosas por las cuales realmente debería preocuparse?, y si no era él aquel ser misterioso entonces ¿quién era? ¿Y qué papel juega en todo esto?

Cada vez las cosas guardan más sabor a misterio e intriga, pero en que podría terminar todo esto, porque de la nada aparecen las cosas de la nada se crean las historias y de la nada nuestras vidas podrían también atravesar esferas de cambio para bien o mal y el mal nos acecha viviendo sin saber qué está tan cerca.

CAPÍTULO III

ORIGINS-ORIGENES

"Truc" se escucha el sonido de una puerta "Cumpleaños feliz, te deseamos a ti, feliz cumpleaños mi princesa feliz 16 años de vida tu padre y yo te amamos" grita Mariane su madre, mientras su padre comienza a dar aplausos, había llegado el día de su cumpleaños, una alexia asombrada y aún con los ojos entreabiertos de recién despertarse comienzan a sonreír, sin duda alguna un momento muy especial lleno de amor y alegría junto a las personas que realmente la aman ¿Qué más podría pedir? , "muchas gracias papá muchas gracias mamá los amo tanto estoy muy emocionada" les dice y salta a abrazarlos.

"Pues deberías comenzar a vestirte ya tu padre tiene organizado un día muy hermoso para nosotros por tu cumpleaños, te dejamos para que te arregles y estaremos abajo esperando" le dice la madre mientras camina hacia la salida del cuarto de esta, "okey mamá, Bajo en un momento" le responde.

De inmediato comienza Alexia a buscar en su armario "Mmmm… creo que me pondré algo cómodo, a lo mejor estos jeans negros, y este Jersey rosa, ahora si perfecto asumo que estará haciendo algo de fresco llevaré la chaqueta es mejor evitar pasar frio" dice mientras se le pinta una sonrisa en la cara, "! bien! Ahora las botas, el móvil y listo" alexia trata de no perder tanto tiempo y baja de inmediato, con la mirada en el suelo como si mirase sus pies al caminar alexia continúa caminando cuando súbitamente sube la mirada para evitar chocar con algo se da cuenta que hay personas en la parte baja de la casa, "son ellos nuevamente" dice.

¿Es un espejismo o es real?, ¿acaso se durmió Alexia y está soñando otra vez?, inmediatamente detiene la marcha como si pisará un freno, tan bruscamente que su cuerpo tambalea desestabilizado por el impacto, cinco personas con la misma vestimenta que aquellas del sueño dirigen su mirada hacia ella, llevan en sus manos una especie de cajas negras como si trajeran-

algo ¿Pero qué podría ser ?, Cómo puede ser posible que nuevamente este pasando algo así, si se aseguró de estar despierta, sus padres entraron a la habitación, las felicitaciones, el canto de cumpleaños "¿que es todo eso?" se pregunta.

¡Alexia! De repente un grito estremecedor inunda la casa, !tuc tuc tuc!" se escucha el sonido de los pasos subiendo las escaleras, "! Alexia hija!" se escucha nuevamente decir a Mariane, pero... ¿Por qué reacciona así?, ¿Qué está pasando?. "¡Rob rob!" Se escuchan solo los gritos de la madre.

"¿Qué pasa?" Responde inmediatamente, "sube algo le pasa a la niña tienes que venir ya" grita desesperada, el padre acude en cuestión de segundos, "¿que le pasa a la niña?, porque está tirada en el suelo" dice mientras se acerca asustado y no era para menos, después de todo,no era normal lo que sucedía, "no se que pasa, cuando la vi estaba así, no se que es esto, no es un ataque de epilepsia" dice la madre, Alexia se encontraba tirada en el suelo dando movimientos bruscos, de manera aterradora, como si se tratara de una crisis epiléptica.

Los padres la llevan a la cama inmediatamente y colocan un poco de perfume en una camisa intentando despertarla, " ¡ Alexia! ¡ Alexia!" Comienza a gritar su padre mientras que su madre coloca más del perfume, "vamos hija despierta" dice nuevamente el padre cuando de inmediato se escucha un grito por parte de Alexia "!aléjense!" grita y comienza a dar manotazos en el aire soltando más gritos de desesperación y pidiendo ayuda, "tranquila hija tranquila todo está bien" dice el padre "hija tranquila ya ha pasado eh hija tranquila" continua repitiendo buscando que esta se estabilice.

Alexia los mira fijamente, a pasado a otra escena distinta a la que la sumió en una ¿parálisis de sueño?, ¿Fue real acaso lo que vio?, "hija ¿que a pasado?, nos has preocupado" expresa la madre "¿que a sido todo eso te sientes bien? ¿quieres que vayamos al hospital?" le pregunta nuevamente Mariane, Alexia todavía se encuentra desorientada ante lo sucedido y no articula palabra- "¿vivo en un sueño o me estoy empezando a volver loca?" eran las preguntas que retumbaban en su mente.

"¿Cómo voy a vivir con esto más tiempo?" se repite nuevamente, "estoy bien, solo creo que estaba un poco cansada, sin duda ayer me acosté tarde y es eso"sonríe Alexia para tratar de calmar un poco la situación.

"Creo que será mejor si nos vamos ya ¿no creen?" les pregunta tratando de olvidar el tema, los padres se miran aún asustados por lo sucedido "¿te sientes bien como para irnos?" pregunta el padre guardando en sus palabras un poco de desconfianza pues la situación no ha sido tan leve como para pasarla por alto, "¡ si papá! Ya les he dicho que fue por acostarme tarde, no lo volveré a hacer, ahora si ¿nos vamos? les repite la pregunta, mientras estos asienten con la cabeza y los tres abandonaron el cuarto para bajar hacia la salida de la casa.

"Listo subir todos al coche en 3"2"1" les dice Rob con voz juguetona, "el que entre último no comerá tarta" grita, mientras los tres ríen entrando rápidamente al coche, una escena muy familiar y divertida pinta la mañana del 20 de octubre, todos corriendo por entrar de primero al coche, risas, alegría, luego de un mal momento, es una escena muy motivadora, "listo estamos todos, ¡vamos!" dice Mariane, apurando a Rob a emprender la marcha.

De camino al sitio que había apartado su padre en el centro de la ciudad, nuevamente alexia disfruta de las vistas, recuerda que el paisaje al llegar era de más increíble y sin duda se mantendría así, el sector contaba con unas cuantas especies de granjas vecinas, se podía ver los animales, la naturaleza, todo eso traía paz, sin duda una decisión acertada de parte de su padre, para pasar unos días de desconexión total, el lugar era muy recomendado y tenía buenas reseñas por los visitantes.

El reloj marca las doce del día y estaban llegando a su destino, un letrero con las palabras Eagle Falls aventura de golf y juegos láser adornan la entrada. " ¡muy bien!, Hemos llegado" menciona rob, "espero que te guste el lugar que escogí hija" le dice el padre mientras voltea a verla, Rob había llevado a la familia a un lugar muy conocido en el sitio.

Una especie de zona de golf y recreación juvenil que sin duda prometía, a Alexia parecía haberle encantado, su rostro tenía una pizca de sorpresa y alegría, "¡ Es precioso! ¡Me encanta!" Menciona Alexia, mientras que su madre continúa saliendo del coche, "pues muy bien, vamos a empezar la diversión" les dice Rob y se dirigen a la entrada.

De inmediato se dirigen a la entrada del sitio, los atiende el que parece ser el encargado del lugar, un hombre de complexión delgada y ojos negros profundos suelta con una voz un tanto cantarina "¡ hola! Bienvenidos familia storm un placer recibirlos aquí" dice y de inmediato estrecha la mano de Rob y Mariane, "¿que tal todo por la ciudad?" exclama el hombre, la forma de hablar de esta persona deja ver cómo si hubiera una amistad de por medio.

 "¿Se conocen?" le pregunta Alexia con una voz un poco débil y vergonzosa, " si hija Alex y yo fuimos compañeros en la Universidad de Milwaukee" le responde el padre mientras esta se sorprende un poco. " Largos años de amistad, pero luego cada quien se fue en direcciones distintas" le dice Alex, y ambos se sueltan a reír "cada quien se fue a vivir muy lejos de otro, tu echaste raíces en Milwaukee y yo escogí algo más lejos del caos de las grandes ciudades" le responde Alex mientras le da una palmada en la espalda.

Rob y Alex habían estudiado administración de empresas en la universidad, pues ambos venían de familias que se movían en este ambiente, habían formado una gran amistad e incluso fue el padrino de su boda, luego ambos se establecieron en distintos lugares pero la amistad se mantenía.

"Bueno, qué les parece si empezamos el recorrido" les pregunta Alex, el sitio estaba rodeado de vegetación, entre árboles y riachuelos era un espacio muy acogedor y relajante como para pasar un buen fin de semana, "Alexia ¿te gustaría dar un par golpes con el palo de golf?" Pregunta su padre ya que el lugar también contaba con canchas adaptadas a este deporte, "claro papá- ahora mismo" responde motivada, inmediatamente se recoge el cabello con una coleta, su frondoso cabello oscuro, sin duda hacen juego con sus ojos avellana que hoy irradian más que felicidad.

"Muy bien Alexia, toma, apuntaras al hoyo número dos, está más cerca y por ser tu primera vez lo pondremos un poco suave ¿si?" le dice Alex con una voz dulce mientras sus padres la observan. "Te inclinas un poco coger el palo con las dos manos de manera firme y das un golpecito ¿listo?" le continua dando las indicaciones.

" Toma, es tu turno tal como lo he hecho yo hazlo" le repite, Alexia coloca sus pies alineados coge el palo de golf con las dos manos, su rostro un tanto serio pero aventurero a la vez miran hacia el suelo coloca bien las manos…. ¡Tuc¡ se escucha solo el golpe seco a la bola, mientras esta se eleva por los cielos y cae cerca del hoyo, se escuchan inmediatamente unos aplausos de los expectantes padres y un" ¡bravo Alexia!" por parte de Rob acompañado de una cara sonriente.

"Ahora nos acercaremos al hoyo para que de una vez por todas la bolita entre" les dice Alex, mientras que todos los presentes corrieron al sitio, luego de dos intentos alexia logra meter la bolita en el hoyo.

"¡Bien hija! así se hace" suelta rob con una voz llena de orgullo, y así pasaron las horas de aventura entre risas, lanzamientos, juegos de láser y charlas, sin duda alguna estaba siendo un día muy divertido, no estaría de mas decir que quedaría grabado un día tan especial como este en alexia y claro que se grabarán después de todo el ser humano guarda los recuerdos más felices o más tristes de manera selectiva en la memoria.

"Y aquí finaliza el recorrido" menciona Alex, "parece que esto ha sido todo por hoy" le dice Alex a Rob, "estoy tan feliz de verte después de tanto, deberías visitarme más a menudo, ¿no crees Alexia?" suelta Alex la pregunta a lo que Alexia responde "!si claro! deberíamos venir más seguido" dice la joven, mientras que Rob asienta con la cabeza y mira a Mariane, saben que es-imposible hacerlo con sus agendas tan colapsadas, pero aun así intenta darle una señal de esperanza a su hija.

"Bueno tal vez no deberíamos poner en jaque mate a tu padre Alexia, sin él se vendría abajo gran parte de la economía de Milwaukee" sonríe Alex, después de todo no estaba muy lejos de decir la verdad, puesto que Rob era dueño degran parte del sector turístico de la ciudad, después de todo era uno de los hombres más ricos del estado. eso se veía reflejado en el poco tiempo que tenía para pasarlo en familia.

"Unos cuantos edificios nada más" dice de manera jocosa Rob a Alex y ambos ríen, "Mariane, un gusto volver a verte" le dice Alex mientras le proporciona un abrazo de despedida, "el gusto a sido mio Alex" le responde esta. Enviale saludos a Patricia de mi parte espero que este bien" exclama, Patricia era la esposa de Alex, ella y Mariane eran muy grandes amigas puesto que al igual que Rob y Alex habían estudiado juntas "se los daré" responde Alex, "los acompaño al coche" menciona y se disponen a retirarse todos al parking.

"Bueno chicos espero que tengan un buen viaje de regreso a casa, Rob estamos en contacto cuídense mucho, espero la hayan pasado muy bien en especial a ti Alexia" le dice Alex sonriente, "feliz cumpleaños, por cierto, me ha dicho tu padre que hoy haces dieciséis" le dice , he inmediatamente sonríe Alexia y con un vergonzoso tono de voz le responde" !si dieciséis!" la vida recién empezaba para ella.

 "Me alegra mucho, pues prepárate porque entras ya a una etapa de más responsabilidad, vas a ver cómo comienzas a notar que las cosas cambian" le dice Alex," veras los cambio" replica a manera de consejo, inmediatamente a la mente de Alexia vienen los acontecimientos sucedidos, y su expresión deja ver una sonrisa acompañada de una mirada algo intrigada, pero aun así no deja de sonreír.

"bueno, ahora sí, ! adiós!" les dice Alex mientras se aleja del coche , "venga adiós Alex" contestan y Rob pone en marcha el coche y salen del- sitio, nuevamente se ponen en marcha de camino a casa, "!oh cierto! exclama, aún nos da tiempo para la última parada, claro si las invitadas aceptan" suelta la pregunta rob, "!ah sí! ¿Cuál es esa última parada?" le pregunta Mariane, "¿dónde nos llevarás papa?" le pregunta también Alexia, "es una sorpresa ya verán, así que, a la siguiente parada" de inmediato Rob acelera un poco la velocidad y de un gran grito menciona " a ver el río".

La comunidad se encontraba cerca del rio Eagle, un lugar muy bonito para disfrutar en verano, pero a estas épocas, eran un poco frío para lanzarse a las aventuras de sus aguas, aun así, la gente iba mucho para admirar la naturaleza, el lago y los animales que formaban parte del lugar, "a cuánto estamos del río papa" pregunta alexia un poco impaciente," no muy lejos hija en diez minutos estaremos llegando" le responde.

Para distraerse un poco y no impacientarse Alexia coge su móvil y lo enciende, no era muy amante de tener el teléfono consigo cuando iba de viaje pero esta vez decide encenderlo y hacer un poco de tiempo, de inmediato salta un mensaje a la pantalla :

"Desde el prestigioso colegio elite blood de Milwaukee, nos complace comunicarle que estamos deseosos de que empiece el año lectivo en nuestras distinguidas instalaciones. Estaremos esperando que su estancia sea muy placentera, recordarle también cómo le comunicamos a sus padres que tendrá dos opciones de estudio y estancia, tanto si elige la modalidad interna o a su vez la externa.

Brevemente le comunicamos que gozamos de unas muy bien estructuradas instalaciones cuando los alumnos deben quedarse viviendo en ellas, ya sea por un período corto o durante todo el año escolar. nuevamente reiteramos que reciba muy ameno este mensaje de saludo y repetimos estamos deseosos de tenerla con nosotros y seguir formando la generación de futuros jóvenes de éxito, recordarle que el día 22 de octubre es el día destinado al recorrido de bienvenida en la institución para todos los jóvenes de nuevo acceso"

Att. Dorian white
DIRECTOR DE ADMISIÓN

En ese momento se pinta en Alexia una expresión de sorpresa y se repite en la mente la frase "los alumnos pueden quedarse viviendo", se pregunta ¿acaso es una especie de internado el Colegio esté o entendió mal?. Dentro de sí Alexia sabía lo que significaba pero trataba de ver una especie de alternativa a lo que había leído, pero muy dentro de ella sabe que este tipo de colegio vendría muy bien para sus padres que llevaban una vida complicada de trabajo, viajes y muy poco tiempo para atender a una adolescente.

Alexia está perpleja, esto opaca totalmente el buen día que estaba teniendo, decide sacar de si las dudas sobre este e-mail, con voz firme y a la vez escondiendo un poco de tristeza Alexia se dirige a su padre "¡papá! El sitio donde me inscribieron para estudiar ¿acaso es una especie de internado donde tendré que quedarme?" les pregunta y ambos padres se miran de inmediato con una especie de sorpresa.

"Se perfectamente que ustedes quieren los mejor para mí" menciona Alexia mientras deja entrever una voz más calmada, "pero es mejor que me digan las cosas, y que no necesite enterarme de los detalles a dos días de la fecha de iniciación, entiendo que ustedes llevan presión con el trabajo, se que no les da-el tiempo para pasar pendientes de mi y todo lo que hago, pero es mejor que hablen de estas cosas conmigo antes de tomar decisiones por mí " les dice mientras deja a un lado su móvil y gira su mirada a la ventana.

" Esta bien hija" le responde Mariane, mientras Rob continúa conduciendo, de repente su padre interrumpió el incomodo momento con un "¡hemos llegado!" tratando de que esta expresión calme un poco la situación, "aquí está el río Eagle, tal cual lo describen las imágenes, no le envidia nada a la realidad son tal cual" continua exclamando Rob mientras detiene el coche.

"¡venga vamos!" dice Rob, inmediatamente Alexia y su madre bajan del coche y se quedan junto a su padre, en realidad la vista era tan hermosa, pájaros volando, a lo lejos se veían las áreas de bosque, el lago era ajetreado por las corrientes de aire que estaban haciendo, sin duda alguna la vista era totalmente impresionante era imposible sentir placer estar en ese lugar.

Alexia y sus padres comienzan a caminar hasta un pequeño puesto de balsas, un pequeño letrero a lo lejos decía "descubre las maravillas a tan solo cincuenta centavos" pintando con tinta roja, el paseo por el sitio no estaba nada caro, y aunque valiese más a su padre no le temblaría la mano al pagarlo, lo que mas tenia era dinero para hacerlo, debajo del letrero habían unas letras pequeñas que decían "solo dos por balsa" por lo que alguien tendría que ir solo, "muy bien entonces ¿cuál de los dos iría con Alexia?" pregunta Mariane.

"¡Alexia hija!" gritó Rob, debido a que esta venía detrás de ellos, " solo podemos ir dos por balsa, ¿ quieres que vaya contigo o prefieres ir con tu madre?" le pregunta , "pues si no les importa prefiero ir sola en la balsa" le responde, " así tu y mama pueden ir juntos" termina la frase. Rob la mira un poco sorprendido "¿estás segura hija?" pregunta, a lo que esta le responde con un rotundo "!si!", se colocan los chalecos salvavidas y cada uno sube a la balsa con la ayuda del encargado del lugar.

El lago no muestra una corriente salvaje por lo cual, se vuelve tan gustoso navegar por sus aguas, Alexia saca el teléfono de su bolsillo y para un momento para sacar una foto a un pequeño pájaro que se encuentra sobre uno de los árboles a la orilla, "!muy bien! cuando llegue a casa creare un álbum con todas las fotos que tomé" dice, a lo lejos se escucha a rob gritar ""vamos alexia, no te detengas mucho"" a pesar de ser un sitio tranquilo no podían perderla de vista la naturaleza siempre podía ser engañosa.

De inmediato alexia toma un par de fotos mas guarda su móvil y continua la marcha, las aguas de lago eran tan cristalinas que se podía ver con claridad a los peces, de inmediato alexia se fija que junto a su balsa pasan una pequeña familia de patos, sin duda alguna la instantánea perfecta por lo cual no pierde la oportunidad de fotografiarlos, "okey okey no se muevan, esta es la mejor" alexia guarda nuevamente el móvil alza la mirada para buscar a su padres pero parece ser que estos se habían adelantado más allá de su vista.

"!rayos!" dice angustiada " donde los pierda de vista papa se enfadara" exclama, alexia empieza a remar velozmente, por cinco minutos casi sin parar, hasta que al fin logra ver la balsa de sus padres, ¿pero? acaso ¿está vacía?, la balsa estaba perfectamente ubicada en la orilla así que no podrían estar lejos tampoco es que se hubiera tardado tanto, alexia rema a la orilla y planta su balsa baja rápidamente y comienza a caminar, tratando de buscar a sus padres.

"¡papá!... !mamá!...!papá!.... !mamá!" comienza a gritar por un par de segundos hasta que escucha un "!shhhhh!" de lejos, inmediatamente trata de ver de dónde salió ese sonido y encuentra a su padre haciendo señas de que se callase y con su mano le pide que se acerque despacio, alexia camina minuciosamente hacia su padre y de inmediato él le señala hacia una dirección en el suelo, alexia mira sorprendida pues se trata de familia de venados cola blanca propios del estado, alexia no sabe si debería sacar su móvil y hacer una foto pues siente temor espantarlos.

"¿puedo hacerles una foto papá?" pregunta, "!claro hija ! pero debes quitar el flash" menciona rob," no querrás ahuyentarlos luego" dice mientras Alexia saca inmediatamente el móvil de su bolsillo como lo hizo anteriormente, pero esta vez se percata de escoger el mejor ángulo para tomar la foto, "!esta será la foto de la portada de mi álbum!" expresa con determinación, Alexia y sus padres continuaron explorando el sitio por unos treinta minutos más, dándole tiempo a Alexia de plasmar más imágenes con su cámara de teléfono.

"!Muy bien chicas, es hora de irnos!" les dice rob, puesto que comenzaba a caer la noche. Alexia y su madre caminan hacia las balsas mientras que rob las escolta caminando detrás de ellas, "puedo ir con mamá" le dice Alexia a su padre antes de entrar a las balsas de regreso, ¿pero a qué se debe ese cambio de idea?, después de todo fue ella quien dijo que quería ir sola, ¿tendría algún motivo el cambio de sitios?, o ¿simplemente quería su compañía sin más?.

Rob las ayuda a subir a la balsa, "!muy bien, pues ya estarían!" sonríe y les da un golpe para poner en marcha la balsa sobre el río, de inmediato sube a la suya dándole un empujón para arrancar de la orilla, todos van poniendo rumbo a la zona de inicio en el río.

Alexia comienza a pensar en el sueño que tuvo en el día anterior, el énfasis del recuerdo era la parte en la que alguien que llevaba su sangre sabia porque estos acontecimientos estaban sucediendo, puede ser este el momento que-

necesita para plantearle a su madre las preguntas que estaban pasando por su mente los últimos días, pero ¿sería capaz la madre de saciar las dudas que tiene?.

"Mamá" dice Alexia con una voz suave, "¿si hija?" responde Mariane, "mamá¿ crees que podría hacerte un par de preguntas?" deja ir sin más alexia estas palabras, "!claro que sí!" le contesta su madre, "adelante hija no debes ni preguntármelo" le responde sonriendo, esto podría originar un pequeño interrogatorio entre madre e hija, sería muy probable que esto revelaría algo-más y tal vez le permita ir atando cabos a los acontecimientos pasados, o tal vez no.

"Mamá cuando la abuela murió ¿qué fue realmente lo que sucedió?"Alexia lanza inmediatamente el tema de la muerte de su abuela, "recuerdo que papá me dijo que la abuela tenía cáncer, y que cuando se lo diagnosticaron solo pasaron dos meses y la abuela murió, pero, no recuerdo habértelo preguntado en ese momento" Alexia mira fijamente a su madre tratando de grabar cada reacción.

 "Lo que papá dijo¿era cierto? o tan solo invento algo que pudiera creerme yo, después de todo no es que hubiera podido entender mucho a esa edad" dice Alexia, siente en el fondo que está "razón" dada por su padre sobre el fallecimiento de su abuela no era realmente cierta, además no encajaba para nada en aquella extraña conversa que mantuvo con aquel sujeto misterioso el día anterior a su cumpleaños.

"Tienes razón Alexia" le dice su madre, "realmente eso no fue lo que le sucedió a tu abuela, pero no culpo a tu padre por haberte dado esa respuesta" dice Mariane, "veras hija cuando yo era muy pequeña, recuerdo mucho que mi madre viajaba y casi no pasaba tiempo en casa, los momentos juntas no eran tan extensos y tu abuelo era quien se encargaba de mi" agacha la mirada tratando de esquivar a Alexia con la mirada.

"Bueno mi padre hacía lo que podía, tampoco le daba para cuidarme tan minuciosamente pues también trabajaba y no lo juzgo por ello, tu abuela peleaba mucho con papá, él trataba de pedirle explicaciones del porqué desus ausencias tan frecuentes y prolongadas, pero ellas siempre inventaba excusas tontas que ni siquiera yo llegaba a creérmelas" Mariane comienza a revelar detalles de la vida de su abuela que hasta ese momento eran totalmente desconocidos para ella.

"Recuerdo tan bien que cuando cumplí doce años tu abuela ni siquiera alcanzó a soplar las velas conmigo, recibió una llamada y a los dos minutos estaba marchándose de la casa, todos me miraban y miraban a papa, era un secreto a voces que su relación no iba para nada bien y que el matrimonio iba mal, cuando tuve quince años tu abuela me habló sobre viajes en el tiempo, gente con poderes"exclama

"También hablaba sobre el mal y menciono algo sobre el destino de quienes rodean ese tipo de cosas, algo así, lo cierto es que no lo recuerdo muy bien en realidad, por un momento pensé que mi madre estaba loca, o veía muchas series de estas que ponen paranoica a la gente" a medida que la conversación fluida salían mas detalles a la luz.

"Aquel día de mi cumpleaños por la noche, ella y papá discuten muy fuerte porque le dijo que quería llevarme a una especie de viaje que iba a hacer junto a otras personas, y como aún era menor de edad quería el permiso de tu abuelo, en realidad yo siempre pensé que tu abuelo sabia mas que yo, porque se opuso rotundamente" dice, mientras lleva su mano a la barbilla como si estuviera analizando sus propias palabras.

Recuerdo tan bien que el menciono algo como aquellas personas te han cambiado, y te han comido la cabeza, pero en realidad nunca supe a qué se refería con eso,lo cual es que el detonante completo de toda la situación fue cuando tu abuela me despertó una mañana diciendo que tu bisabuela quería verme y teníamos que viajar a seattle que es donde vivía" continua Mariane.

"Papá ese día tuvo que ir a solucionar unas cosas en su trabajo y no volvía hasta las cuatro de la tarde, llegamos al aeropuerto de Milwaukee y tu abuela recibió una llamada, no alcanze a escuchar que era solo recuerdo unos gritos, poco después vi a mi padre corriendo con dos guardias y tu abuela se quedópetrificada" la madre de Alexia mantenía un semblante muy serio al decir aquellas palabras.

"Cuando la alcanzaron vieron que los boletos donde me llevaba eran con destino a Londres, y sin el permiso de papá, se había metido en un lío" dice.

"Luego todo se volvió muy caótico tu abuelo le quitó mi custodia a la abuela y se separaron, pasaron dos años sin que me pudiera acercar a tu abuela, papá no lo permitía y tampoco es que yo hiciera tanto por verla" le dice Mariane a Alexia y de cierta manera sentía como que si la imagen que tenía de su abuela tambaleaba un poco.

"Cuando cumplí dieciocho años comenzamos a hablar nuevamente, pero poco después comenze la universidad y ya no tenía tanto tiempo, volví a visitarla cuando tu padre y yo nos comprometimos y fue ahí cuando en cierta manera nuestra relación se renovó" dice mientras continúa remando la balsa con Alexia.

"Me serviría de mucho retomar conversaciones porque un año después de que tu padre y yo nos casáramos falleció tu abuelo, dijeron que fue un paro cardiorespiratorio" dice, mientras los ojos parecen brillar más de lo habitual, como si quisiera echar una lágrima.

" Mi padre venía teniendo ya unos problemas con su corazón y al final no pudo mas, tu abuela fue un pilar fundamental en ese momento, parecía haber cambiado y siempre se mostró arrepentida de todo lo sucedido, bueno yo lo sentía así, sentí que estaba siendo sincera, no sé hija algo dentro de mi decía que tu abuela era distinta" Mariane lanza de inmediato una mirada fija hacia el cielo.

"Pensarás que estoy loca pero cuando era más pequeña sentía que no conocía a mi madre, y había algo en ella que no me gustaba, su mirada su forma de ser, no podría describírtelo, a lo mejor estaba paranoica o algo así. Cuando naciste tu al año siguiente tu abuela se unió aun mas, debo decirte que tu y mama son idénticas de bebe, sacamos el álbum de fotos y eran idénticas, eso fue lo que hizo que tu abuela también se vuelva más distinta, nunca vi su ladotan amoroso, en fin creo que tu llegada sacó el lado humano de mama" finaliza estas palabras con una sonrisa.

Al momento que su madre terminaba de mencionar aquellas palabras, del gran parecido con su abuela, es cuando viene a la mente de Alexia aquella frase que le dijo el hombre, "tienen el mismo rostro" "llevan la misma sangre", ¿acaso después de todo a quien se refería era a su abuela?, "¿continuó?" pregunta la madre, "si, claro que si mama" le responde Alexia.

"Bueno cuando tenías alrededor de siete años y medio tu abuela, recuerdo tanto que se fue de viaje, dijo que había recibido unas llamadas de unos viejos amigos que la invitaban a pasar un fin de semana, ¿cuál fue el sitio qué dijo?" se pregunta Mariane que parece haberlo olvidado por un momento cuando de inmediato continúa.

"!Ah!" exclama, y lleva la mano a su cabeza, " pues si, menciono que se iba donde estos amigos a las afueras de Portland, me pareció extraño porque tu abuela no era de salir con amigos o quedar normalmente, y mucho menos de viajar sin más, bueno lo fue mucho antes pero de eso ya habían pasado años sin que no estuviera en casa contigo" Alexia se mantiene concentrada en cada palabra

"No le presté atención y asumí que serían de sus antiguos amigos, así que lo pase y no pretendía interrogar a tu abuela. Aquel fin de semana que se marchó entre al cuarto de ella porque estaba haciendo un poco de limpieza, ya sabes que el poco tiempo que estoy en casa ese es mi hobby, así que recuerdo tanto que movió la estantería y encontré una foto de tu abuela, no sabría decirte donde estaba parecía una especie de iglesia y había gente juntos a ella tomando sus manos como no se, abrazados algo así "dice Mariane.

La madre de Alexia terminaba de decir estas últimas palabras y de inmediato saltó a su mente el recuerdo de aquella noche, del hombre de la capa dejando caer aquella misma foto, aquella foto del relato de su madre era exactamente lo que vio cuando le dio la vuelta a aquel trozo de papel que vio caer, ¿que tieneque ver su abuela en todo esto?, demasiadas coincidencias en los relatos que contaba su madre, era como si hubiera echado al suelo un rompecabezas y empezará a encajar cada una de sus piezas.

Mariane de inmediato continuó la conversa diciendo "yo sé que mamá escondía algo pero nunca supe que" dice, estas palabras serían clave en lo que estaría por alexia no era coincidencia que todo esto pasara sin más, y aquella conversa con el hombre dejará más claras las dudas que tenía, su abuela era una pieza principal en todas las situaciones que había experimentado y estaría por experimentar, pero aun asi ¿que le paso?.

"Cuando mamá volvió de aquel viaje yo la sentí extraña, rara, fue así por dos meses, cuando un día por la noche salió temprano y volvió tarde, nosotros nos habíamos acostado a dormir así que solo escuche el sonido de la puerta cuando abrí su cuarto y supuse que se acostó, hoy en día me arrepiento mucho no haberme despertado a verla, al siguiente día cuando pase por su cuarto a darle los buenos días antes de marcharme al trabajo tu abuela había muerto" le dice Mariane sin más mientras lleva sus manos a la cara.

De repente deja caer un par de lágrimas de su rostro y de inmediato las seca con su muñeca,"estos serían uno de los errores que más lamentaría" dice mientras continúa secando las lágrimas. "No se que sucedió no se que paso, no se si habrá sentido desesperación, pero aquella noche no escuche nada y fue tan raro no escucharlo, pero la noche era muy silenciosa, así que no supe qué fue realmente lo que pasó, los médicos alegaron que fue un paro cardiorespiratorio como causa de su muerte, pero me pareció muy raro porque tu abuela siempre fue una mujer sana" continúa explicando Mariane.

"Sin embargo, aunque pedí una segunda opinión, y fuimos a un médico forense privado para que haga los respectivos análisis, este me dijo lo mismo, entonces supuse que mi deseo de buscar otra razón a su muerte sería la que me hizo dudar, luego simplemente pudimos realizar el velorio solo con gente de la familia, la enterramos y ya.

"Pero ¿ no notaste nada extraño cuando entraste a su cuarto?" le pregunta de inmediato alexia quien quería saber todos los pormenores de esta extraña-

situación, "no hija, no, para nada, todo estaba en orden, parecía que simplemente pasó cuando dormía como si se hubiera dejado ir sin mas, esta ultima frase retumba en la cabeza de Alexia es una frase tan parecida a "como puedo quitarle la vida a alguien que eligió morir", pero, ¿por qué razón querría morir la abuela de Alexia?

Sin duda alguna no era una coincidencia las experiencias, el relato de su madre, su abuela, sin duda alguna las piezas caerían en el momento indicado y cada vez se armaría el puzzle en el que Alexia se encontraba. y claro estaba que debería prepararse, "pueden las orbes del tiempo liberar todo el poder que contienen" sin duda alguna llegaremos a saberlo muy pronto.

CAPÍTULO IV

CAECUS - A CIEGAS

"¡Al fin! de regreso a tierra" expresa Mariane, "el viaje de regreso me pareció más llevadero que al inicio, ¿no crees hija? pregunta la madre, "si totalmente mama"responde, luego de aquella conversación que tuvieron Alexia y su madre ahí muchos cabos sueltos que al fin empiezan a enlazarse.

Si la pieza principal es su abuela, entonces ¿qué tiene que ver ella en toda esta historia de misterios y acontecimientos extraños?, Alexia sabía que todavía había cosas que debería averiguar por sí misma, estaba claro que su madre era otra más de las personas que no sabían sobre la verdad de su abuela.

"Muy bien mis queridas mosqueteras, creo que es hora de regresar a casa ya" les dice Rob, el reloj marcaba las ocho de la noche y debían volver pronto , mañana deberían iniciar el viaje de regreso a Milwaukee, isa que les esperaría una larga noche de arreglar equipaje y poco más. De inmediato, Rob se acerca al tipo de las balsas y paga el costo del paseo, luego regresa al coche donde están Alexia y su madre ya embarcadas, "¡ahora sí! ¡nos vamos!" dice Rob y emprende la marcha a casa, decide poner un poco de música para entretener el viaje de regreso.

"No se si los copilotos tengan un poco de hambre ¿tal vez?" les pregunta rob con una sonrisa en su rostro, de inmediato se escucha como respuesta un "!si!" por parte de Alexia, seguido de un ""estamos hambrientas"" por parte de Mariane," ¿les apetece pizza? les pregunta rob, "nos has leído el pensamiento papa" responde Alexia con una sonrisa, "muy bien entonces en marcha a la pizzería" contesta, entre el juego y el río no les dio tiempo de comer, así que nada mala una pizza para calmar rápidamente el hambre.

El pueblo no era muy grande así que no es que hubiera mucho de donde escoger, un letrero de luces rojas que ponía "Eagle pizzas un sabor fuera de lo común" alumbraban la esquina de la calle, para los ojos de rob aquel letrero nopasó para nada desapercibido, quien de inmediato buscar donde aparcar, no lo pensó dos veces y se decidió por el lugar, dio un giro con el coche y como cosa de suerte encontró un lugar vacío frente al local.

"¡Llegamos!" dice, y de inmediato todos salen del coche, "din don dan" suena una pequeña campanilla de la puerta al entrar, de inmediato los atiende un joven con una gran sonrisa ""bienvenidos a Eagle pizzas" ¿son nuevos por aquí?" menciona el chico, "les cuento que tenemos las mejores pizzas del pueblo, su cara no me suena mucho de por aquí" vuelve a preguntar con una expresión de intriga y curiosidad.

"!Pues no te equivocas!" responde rob, "estamos de turismo por aquí" le dice, "ah, de turismo" responde el chico, "¿y que les ha parecido?, no tenemos muchas cosas como las grandes ciudades pero sin duda el pueblo es muy tranquilo y se respira naturaleza en gran parte"acompaña estas palabras con una sonrisa acogedora al final, "bueno en realidad también necesitábamos desconectar un poco de la ciudad" expresó entre sonrisas Mariane.

"Y además , es el cumpleaños de nuestra hija, vinimos también para pasarlo juntos" !ah sí! ¿Cuántos cumples? le pregunta el joven, una mirada profunda de ojos verdes y un cabello frondoso y castaño, la miran al preguntarle su edad, Alexia totalmente nerviosa y no era para menos responde "16 añ..años" tartamudeando, solo pensaba en su mente mierda ¿tengo que decirlo así ? "creerá que soy tonta"" se repite, este le sonríe y le responde "pues yo tengo 18" exclama.

Tampoco es que se llevan tanta ventaja en edad pero eran muy distintos se notaba la soltura en el trato del joven, será debido al tipo de trabajo que tenía, estaba familiarizado ya a tratar con mucha gente nueva, y viajeros como ellos, que llegaban día a día, cosas a las cuales alexia era ajena, pues siempre tenía a las mismas personas cerca.

"¡Muy bien! entonces, ¿qué les ponemos?" pregunta el chico, quien lleva por nombre Frank en un pequeño letrero pegado al uniforme, "pues tomaremos dos pizzas familiares si te parece bien" le dice rob, "¿ de que las quieren?" le responde de inmediato el muchacho, "pues una de peperoni y queso y la otrade barbacoa" dice, mientras coloca el bolso sobre la mesa y se acomoda en la silla.

"¿Y de beber ? ¿que tienen en mente?" continúa preguntando Frank, "pues a mi una gaseosa cualquiera, ¿ustedes que van a beber algo en especifico ?" les pregunta a Alexia y su madre, "creo que yo quiero lo mismo un refresco cualquiera" responde Mariane, "¿y tú?" le pregunta a Alexia, mientras que esta nerviosa le responde "creo que tomaré agua" finaliza.

"¡Listo! en 20 minutos salen las pizzas, empezare trayendo las bebidas" responde Frank y se retira de inmediato. "Qué chico más atento ¿ no crees Alexia?" le pregunta su madre, mientras que esta se queda perpleja. "Nada de bromas mama, no es el momento" le responde Alexia y le lanza una mirada acusadora, "no te preocupes hija solo estaba bromeando" dice Mariane entre risas, mientras que deja su bolso en la silla que estaba vacía a su lado.

Al momento regresa Frank, que en una mano lleva las bebidas que pidió la familia Storm, "¡aquí estamos! , dos gaseosas para el señor y la señora y agua para ti ¿está todo correcto?" les pregunta luego de dejar las bebidas en la mesa, "si todo correcto gracias" le responde Rob, "en unos 15 minutos traemos las pizzas" menciona Frank, "muy bien gracias" dice Mariane, y Frank se marcha. "!Ring ring ring!" empieza a sonar uno de los móviles, de inmediato Rob mete la mano en su chaqueta, era el suyo, ¿de qué trataría la llamada?

"Si buenos días habla Rob Storm ¿con quien habló?" pregunta, mientras se escucha una voz que responde inmediatamente al otro lado del móvil, una voz un poco alterada, hablando de manera rápida, la cara de Rob cambia completamente por una más de ¿enojo?, ¿preocupación?, lo que fuera estaba por saberse.

La llamada traía consigo noticias no gratas, ¿pero que sería?. " si, ¿pero alguien se ha comunicado con los responsables en Londres?, ¿y los inversores?" se escucha a rob mientras se para de la mesa inmediatamente y sale de la pizzería, se ve a lo lejos mover las manos, se agarra la cabeza y su expresión facial denota frustración.

Luego de casi ocho minutos fuera rob entra nuevamente, "tenemos que irnos inmediatamente a casa luego de comer" dice viendo directamente a Mariane y Alexia," ha surgido una emergencia y tengo que volar ya a Londres para solucionarlo" deja caer sin más esta noticia que sin duda alguna acabaría con el momento en familia que estaban pasando, estaba establecido que abandonaran el lugar mañana y regresaran a Milwaukee, pero aún tenían un par de días libres para continuar juntos, aunque parecía que los planes ya había cambiado drásticamente.

"Hola familia, llegando dos pizzas sabrosas" les dice Frank a manera de juego, muy ajeno a la situación que se había presentado a tan solo unos minutos desde que él se fuera, "¿todo bien?"pregunta Frank, la risueña familia ahora mismo estaba con un ambiente de tensión, sucedía algo grave pero Rob no quiso contarlo ¿será por que estaba Alexia ahí? y si es así ¿ de que trataría todo?, qué fue lo que escucho en la extraña llamada recibida hace unos pocos minutos.

"Podrías poner la de barbacoa para llevar por favor, llevamos un poco de prisa" le dice rob a Frank y este asiente con la cabeza de inmediato y se marcha, "bueno vamos comiendo" les dice Rob, "¿está todo bien?" le pregunta Mariane con un poco de sorpresa en su rostro, "si todo esta bien, tranquila cariño" le responde, alexia de inmediato comienza a preguntarse qué será lo que está pasando, qué fue lo que hizo cambiar drásticamente la expresión feliz de su padre por otra de preocupación.

"Listo, aquí esta, la de barbacoa para llevar" les dice Frank, quien trae en una caja la pizza, el olor a barbacoa inunda toda la mesa, "muchas gracias" responde rob, "no hay de que" contesta Frank, quien se marcha de inmediato. La madre de alexia casi no toca la pizza, escarba un poco de queso y da un par de mordiscos, se nota en su cara la intriga y preocupación por no saber lo que sucede, se da cuenta que está siendo observada por su hija y sonrió, para tranquilizarla muerde un trozo de pizza "mmmm que deliciosa ¿verdad?" le pregunta a Alexia que sabe muy bien que la sonrisa no es del todo cierta.

Lo que comenzó como un plan divertido, comiendo pizza y disfrutando del rato, cambió rotundamente, más que rápido tendría que ser el momento de comer la pizza, si es que realmente alguien tenía aún ganas de comer en ese momento, la cara de preocupación de Rob decoraba el instante, se mostraba ansioso, esperando que un "ya hemos acabado" por parte de las acompañantes le de la señal para arrancar el Coche a casa y empacar para viajar esa misma noche, no habría tiempo para esperar a que amanezca , se veía que lo sucedido eras realmente urgente, era muy seguro que al terminar la noche esto se terminará conociendo.

"Creo que he acabado"exclama Mariane, "¿ has terminado ya hija?" Le pregunta a Alexia, la cual asienta con la cabeza, y separa el borde de la pizza que parecía un poco dura y no daba la impresión de agradarle, alexia termina de beber su agua y recoge sus cosas antes de levantarse de la silla, "hemos terminado rápido ¿verdad?" Dice Frank al ver a la familia levantarse poco después de haberles dejado la pizza, "pues si, estuvo todo delicioso" le responde Rob, una respuesta un poco cortante y seca, no es para menos, tampoco es que tenga ahora mismo la actitud para juegos y risas.

"Nos traes la cuenta por favor" le pregunta de inmediato a Frank y este se marcha a la caja a por el recibo, "espero que me digas que sucede al llegar a casa" le dice Mariane a rob, con un tono muy serio dejando ver lo molesta que estaba, pero a la vez también se refleja preocupación en su cara, podría- ser una mezcla de sensaciones las que invadía a Mariane, conocía muy bien a rob e intuía que algo muy gordo estaba pasando.

"¡ Aquí tienen!, Son 25,90" les dice Frank y deja la factura en la mesa, Rob mira el papel y de inmediato mete la mano a su bolsillo trasero y saca su billetera de cuero negra, con el logo de su equipo de béisbol favorito los Milwaukee brewers regalo de aniversario de Mariane, edición limitada, el logo era de oro y pequeñas incrustaciones de diamantes, sin duda alguna un regalo muy especial por parte de esta.

Rob abre su billetera y saca su tarjeta de crédito, "por favor con datafono" le dice a Frank y este va a por él, no demora ni un minuto y se lo da, "bip bip" se escucha, la tarjeta pasa de lleno, Frank arranca la factura y se la entrega-

"muchas gracias, espero que les allá gustado todo" les dice mientras todos asienten con la cabeza, y luego se marchan del local de pizzas.

El reloj marca las nueve de la noche cuando la familia Storm se embarca en el coche, "¿listas?" pregunta rob, "!si!" le responde Mariane, Alexia solo asienta con la cabeza, era evidente que aún se encontraba un poco disgustada por lo que fuera que estuviese sucediendo, Rob pone en marcha el coche dejando atrás la imagen del pueblo, Alexia logra ver el mismo letrero del inicio, pero esta vez despidiéndose, sabrá dios cuándo se volverá a dar la oportunidad de volver, así que Alexia solo deja ir un suspiro y decide mejor mirar a otra dirección.

Un sabor agridulce de cumpleaños, sabía que empezó algo extraño pero luego se fue componiendo, para al final acabar con un rápida despedida, "papa ¿ ah cuánto estamos de la casa?" pregunta Alexia con una voz algo apagada. " pues estamos a poco menos de treinta minutos hija" le responde, alexia saca su móvil y se pone los audífonos para distraer un poco el pensamiento, mientras que su madre la observa, de inmediato se escucha " ¿a qué hora salen los vuelos para Milwaukee?" le pregunta Mariane.

Rob agarra su móvil y revisa una página de vuelos pero la conexión no era muy buena "no se no logro ver bien ahora mismo" responde Rob, mientras estaba al teléfono vi rápidamente uno que salía mañana sobre las siete de la mañana , "¿a las siete?" le responde Mariane de manera inmediata, se nota algo sobresaltada de hecho, "si a esa hora" le dice Rob, "pero eso es muy pronto ¿no crees?" continua respondiendo, se nota que los humores no están calmados, y la pequeña conversa tiene toda la pinta de terminar en pelea.

"¿Qué más puedo hacer Mariane? dime" le responde Rob, con una expresión de disgusto en su cara, en el fondo se siente culpable, sabe que el momento en familia nuevamente a quedado a medias por motivo de su trabajo, "tranquilo que no he dicho nada malo" le responde y le hecha de esas miradas intensas que te dicen todo y nada a la vez, Rob simplemente agacha la mirada como a un niño cuando le llaman la atención, mira a Mariane y continua conduciendo.

"Debo llegar lo antes posible a Milwaukee" menciona Rob, "ahí una emergencia en la sucursal de Londres, una vez llegue a casa debo viajar hacia aya lo mas rápido posible, tenemos un gran problema con uno de los gerentes del hotel" continúa contando rob," ¿te acuerdas de james?" le pregunta y Mariane asienta con la cabeza ella conoce a cada persona que trabaja con su marido puesto que también trabajan para ella, así que sabe perfectamente de quién se trata.

 "Bueno, el del teléfono era Marcus el contador dice que este mes le pidió los documentos de los ingresos completos para poder hacer las declaraciones y los papeleos de todos los meses, me dijo que hace cuatro meses noto una disminución de los ingresos, pero que a su vez James le dijo que en el hotel se hicieron reformas, y se estaban construyendo otras suites de lujo cerca del sector, le dijo que yo lo sabia" a medida que la conversación fluía la cara de rob adopta una cara de preocupación.

"sabes que estos últimos meses he tenido que estar mucho tiempo en francia por el nuevo proyecto que tenemos de los condominios y los dos hoteles que están por arrancar su construcción, bueno, parece que ese fue el momento perfecto para que ese hijo de perra comenzará a hacer desvío de fondos a una cuenta en el extranjero,no sabemos aún dónde es exactamente" le dice rob mientras agarra con fuerza el volante.

Hay una breve hipótesis que tiene Marcus él cree que puede ser barbados, me contó que james fue de viaje hace dos meses y le pareció muy extraño porque no es muy exótico para escoger destinos de viaje así, mañana tendremos una reunión urgente de todos los socios, no dan con el paradero de james, y si no aparece tendremos que poner la denuncia y las autoridades comenzaran a buscarlo.

Mariane está totalmente sorprendida por la noticia, puesto que james era un gran amigo de la familia, incluso antes de que fuera un trabajador de sus empresas, fue un gran amigo de la universidad de Rob y Mariane, compartían mucho, y jamás pensó en él como el autor de semejante daño.

"¿ A cuánto asciende la cantidad de dinero desviada?" le pregunta Mariane, este se pasa la mano por la cara y la mira "son diez millones de dólares", también desvió parte del dinero del club de caridad de los socios, organizaciones benéficas, la gala que hicimos este inicio de año !todo!" responde Rob con enojo e impotencia, "!es un malnacido!" exclama, luego regresa la mirada a la parte trasera del coche, pero alexia yacía dormida, con los cascos y la música, poco o nada escuchaba y cayó dormida.

Lo se lo se responde Rob, "no se si yo tengo la culpa por descuidarlo, la culpa por darle plenamente toda mi confianza, por confiarme pensando que al conocerme y a mi familia no me haría algo así, pero a veces siento que es tanto, quiero tener tiempo para ustedes, comienza a desvanecerse Rob "pero a veces siento que no triunfó en algo y en lo otro voy a medias, o no logro-conseguir un equilibrio" al terminar esa palabra rob comienza a quebrarse, las lágrimas comienzan a rodar por sus mejillas.

 "No quiero ser un mal esposo, no quiero ser un padre pésimo, siento que cada vez me pierdo más cosas de nuestra hija, y luego son cosas que no podré recuperar, tu madre se llevó la dicha de compartir sus primeros años de vida, de cargarla siempre, de sus primeros pasos, y cuando siga pasando el tiempo ¿que me quedo yo? pregunta Rob y mira a Mariane, "nada" se autorresponde y agacha la mirada nuevamente.

Mariane pone su mano en el hombro de Rob y lo acaricia, "mírame" le dice," tú eres el mejor padre que nuestra hija puede tener y ella lo sabe" comienza a decir como introducción para comenzar a calmar a un Rob quebrado totalmente por la circunstancia.

"Cuando comenzamos esto sabíamos a qué nos enfrentamos a futuro, sabemos que el éxito demanda mucho sacrificio y esfuerzo, y lo asumimos desde que construimos el primer hotel en Milwaukee, cuando aceptaste manejar todos los bienes de tu familia, sabíamos que no sería nada leve, y ambos lo aceptamos con una sonrisa en la cara, ¿recuerdas verdad? Rob asienta con la cabeza en señal de confirmación.

"Cuando dijimos de tener un bebe ambos sabíamos lo sacrificado que seria, sabes que no viajo tanto como tu, pero trato de transmitirle el amor por los dos a alexia cuando compartimos tiempo juntas, y yo se que ella lo entiende, se que talvez alexia jamás tendrá carencias económicas pero se que no podrá disfrutarse plenamente a los dos, por que el tiempo es corto y no podemos dedicarle siempre" Mariane trataba de calmar a rob mediante las palabras y comenzaba a conseguirlo.

"Pero no quiero que ella sufra por nosotros" le contesta rob y las lágrimas vuelven a brotar de sus ojos, "no lo hará, al menos no será algo muy fuerte, se que sera algo llevadero, porque es fuerte, es nuestra hija, es una storm, fuerte luchadora y risueña, Mariane pasa la mano por los ojos de rob y le da un- beso, el cual parece tranquilizar a rob, el llanto cesa y sigue con la mirada firme en el camino, Mariane agarra su mano, lo mira y le dice "saldremos de esta".

Rob sonríe, sabe que las palabras de su esposa le hacen ver que no está solo en esta situación, sabrían cómo afrontarla y salir bien de ello, nuevamente rob dirige su vista a la carretera faltarían unos aproximadamente veinte minutos para llegar a casa, "que es eso a lo lejos" dice Mariane, "!parece una persona!" dice rob, y efectivamente lo era había una persona, haciendo autostop a un costado de la carretera, ¿era una mujer o un hombre? no se lograba ver con claridad, ya había caído la noche y no lograban identificarlo.

Mariane se inclina hacia la venta del coche para intentar ver de quien se trataba, "no se si sea lo más prudente parar" le dice Rob, " pues creo que tienes toda la razón" le responde, y de inmediato comienza a continuar mirando por la ventana," ¿pero crees que estará bien hacer como si no hemos visto nada?" le pregunta y rob sigue manejando.

A medida que se acerca el coche a esta persona, se logra ver una cabellera rubia larga y se muestra una silueta delgada de mujer , con una sudadera a rayas de color verde aceituna y unos pantalones negros," !para! !para!" le dice Mariane y este detiene la marcha de manera súbita.

La chica de la carretera se acerca al coche y hace señas de que baje el vidrio, estaba ubicada del lado del copiloto, por lo cual le toca bajar el vidrio a-

Mariane, "¿podemos ayudarte?" le pregunta está tratando de averiguar por qué razón estaba tan sola en ese lugar y más aún con la hora que era. "hola, pues me seria de gran ayuda si me dan un aventón" les dice esta mientras agarra una mochila negra que había dejado en el suelo.

"Quedamos con unos amigos pero se me hizo un poco tarde y no alcanze a agarrar el autobús, y el próximo pasa muy tarde sobre las diez" dice con voz tímida y débil, no es nada más que una adolescente, se puede apreciar que es lugareña, no viviría muy lejos y no se veía que vaya a ser un problema darle un aventón." ¿dónde vives?" le pregunta rob, " nosotros nos estamos quedando- en la segunda casa de la entrada de las suites red forest a 20 minutos, ¿te sirve igual o estas mas lejos de casa?" esta vez es Mariane la que le pregunta.

"Pues en realidad me vine bien, mi casa es la cuarta al entrar a la red forest así que me ayudarían mucho" les responde, el rostro de la joven mostraba un poco de tranquilidad, no sería para menos ya era de noche y estar solos en una carretera no sería una idea muy brillante, los jóvenes nunca entienden de peligro, se exponen de manera innecesaria con tal de que puedan salir y disfrutar.

Mariane le abre la puerta del coche pues Alexia seguía profundamente dormida así que la joven pasa al asiento trasero donde está Alexia, Mariane mueve un poco las cosas de detrás, para que esta pueda entrar sin ningún problema," ¡ Muchas gracias!" Les dice sonriendo mientras ingresa al coche, de inmediato cierra la puerta y Rob se pone en marcha hacia su destino.

 "Mi nombre es wanda parker, disculpen que no me haya presentado menciona la joven, " pues yo soy rob y ella es mi esposa Mariane" le responde, bueno a lado tienes a mi hija Alexia cómo ves el paseo la a dejado agotada" al terminar la frase todos sonríen ya que rob lo a dicho en tono jocoso. " pues tuvo que estar muy intenso entonces" le responde Wanda y vuelve sonreír.

" ¿Wanda parker has dicho?" pregunta Rob con un tono intrigado, "¿eres de los Parker Williams?¿ De los bufetes de abogados?" Le pregunta nuevamente con un tono y expresión de interés, "si, Mi padre es Mason Parker, pero mi abuelo-

es el dueño de todos los buffets, pero mi padre se encarga del área de Milwaukee y los buffets de ciudades cercanas, ¿usted los conoce señor?" Le pregunta admirada Wanda, era entendible puesto que eran todos desconocidos para ella y que supieran de su familia le alarmaba un poco.

"Claro que lo conozco" le dice ron con una sonrisa en el rostro, " conocí a tu padre en la Universidad de Milwaukee su Facultad quedaba junto a la mía y siempre coincidimos en fiestas y reuniones del campus, en realidad hicimos una buena amistad, lo recuerdo como un tipo amable, no puedo creer que tu seas su hija, que sorprendente" le responde y continúa riendo, "supe que se encargaría de parte de las oficinas de su padre pero no pensé que viviría por aquí del todo, creí que estaba quedándose en la ciudad" le dice Rob a Wanda.

" y no se equivoca, es así" le responde wanda de inmediato, estamos de vacaciones únicamente, vivimos en Milwaukee pero en vacaciones venimos siempre a pasarlas acá, mama es de aquí, así que aprovechamos en visitar a su familia también" les comenta wanda mientras rob alza a verla a través del retrovisor.

"Entiendo" responde rob, "pues vaya que existen las coincidencias, nosotros también estamos de vacaciones aquí"le cuenta rob, el ambiente se había convertido más llevadero, " bueno no sabía que se estaban quedando también en el mismo lugar que nosotros" dice Mariane mientras que Wanda asienta con la cabeza, "pues nos quedamos siempre en la casa de mama, así que es nuestro lugar de vacaciones de siempre" les cuenta wanda refiriéndose al lugar donde se está quedando.

 "Es sitio no está mal, tiene todo cerca, además el lugar es muy tranquilo, bueno ahora ya lo es más" dice la joven pintando un poco de misterio, ¿ahora ya lo es?, ¿A que se referiría con eso?, quiso decir que aquel sitio ¿a lo mejor tuvo algún pasado inquietante?, Sin duda alguna estas palabras podrían esconder algo de gran interés al final de la noche

"¿ahora ya lo es?" le pregunta Mariane, "¿ a que te refieres?,lanza la pregunta de manera intrigante mientras gira su torso hacia Wanda para verla mejor," ¿quieres decir que antes no era seguro?" vuelve a formularle otra pregunta y-

wanda la mira un poco nerviosa, "pues no es que no lo haya sido, bueno no lo se muy bien realmente, porque yo era pequeña, pero como lo recuerdo y hasta donde me lo contaron, es algo extraño realmente" dice la joven mientras acomoda su melena rubia detrás de sus orejas.

"¿ han visto la casa siguiente a la mía?" les pregunta wanda, mientras Rob y Mariane la miran fijamente y niegan con la cabeza, " no nos ha dado tiempo de recorrer el perímetro" dice rob, quien trata de entrar en la conversación sin perder la vista en el camino," si se dan cuenta es una casa que está quemada,. si no la han visto aun si les da tiempo luego o mañana podrían echar un vistazo, así van a saber a qué me refiero, pues tiene gran parte en el caso que les voy a contar" dice wanda y sus palabras retumban intrigosas.

Sin duda alguna las cosas que decía la joven comenzaban a sembrar en los esposos Storm cierta curiosidad ¿de que se trataría todo?, la conversación apenas tomaba inicio y ya retumba el misterio. wanda se reclina un poco del asiento para continuar con la conversación, " pues cuando yo tenía unos cinco o cuatro años tomando en cuenta que ahora tengo dieciocho, decían que en esa casa vivía un hombre muy extraño" wanda frunce el ceño como intentando recordar bien cada palabra.

"Según lo que me cuenta mi madre era un hombre que vivía solo, su esposa había muerto, por lo cual solo era él quien vivía en esa casa, nadie sabe cómo murió la esposa, pero hasta donde supe mama me dijo que un dia solo vieron salir una ambulancia con su cadáver en una camilla, y nunca se supo que fue lo que le paso, ademas el hombre no tenía mucha amistad con casi nadie del sitio, por lo cual nadie se atrevió a preguntar qué fue lo que sucedió o a expresa sus condolencias" replica la joven.

"Mi madre recuerda que muy tarde ese mismo día que paso lo de la ambulancia y todo esto se observaron tres luces viniendo de la parte trasera de la casa del hombre, muy cerca del bosque, saben, las casas son exclusivas por la zona donde están, es decir se hallan cerca del bosque de Eagle River pero es una área privada, así que, era muy inusual que ocurran ese tipo de cosas, no podían ser jóvenes revoltosos o cosa de este tipo pues las áreas tiene sus custodios y todo eso" exclama wanda.

"Mama dice que mi abuelo decidió acercarse a ver qué era lo que pasaba, como todo hombre de edad y que llevaba mucho tiempo viviendo en ese sitio- le extraño este tipo de sucesos, pues no los había visto antes, ella me contó que pasaron no más de quince minutos cuando el abuelo regresó a la casa, me dijo que su cara tenia una expresión como de susto o pánico, que solo recuerda que le dijo que ya era tarde y que debían ir a dormir, luego de eso solo recuerda que se encerró en su cuarto y escucho murmullos entre él y su madre osea mi abuela como si estuvieran conversando de algo pero no logro escucharlo muy bien".

"¿Pero no te dijo que fue lo que vio?" le pregunta Mariane, se nota que estaba muy interesada en la conversación que estaban teniendo con la joven, "en realidad no me dijo nunca que él le había comentado que fue lo que vio, lo que sí me dijo fue que luego de sucedido esto, su padre ya no la dejaba jugar en el bosque con los demás niños de la zona y de hecho no la dejaba salir hasta muy tarde, me dijo que se volvió muy estricto" les explica la joven. a medida que la conversación fluía empezaba a dejar pistas del desenlace final.

"¿A eso te refieres con que antes no era seguro?" le pregunta Rob, mientras continúa conduciendo, " bueno, no parece algo tan grave, sin duda pudo haber estado quemando algo o asi" responde Mariane de inmediato tratando de regresar la calma al coche, pero la conversación no estaría por lejos de acabar, solo habían pasado cinco minutos desde que wanda entro al coche así que aún quedaban aproximadamente unos quince minutos más de viaje para continuar desenmarañando toda la historia.

"Bueno, eso no es todo" dice Wanda, " ¿ah no?" le responde Rob quien a pesar de estar conduciendo también se mantenía interesado en la conversación, "no, eso no es todo, mi madre dice que cuando esto ocurre ella tenía nueve años, y al siguiente año de lo sucedido las cosas se pusieron más extrañas en ese lugar " wanda pinta una expresión un poco temerosa al terminar estas palabras, como si de algo muy fuerte se tratara.

"¿Extrañas? dice Mariane, "si" dice wanda mientras asienta con la cabeza, "ese año fue muy recordado porque en ese año se mudo la familia Belcroft, ellos venían de Inglaterra, eran un matrimonio y dos hijas gemelas, no se bien-

si tenía ocho años o diez, mi madre me dijo que les llevaba solo un año de diferencia, pero no recuerdo exactamente si era uno más o uno menos" continua relatando wanda mientras el carro avanza su rumbo.

"Bueno, ella las recuerda porque al ser contemporáneas jugaban mucho juntas, y mis abuelos hicieron una gran amistad con esa familia, invitaciones a comidas iban a casa y todo esto, luego a mediados de ese año mamá recuerda que una tarde habían estado en casa de los Belcroft jugando hasta las seis de la tarde en el patio, pero luego mi abuelo había ido a casa a llamarla para que regresara porque se estaba haciendo tarde, y como no había visto a nadie en la parte delantera, redondeó el patio que no tenía cerradero y la llamó para llevarla a casa, como dije anteriormente él era muy protector con mi madre y no la dejaba quedarse hasta muy tarde" explica la joven wanda.

"Este mismo día sobre las ocho mi madre recuerda que la señora Belcroft llegó a casa y estaba muy agitada, mi abuela abrió la puerta y no sabia que pasaba, de inmediato la hizo pasar le trajo un vaso de agua y le dijo que las gemelas no estaban. Mi abuela luego de escuchar eso llamó inmediatamente al abuelo y este bajó corriendo las escaleras, no lo podían creer porque hace un par de horas ellas estuvieron jugando con mi mama" a medida que avanzaba la conversación Mariane se muestra más intrigada, ¿en qué terminará todo?.

" Muy bien, luego de esto de no encontrar a las gemelas y de los Belcroft llegando preocupados a casa todas las personas del barrio empezaron a barrer el bosque en búsqueda de las gemelas, ya saben que nuestra zona es noventa por ciento bosque y diez por ciento de personas, así que el abuelo y los demás fueron a buscar al bosque y mama y la abuela recorrieron las casas de la urbanización en búsqueda de las niñas".

"La búsqueda se dividió en un grupo de veinticinco personas las cuales se fueron con el abuelo a la zona del bosque y otras diez estuvieron con la señora Belcroft y la abuela buscando de casa en casa algún indicio de las niñas, mi madre me dijo que para ese entonces el señor Belcroft estaba en Inglaterra porque viajaba constantemente, así que no estaba presente, la búsqueda- duró minutos, horas, y conforme pasaba el tiempo la desesperación se empezaba a notar" les comenta wanda,

"¿Pero no había llamado a la policía?" dijo de inmediato Mariane, sorprendida por el giro que había tomado la conversación y muy metida en el papel de oyente quería saber cada mínimo detalle, "pues no creo que la hubieran llamado, de ser así creo que mi madre no hubiera omitido ese detalle" contestó Wanda.

"Lo que creo, es que empezó como una búsqueda propia de vecinos, no creo que pensaran en esperar a la policía, todo comenzó de inmediato al poco de enterarse que las gemelas no aparecían por ningún lado, ahí algo muy raro a partir de este punto" dice Wanda mientras Mariane se la mira fijamente y rob también se mantiene expectante mientras conduce.

"Sobre las diez de la noche fue cuando se escucharon unos gritos, provenían de la casa del hombre que les mencione anteriormente, mmm... Conor o Portamor no recuerdo muy bien su apellido" dice mientras gesticula una expresión de duda en su rostro, "bueno continuo, los gritos provenían cerca de la casa, pero quien grito era la señora Belcroft decía mi madre, de inmediato todos corrieron siguiendo los gritos, y se encontraron con uno de los peores paisajes antes vistos en ese lugar" les cuenta la joven quien esta vez cambia la expresión de su cara y parece más entristecida.

"El sitio era conocido por ser muy tranquilo, por eso todo parecía no encajar, mi madre dijo que la abuela no se lo explicó con lujos de detalles cuando niña pero cuando ya fue mayor se lo contó muy bien ya que siempre le insistía que le contase que había sucedido. La abuela le contó que ella y la señora Belcroft se encargaron de buscar en las zonas cercanas a las casa, esta osea la señora Belcroft había pasado por la casa de aquel hombre, y que esta había escuchado llorar a una niña, lo cual despertó su duda y decidió acercarse."

"Las casas no llevan un enrejamiento trasero por lo cual todas tiene acceso directo al bosque, ya habrán podido darse cuenta de eso" dice wanda y de inmediato Mariane y Rob asientan con la cabeza, "bueno continuó, la señora Belcroft camina por el patio de este hombre para saber de dónde provienen esos ruidos, dentro de ella intuía algo malo, y cuando logra ver por la ventana, era una de sus hijas en el suelo llorando y.." finaliza.wanda esta palabra, parece que se plantea si continuar con la conversación o no, sabe que lo queva a continuación de la historia es dura, a pesar de haber pasado mucho tiempo, cuesta aún volver a recordarla.

"No es necesario que continúes si no quieres" le dice de inmediato Rob, se da cuenta de que es algo incomodo o algo intenso lo que viene luego de alargar esta letra final, y Wanda lo mira " no se preocupe puedo continuar" le responde.

"Cuando la señora Belcroft ve que una de sus hijas estaba ahí de inmediato corre a por ella y al abrir la puerta de la sala que colindaba con la ventana trasera, vio a aquel hombre con un cuchillo en mano y a la otra de las pequeñas que había sido apuñalada en frente de su hermana, hasta quedar irreconocible, de inmediato la gente entró con el llamado de los gritos, y el horror, para encontrarse con un cuadro desgarrador".

"La abuela corrió de inmediato hacia la señora Belcroft y el resto de la gente inmediatamente se dirigieron hacia el hombre, el cual por cierto salió corriendo hacia el bosque, pero eso es otra historia" comenta Wanda, "¿otra historia?" le pregunta rob, "sí otra historia, esta la pudieron vivir las personas que fueron a buscar a las niñas al bosque fue ahí donde paso"les responde la joven, "como aquel hombre salió corriendo al bosque, no tenía ni idea que se encontraría con el resto de las personas, que para ese momento no sabían aún lo que había sucedido en la casa" explica.

"La gente estaba regresando a la urbanización cuando logran ver al hombre que llevaba una especie de cuchillo en las manos y la ropa toda ensangrentada, de inmediato supusieron lo que había sucedido, por lo cual todos saltaron a por él con la finalidad de capturarlo" continúa explicando wanda, se notaba que la historia traía tela para cortar y era más allá de algo inofensivo lo que había sucedido.

"Mi abuelo le contó a la abuela que aquel hombre estaba con la ropa ensangrentada, y que su rostro también tenia sangre por todos lados, sus dientes que parecía como si hubiera comiendo algo vivo o hubiese estado bebiendo sangre, o algo así, fue muy extraño, todos querían llevarlo de regreso a la casa y saber que había sucedido, pero llevaba un cuchillo en su mano y se mostraba muy agresivo,así que comenzaron a perseguirlo hasta-

llegar a un punto más allá del bosque, cerca del acantilado, donde lo acorralaron".

¿Pero qué sucedió con aquel hombre?" le pregunta Mariane totalmente sorprendida por lo que estaba relatando la joven, "pues señora" exclama Wanda mientras toma una pausa para continuar, "lo que pasó fue algo que hasta el día de hoy sigue siendo muy raro, si se lo preguntan a la gente que vivió el suceso, aún les sigue causando admiración" Wanda finaliza aquellas palabras y Rob baja un poco la marcha del coche, parece haber visto algo a lo lejos, "rayos, como puede estar aquella rama tan grande en medio del camino" dice mientras bordea la carretera para no tocarla.

"Disculpa la interrupción Wanda, continua por favor" dice Rob, "descuide" le responde esta, y de inmediato continúa el relato. "cuando la gente del bosque lo acorraló y éste se vio sin escapatoria lo que hizo fue suicidarse, utilizó aquel cuchillo con el que había matado a la niña y se cortó la garganta, luego se dejó simplemente caer hacia el acantilado" Wanda termina aquella frase con una cara aún de sorpresa, después de todo cosas como estas no ocurren todos los días.

 "La gente no entendía porque el hombre hizo aquel cosa, degollarse enfrente de todos, era algo descabellado, ya sospechaban que era un tipo un poco misterioso pero nadie pensaba que era un maldito de mente" dice Wanda con un tono sátiro al finalizar, "de hecho la gente de inmediato bajó al acantilado para tratar de ayudarlo, pero ya era tarde, aquel hombre estaba muerto"- comenta Wanda. "no creo que luego de lo que hizo hayan mantenido mucha probabilidad de que siga vivo" dice Mariane mientras se encoge de hombros.

"Pues algo de posibilidades si mantenían, al menos de poder alcanzar a preguntarle qué era lo que estaba pasando, que originó en que todo acabara así, pero no hubo suerte, cuando la gente bajo el hombre ya estaba muerto, lo que hicieron fue llevarlo en una especie de camilla improvisada con una placa de madera formada por el propio bosque, y lo llevaron hasta las casa, luego ya se encontraron con la otra escena de horror" exclama.

"¿La niña muerta?" se escucha preguntar a rob, " si, la niña muerta" responde la joven, mientras Mariane está perpleja en el coche luego de aquella aterradora experiencia suscitada en el mismo lugar donde estaba pasando sus vacaciones. Más allá de que la historia asustara a más de uno, la manera en que pasó y la incógnita de saber el porqué, había dejado un mal cuerpo en rob y Mariane, aunque Alexia estaba con ellos aun permanecía dormida en la parte trasera del coche.

"Cuando la gente que venía del bosque entró a la casa la niña yacía aún en el piso, no se distinguía nada de ella, estaba totalmente hecha picadillo, y se podía observar que faltaba parte del cuerpo, trataron de buscar algo cerca a la escena pero no encontraron nada, no fue hasta dentro de unos minutos que uno de los vecinos entró hacia la cocina y encontró sobre la mesa lo que parecía ser una de las extremidades de la niña, con aparentes mordiscos, como si de un poco de carne de animal comido se tratase".

"Al final todos llegaron a la conclusión de que pudo haber sido algún ataque de demencia, aunque bueno, esa teoría quedaría un poco obsoleta, porque al entrar a la casa todos buscaron indicios de que era lo que pudo haber desatado esa furia o lo que fuera para cometer semejante atrocidad, todos revisaron cada parte de la casa minuciosamente y no encontraban nada" sigue contando Wanda, y la historia parecía de no acabar, cada vez aparecían situaciones llenas de misterio.

"Fue unos pocos minutos después que en el cuarto del hombre encontraron una especie de baúl plomo, aquel objeto estaba abierto y tirado sobre la cama, la abuela contaba que el baúl era un poco peculiar, y tenía símbolos grabados por todos lados, como si aquello hubiera venido de otro mundo, de otro lugar" exclama la joven. " ¿como que algo de otro mundo?" pregunta inmediatamente Mariane.

"No podría dar una respuesta concreta a lo que me pregunta, nadie ahí sabía lo que decía, o de dónde había salido aquello, pero la abuela si le comento a mamá que aquel objeto emanada terror, miedo, al menos a ella que lo tuvo cerca, decía que sentía maldad en ese objeto, algo muy siniestro que guardaba o escondía en el"; Wanda tenía una expresión de miedo en su rostro, ¿quesería aquel objeto y porque inspiraría aquello en las personas que lo tuvieron cerca?..

"Aquella caja llevaba un cerrojo plata con un pequeño candado entreabierto, como si alguien hace poco hubiera estado viendo lo que en su interior contenía, a las personas no les representó dificultad abrirlo del todo, dentro de esa caja lo que había eran cosas muy creepy" les dice Wanda mientras acaricias sus hombros con sus manos como si aquello le pusiera los pelos de gallina.

"¿Como que?, ¿ a qué te refieres con creepy?" le pregunta Rob intrigado y la mira muy rápidamente por el retrovisor del coche, "pues cosas raras, escritos con palabras extrañas, imágenes de animales muertos, decapitaciones, es más entre todas estas cosas había una foto de la esposa muerta" exclama Wanda dejando aún más intrigados a los storm. "quieres decir que le tomó una foto cuando la mujer había fallecido?" pregunta nuevamente Rob mientras Mariane se mantiene atenta a la respuesta.

"Si, parece que antes de llamar a la ambulancia, el hombre se las ingenio para sacarle una foto a su esposa fallecida, y por si eso fuera poco, también de manera similar a la foto anterior , estaba la de dos niños, por la calidad de la foto la gente dedujo que era muy antigua, se podía apreciar que la foto fue tomada en esa misma casa, por la decoración de la sala, ya que tenia el mismo estilos tétrico y arcaico al de la foto, cortinas largas y a juego con la alfombra de la sala, muebles de piel oscuros con cobertores por encima y el clásico televisor de cajón sobre una vieja repisa de madera antigua" dice Wanda.

Parece ser que lo sucedido, no había pasado por simple coincidencia, algo muy oscuro se había estado incubando en aquella casa, y aquel momento, fue el detonante de una bomba que estaba con la cuenta atrás programada. " detrás de ambas fotos había una frase extraña" exclama wanda.

"Era algo raro, una de las personas dijo que era como latín o así, en realidad no quiero mentirles pero yo latín no se y no recuerdo sinceramente que decía, lo que sí sé es que nadie en esa casa sabía de qué iba el rollo este de la caja misteriosa y las fotos inquietantes, así que todos llegaron a la conclusión que se trató de algún rito o sacrificio satánico, o algo así" exclama .

"Todo es tan loco, suena como sacado de una película de terror" le dice Mariane a wanda, " realmente lo es" responde Wanda, "además poco después llegó la policía y ya saben, procedieron a hacer el levantamiento de lo que quedaba del cadáver, era cierto que la había apuñalado hasta matarla, pero luego la había desmembrado casi por completo, la señora Belcroft fue llevada a un hospital, la sedaron para tratar de calmarla, lloraba desconsolada y gritaba abrazando los restos de su hija, lo más duro es que no quería que la separasen de su cuerpo, fue por eso que la sedaron y se la llevaron" les dice la joven.

"Dios qué atrocidad, realmente no entiendo que puede llevar a una persona a realizar semejantes actos" exclama Mariane quien a estas alturas estaba totalmente en shock, "creo que sin duda alguna es algo que nadie entendía, aquello sorprendió incluso a los policías, quienes están preparados para este tipo de situaciones" responde wanda ante las palabras expresadas por Mariane.

"La otra niña también fue llevada al hospital, aunque parecía como si estuviera bajo alguna especie de hipnosis, sus ojos tenían una mirada perdida, vacía, así que la llevaron para que la pudieran analizar, sin duda alguna estaría en shock después de presenciar cómo asesinaban de manera tan salvaje a su hermana" exclama Wanda.

"La gente odio esa casa después de lo acontecido, aun cuando los de bienes raíces intentaron arreglar todo y limpiarlo para que pareciese que no pasó nada, la gente aún seguía odiando ese sitio, además les recordaba lo que paso, así que no transcurrió mucho más de cuatro meses, cuando una noche de abril, el olor a humo y las llamas levantaron alarmados a los vecinos, quienes salieron de sus casas y se encontraron con la escena de una casa en llamas, era obvio, se trataba de aquella casa".

"A pesar de que la policía llegó para interrogar a la gente y dar con quienes fueron los que ocasionaron el fuego, nadie encontró al culpable, quien fuera no se entregaría, y la policía dejó de preguntar, quien fuera que haya sido, hasta el día de hoy se conoce su identidad. pasó este acontecimiento, y los Belcroft regresaron a Inglaterra, nadie supo más de ellos, solo se oían rumores de que se fueron porque estar ahí les recordaría para siempre lo sucedido, no es queno lo vayan a recordar, pero sentían que lo iban a pasar peor quedándose en el mismo lugar donde mataron a su hija".

"Debo decir que el incendio de la casa de cierta manera trajo una especie de tranquilidad psicológica para las personas de red forest" menciona wanda mientras sacude su cabeza afirmando lo que acababa de decir," ellos comentaban que lo que fuese que tenía aquella casa, sin duda el fuego se lo llevaría, !jaja!" Wanda terminó estas palabras con una risa de cháchara, ¿ a que se debería aquella risa burlona?.

" Como si el mal se fuera por un par de llamas nada más" dice, nuevamente con un tono satírico, " después de eso creo que volvemos a seguir siendo el perfecto punto de Eagle River, de clase alta y acomodada que compra casa para veranear, escapando de las caóticas vidas de lujos y más lujo" termina esta- frase la joven orbitando los ojos en señal de antipatía y rechazo, dejaba evidenciar un ligero disgusto tal vez al estilo de vida en la que se ve envuelta o a la forma compleja de ser de muchos de los vecinos de aquel sitio.

"Bueno, hemos llegado" les dice rob, la historia había consumido exactamente todos los minutos que le restaban al viaje, así que cada quien podía ya seguir con sus vidas normales, bueno un poco menos normales después de saber lo que había pasado cerca de su pequeño nido de tranquilidad que habían alquilado por unos no menos de 3.000 dólares al día.

"Muy bien, creo que me bajaré aquí" y de manera inmediata Wanda abandona el coche para encaminarse con destino a su casa, tampoco estaba tan lejos tomado en cuenta que las casas estaban muy cercanas cada una a unos tres minutos de distancia, "¿hemos llegado?" pregunta de inmediato la joven alexia al sentir que el coche se había dormido durante todo el viaje por lo que sin lugar a duda se había perdido todo el relato de la escabrosa historia contada por Wanda.

"Si hija, entremos a casa hace un poco de frío" dice rob mientras abre la puerta del coche para que salga Alexia, de inmediato entran a casa, Mariane se asegura de cerrar bien la puerta, sin duda alguna lo que escucho sembró en ella ese típico miedo que te aparece después de ver un video de esos donde-

te dan un top ten de fantasmas y terminas durmiendo con la luz prendida para "darte tranquilidad", bueno pues a esto se asemejaba.

De inmediato apagan las luces de la casa, Alexia y sus padres suben a sus respectivos cuartos, se escucha el sonido de las puertas al cerrar, y de inmediato se oyen murmullos que provienen del cuarto de los padres de Alexia, se puede escuchar a Mariane hablando con Rob sobre lo que les contó aquella joven, "como pudo ocurrir algo así" dice, "tranquila, son cosas que pasaron hace mucho" dice rob tratando de tranquilizarla, " intenta olvidar ya y duerme, mañana tenemos que salir a primera hora" dice Rob y Mariane se acuesta en la cama para intentar dormir..

Del otro lado de la pared está la imagen de una joven alexia pensativa, con los ojos bien abiertos no deja de pensar en aquellas palabras dichas por wanda "ustedes pueden ir a ver la casa para que lo entiendan", aquella frase que había lanzado como desafiando a los Storm a que vean aquella casa incendiada de la historia. ¿Pero cómo podía saber Alexia aquellas palabras si iba dormida?, pues no, no lo estaba, o al menos no en los últimos momentos de la conversación, Alexia había estado escuchando todo, fingiendo estar dormida, para que así no le llamaran la atención.

Pero su tranquilidad, que ya se había visto afectada, lo mejor hubiera sido permanecer dormida, pequeña inoportuna, tenía que seguir durmiendo y así no se encontraría en esta situación, "¿será todo esto verdad? ¿o solo será parte de un juego gracioso que planteo para asustar a mis padres?" piensa Alexia en su mente, era muy evidente que ya tenía sembrada la intriga de conocer si era cierto, o se trataba tan sólo de una especie de juego enfermizo de aquellos que le hacen los adolescentes a las personas mayores para reírse de ellas a sus espaldas.

"No pasara nada si salgo a echar un vistazo" exclama Alexia, quien de repente siente que un aire de valentía la invade, y no es que necesariamente sea la más valiente, tal vez sí muy ingenua, pero valiente sin lugar a duda no era su segundo nombre, Alexia coge su móvil de la pequeña repisa de madera que estaba junto a su cama, y abre muy lentamente la puerta de su cuarto, se cerciora que nadie esté despierto, por lo que se queda un par de minutos-

parada en la puerta de su cuarto, a esperar si alguien hablase o diera alguna señal.

"No escucho nada, ahora si creo que estarán dormidos" dice y se encamina a la odisea de bajar por las escaleras. Al ser una casa rústica, casi todo estaba hecho de madera, y crujía, así que seria muy probable que al bajar aquellas escaleras que no serían más de veinte escalones, alguno de ellos provocaba un muy inoportuno sonido, "okey, vamos" dice Alexia mientras baja de manera sutil las escaleras, evitando a toda costa producir cualquier tipo de ruido, sabe-que no pasaría desapercibido, entre la paranoia que cargaba su madre antes de dormir, y el silencio total que tenía la casa, el mínimo crujido causaría un estruendo.

El tiempo se volvía eterno, y las escaleras interminable, la tensión,"el susto que tendré que volver a pasar al subirlas" piensa de inmediato al verlas, camina hacia la sala de la casa y abre aquella puerta grande de cristal que daba hacia el patio, iría directo al bosque por ahí. Salta de inmediato a su mente el último episodio vivido en el bosque y echa una mirada general al lugar buscando que no hubiese nadie, pero efectivamente estaba sola de momento.

"Bueno, no creo que demore tanto" piensa inmediatamente, tratando de calmar cualquier sentimiento de pánico, inmediatamente comienza su pequeña aventura, ¿juegos de riesgo tal vez?, la curiosidad siempre dominaba sus actos, Alexia pensaba que si no se arriesga a enfrentar lo que le causa esa sensación de intranquilidad, no podría quitárselo de la cabeza y se quedaría con la duda.

La pequeña enciende la luz del móvil, esta de mas decir que esta todo oscuro, la única luz provenía de la luna, y tampoco es que estuviera del todo despejada, la adornaban un séquito de nubes, además de los árboles que encerraban toda el área,"aquella chica dijo que era la quinta casa, creo que voy por la tercera, así que no faltara tanto" exclama Alexia mientras continúa minuciosamente su camino.

Las hojas que habían caído de los árboles adornaban el suelo, cada casa de la zona dejaba evidenciar el lujo y las excentricidades de sus dueños, dobles piscinas, jacuzzis, canchas deportivas, pequeños gimnasios al aire libre, sin lugar a duda se notaba que nadie ahí tenia reparo alguno en cuanto a gastos, y de coches no digamos, parecía una feria de exposición de coches lujosos, eso era a lo que se refería wanda cuando estaba conversando con Rob y Mariane.

De repente el ambiente cambia drásticamente, la casa era un cambio radical a toda la fachada anterior, a pesar de estar quemada, la casa conservaba muy bien sus estructuras, no se veían tan deterioradas a pesar del tiempo, alexia se fija en la ventana posterior de la casa, la que wanda mencionó en la conversación, a la gente observando los hechos atroces ahí suscitados "debería dejar de pensar estupideces" se repite apartando la mirada hacia otra dirección.

De manera lenta Alexia camina hacia la puerta con todo el ánimo de entrar, lleva todos los sentidos al cien por ciento, verificando cada minúscula cosa que pase a su alrededor, "mierda" se tira hacia un costado casi resbalando, la entrada era el pequeño hogar de un tejón solitario, el cual al moverse causa un susto en alexia, quien de por sí ya se encontraba muy sobresaltada, pero sin dejar que la situación la supere, camina bordeando al animal y se dispone en abrir la puerta.

Se escucha un pequeño chasquido al abrirla, no es para menos, ya hace mucho que esa casa no ve la gracia de un buen mantenimiento, luego de haber sido quemada, los de bienes raíces no hicieron nada por repararla, y al no tener quien la reclame, decidieron dejarla a su suerte, astuta gente de corbata nunca pretenden perder, alexia ingresa a la casa, comienza a explorar con la mirada todo su interior, no hay mucho que ver, las llamas habían dañado todo en su interior, y solo quedaban las piezas carbonizadas de lo que hubiera sido los objetos que adornaban la casa.

Alexia comienza a caminar dentro de la casa, que de por sí ya daba un aspecto tenebroso, también emana un aire de intranquilidad o de misterio, crea esa sensación de atracción para la joven Alexia, quien no deja de seguir adentrándose en aquel lugar, sigue largo por el pasillo cercano a la sala, hasta-

llegar a la cocina, se planta frente a ella, y por un momento visualiza una escena llena de sangre, imaginando lo que había sucedido en aquel sitio lo que wanda describe en su historia.

Rápidamente invaden en su cabeza como una cosa fugaz las palabras de wanda, cuando decía que sobre la mesa de la cocina, habían encontrado la extremidad mordisqueada de la niña asesinada, y corre por todo su cuerpo una sensación de escalofríos, cierra sus ojos por un momento y se encoge de hombros, como si tratase de sacarse la idea de la mente.

"Sea mentira o no, esta casa pone paranoico a cualquiera" dice la joven, como tratando de darse una explicación a lo que está sintiendo en ese momento, abandona inmediatamente la cocina, gira hacia las escaleras de la sala, siente que debe subir a inspeccionar el lugar pero no puede dejar de sentir mucho miedo, y sin duda alguna sería algo normal después de ver el sitio donde estaba.

En la parte superior hay tres cuartos, los cuales eran el baño y dos dormitorios, aún se aprecian bien, pues parece ser que el fuego consumió en su mayoría la parte baja de la casa, sin duda tuvo que empezar en algún lugar de esa zona, y no logro avanzar mucho, pudiendo salvar un poco el piso superior.

Alexia camina hacia el baño, que tenía la puerta entreabierta y entra, tampoco es que haya mucho que ver, un espejo que aún sobrevivía al tiempo lleno de polvo y un par de telarañas en el techo eran el adorno a primera vista de aquel sitio, la ducha en decadencia y un retrete en las mismas condiciones era todo lo que tenía.

Cierra la puerta del sitio, y se gira con dirección a los dormitorios, "encontraron un baúl con unos símbolos extraños" fue el recuerdo que salto como aviso para alexia, esta sabía que tenía que ver si aquel objeto seguía aún en alguno de los dormitorios, o donde sea que estuviera, por que la ayudaría mucho a aclarar las cosas que estaban pasando, "serán los mismos símbolos, que vi en mis sueños" réplica, "se que aquí podrá encontrar respuestas" exclama nuevamente.

El primer cuarto tenía toda la pinta de haber sido un cuarto de mujer, una mesa muy grande y un espejo, era lo primero que se apreciaba de fondo al entrar, al acercarse, se podía observar que aun estaba el maquillaje sobre la mesa y un par de cajas de perfumes, un estuche de joyas vacías, unas fotos pegadas al espejo, se aprecia que eran dos personas con ropa de boda las de la foto, ¿se trataría del dueño de la casa y su esposa?, alexia agacha un poco la mirada y se encuentra con un dibujo que pareciera haber sido hecho por niños.

"¿Quién habrá hecho estos dibujos?" se pregunta intrigada, y no era para menos, ¿de dónde podrían venir si aquel hombre no tenía familia?Alexia toma aquel dibujo y le da la vuelta tratando de ver quienes eran los autores de este, y como pudo haber llegado hasta ahí. "con amor para mamá, de tom y leo" era lo que llevaba escrito el papel con un par de corazones como final de firma, lo cual quería decir que aquel detalle había sido hecho por los hijos de ambos, de no ser así ¿quien mas podría llamar mamá a la esposa de aquel hombre?.

De inmediato Alexia recuerda las palabras de wanda, bueno, una de las tantas cosas que dijo fue que en aquel baúl encontraron la foto de dos niños muertos, ¿acaso aquellos niños eran Tom y Leo?, ¿aquellos niños eran los mismos que hicieron aquel dibujo?, a medida alexia pasaba más tiempo en esa casa, descubre más cosas, pareciese que pronto podría encontrar la respuesta que tanto busca.

La joven continúa su recorrido por el cuarto y se topa con una cama grande, se observa aun hecha, aunque totalmente gris debido al humo del incendio, aún se aprecia el orden del cuarto. en la habitación también se encontraban un juego de almohadas de esos antiguos que formaban parte de la decoración, en el centro de las almohadas estaba un pequeño osito gris, sin duda alguna pertenecería a alguno de los pequeños hijos cuando estos aún vivían.

Alexia se dirige al armario con la finalidad de encontrar aquel objeto, unas puertas ya desgastadas por las termitas, y también por el tiempo se abren con el impulso de las manos de Alexia, de inmediato comienza a echar un vistazo en su interior, "¿vacío?" se pregunta, el armario estaba totalmente vacío, no había nada, bueno si lo había, una pequeña caja de zapatos a una esquina del sitio, y una escoba, era todo lo que contenía en su interior.

Alexia abre la caja de zapatos en el piso mueve la escoba, trata de alguna forma hallar algo, pero se da cuenta que no existía nada ahí que fuese parecido a lo que estaba buscando, revisa las paredes del sitio tratando de encontrar alguna especie de pasadizo secreto como en las películas, pero lo haría en vano, no había nada, lo mejor era dejar de insistir y continuar, revisa debajo de la cama de la pequeña alfombra del dormitorio sin éxito, así que decide abandonar el dormitorio, y seguir con el otro, confiando en que encontraría algo.

De paso en paso llega, abre la puerta muy despacio, se piensa mucho que podía llegar a encontrar, así que solo da un empujón hacia delante, cierra los ojos para luego abrirlos y se deja sorprender, "vaya" son las únicas palabras que se escuchan, un cuarto más rústico, con decoración simple, y poca cosa dentro, son las primeras impresiones que tiene al examinar con la mirada todo el sitio.

De inmediato camina hacia el interior y comienza con la exploración, había una silla en la esquina, y una pequeña cajonera junto a esta, también encuentra un vaso de cristal vacío encima de ella, junto a esto se podía observar una ventana, alexia se asoma y se da cuenta que daba directamente al bosque, gira su cara de inmediato y continúa explorando.

Una cama en el mismo estado que la anterior, con la única diferencia que esta no tenia un peluche como parte del decorado, y dos pequeños cuadros al espaldar era todo lo que había, muy simples para el sitio donde había estado ubicada la casa, cuyo lema parece ser mientras más lujo, mejor vivo, por el estilo de todas las construcciones que se veían en aquella zona.

La casa estaba muy fría, podía sentirse más helado dentro que fuera de ella, Alexia lo comenzó a notar cuando entro a la habitación, aferrada a su sudadera, que era lo más abrigado que se percató en coger antes de salir de su casa, comienza a explorar más a fondo todo, se inclina para mirar si no había algo debajo de la cama, y sigue los mismos pasos usados en el cuarto anterior, mira debajo de la alfombrilla, por el suelo, hasta llegar al armario, se dispone a abrir el armario con mucho entusiasmo como si fuera un niño a punto de recibir una piruleta, pensando encontrar algo.

La imagen de fondo de dos trajes y un par de camisas muy empolvadas, es lo único que adorna aquel espacio, Alexia cambia su mirada por una mas de decepción, encogiendo la boca como si de un puchero se tratase, comienza a dar manotazos para separar la ropa y tratar de llegar al fondo de aquel sitio.

"¿Nada?" se pregunta, "es que no puedo creer que haya venido aquí para no encontrar nada" Unas palabras de desilusión invaden la escena, ¿sería cierto que no encontraría nada?, de inmediato comienza a mirar el suelo tratando de encontrar una tabla suelta por donde pudieran haber escondido aquel baúl, pero es imposible, no hay absolutamente nada.

La invade la intranquilidad, se lleva las manos a la cabeza y al mismo tiempo mira hacia arriba, y es ahí cuando nota algo extraño, "¿que?" son todas las palabras que deja escapar Alexia. !eureka! Tal vez ya había dado con la gallina de los huevos de oro, una pequeña cuerda colgaba del techo del armario, sin duda alguna, habría algo más allá que solo un par de tablas, así que lo que fuese que hubiera dentro, estaría por saberse, en pocos minutos.

De inmediato alexia corre a por la silla que estaba en la entrada de la habitación, para de esta manera llegar a la cuerda, se sube y tira de ella,una nube de polvo es lo primero que entra en contacto con Alexia, haciendo que esta se desplace súbitamente hacia atrás, "oh, mierda" se sobresalta y dice, no es para menos, un poco de descuido y habría terminado en el suelo con la cabeza rota.

Alexia se encuentra tan emocionada y tiene una corazonada de que esta vez encontraría lo que había estado buscando, inmediatamente comienza a dar pequeños empujones con su cuerpo para poder llegar con su mano más hacia el fondo "nada, no siento nada" dice, mientras se baja rápidamente y corre hacia la otra habitación, recordaba que había visto una escoba en el otro armario y sin duda le servirá para poder alcanzar algo, en caso que lo hubiera.

"Muy bien, ahora si estoy lista", comienza a realizar el mismo movimiento con su cuerpo pero esta vez con la escoba sostenida por su manos, repite el movimiento cuando de repente, !pum!, suena de fondo, la escoba había dado con algo, los ojos de alexia se sobresaltan de emoción y curiosidad a la vez-

estaba a poco de saber lo que había, trata de arrastrarlo hacia ella cuando logra ver desde el filo de la pequeña puerta del techo una caja gris.

Alexia da un par de movimientos más para terminar sacando aquella caja, "tiene que ser este aquel baúl, estoy segura" dice convencida, y no se equivocaba, lo había encontrado y era realmente peculiar. De color totalmente plomo, tenia unas inscripciones muy raras por fuera, pero tal vez para Alexia estos símbolos ya eran conocidos.

"Estos son los mismos símbolos de mi sueño, de las túnicas y de aquella daga", había dado en el clavo con este hallazgo, ¿pero de que se trataba todo?, ¿cuánta gente estaría involucrada en esta secta de locos, adoradores de dios sabrá quien?, estas serían sin duda las preguntas que rondaban en ese momento por su cabeza.

"No lo hagas" se escucha una voz de fondo, ¿de donde provenía?. Alexia gira la mirada buscando alguna señal, "quien esta ahí" grita Alexia, "¿quien eres? pregunta a los pocos segundos,pero todo se torna silencioso, "a lo mejor fue producto de mi imaginación" da por respuesta buscando de esta manera tranquilizarse, de inmediato trata de abrir nuevamente aquel pequeño baúl, y cuando cree que conseguirlo siento un pequeño respiro en su espalda y siente que todo el cuerpo se le paraliza al instante.

 "Ahhhh" se escucha un gran grito que enviá al suelo a la pequeña joven, "te dije que no lo hagas niña" son las palabras que provienen de una sombra ubicada a la esquina del armario, "no te han enseñado a no meterte en casas extrañas" continúa diciendo aquella, silueta, que permanecía en anonimato de momento.

"Tu..¿tu quien eres?" es lo único que puede preguntar Alexia, la situación y el miedo no le dan para más, ¿quién se esconde detrás de esa extraña voz?, y ¿que querría con Alexia?. "¿yo? yo puedo ser quien tu quieras puedo ser, phillip o puedo ser el asesino hijo de perra, como me bautizaron todos aquí", de inmediato alexia se queda rígida en el suelo, sus ojos se abren de horror, ¿ a quien se había encontrado?, tal vez ya lo sabía pero pretendía que no, así-

engañaría un poco su mente para que su cuerpo no entrase en estado de alerta y se desmayara o se echase a gritar.

"¿Quieres saber qué es lo que hay en la caja que sostienes con tus pequeñas manos?" alexia simplemente mira la caja y la deja caer hacia un lado, tratando de esa manera liberarse de lo que creyese que le fuera a pasar, "vamos cógela, no seas tímida, si viniste aquí por ella" le dice aquella presencia de manera satírica y burlona como si de un juego se tratase, como un cazador que juega con su presa.

 "Vamos sin miedo pequeña, cogela, tienes mi permiso para abrirla, pero ten mucho cuidado de lo que ves, no siempre las sorpresas son buenas", alexia cae en una gran indecisión, ¿debo abrirla o debo correr?, piensa, "no me creo una wonder woman" estaba muy lejos de tener la fuerza de tan extraordinario superhéroe, pero algo en su interior le decían !hazlo!, y terminaría siendo eso lo que haría.

"No se a que estas jugando, pero la abriré" grita con seguridad mientras coloca las manos en la caja, !trac! es todo lo que se escucha y de repente se ve caer un pequeño candado al suelo, era la señal para seguir y saber si era cierto lo que había dicho Wanda, comienza a sacar un par de hojas desgastadas, y a mirarlas, al mismo tiempo que mira aquellas hojas, mira a su alrededor tratando de buscar al tipo, no ve a nadie, pero sabe que esta en algún lugar, así que continua, "son todos iguales, tiene la misma tipología" se refiere al ver los escritos en el papel.

Un total de seis hojas largas se encontraban muy bien dobladas, ¿pero que sería lo que significa cada hoja?, ¿de qué tratan?Alexia las aparta y comienza a ver un set de cinco fotos, la primera es de una pareja en su día de bodas, la gira y un mensaje adornaba aquella foto, "recuerdo de nuestra boda, siempre tuya...Vvicky", de inmediato se pregunta "¿Vicky?" mientras dibuja en su cara una expresión de sorpresa, ¿sería acaso esta Vicky la mujer de aquel hombre?.

La mujer de la foto tenía toda la pinta de ser la esposa de aquel hombre y se cerciora de ello cuando luego de esta foto ve aquella a la que se refería Wanda cuando dijo, "tenía la foto de su mujer fallecida" y no había sido mentira luego de la imagen expresando amor, fue un contraste brutal, el ver la foto de una mujer sin vida tendida en una cama, tenía los brazos sobre el pecho y se podía ver claramente que sostenía un cuchillo con ambas manos.

¿Había muerto solamente o también la había asesinado?, fue lo que pensó de inmediato, cuando de repente una voz se escucha y como si se tratara de una respuesta, "no, no la maté fue solo parte de la decoración", se escucha en toda la habitación, aquella voz retumbaba haciendo eco, "¿y porque razón lo hiciste? ¿Eres acaso un enfermo, jodido psicópata?" pregunta Alexia exaltada al ver la foto, pero sin duda estaba más exaltada por no saber de dónde venía específicamente la voz.

"Tu continua, luego tendrás tus merecidas respuestas" se escucha que responden y alexia regresa su mirada al baúl, de esta foto le sigue la de aquellos niños también fallecidos ambos en posición horizontal agarrando una flor con ambas manos, la imagen era muy siniestra e inspiraba terror, "¿y estos que son tus hijos?" pregunta Alexia, pero recibe un silencio por respuesta así que decide seguir viendo.

La foto de una casa y un par de perros fuera, era la cuarta foto, no tenía mucho misterio, así que decide pasar a la quinta, " mira esta detenidamente, podrías encontrarte con más de lo que viniste buscando" murmura Phillip, y Alexia saca la ultima foto.

¿Que seria?, un grupo de treinta personas ubicadas en tres filas de diez frente a una gran construcción de estilo aquelarre antiguo, adornaban toda la foto, hombres, mujeres y una persona frente a todos contando con el treinta y uno, llevaban las mismas vestimentas de las personas que aparecían en los sueños de Alexia, ¿serían acaso ellos los que aparecían en sus sueños?, "¿qué quieres demostrar con esta foto? " pregunta la joven, e instantáneamente se escuchan unas risas burlonas, "aun no te has dado cuenta ¿verdad? mira más detenidamente" le dice aquella misteriosa voz.

Alexia comienza a recorrer de lado a lado la foto con la mirada por un par de segundos, cuando se queda estática viendo en una sola dirección, ¿ de qué se trata? ¿Qué fue lo que captó su atención ?. "la has visto verdad" suena como eco estas palabras, "dime ya si la viste" se escucha que dicen entre risas, " te asustas de todos, pero no te asustas de ella" repite aquella extraña voz, ¿pero a que se refiere?, "yo se quien es ella, quiero escuchar que lo digas" continúa insistiendo aquella presencia como si intentara conseguir una respuesta que le regocijaba escuchar.

Alexia deja caer la foto viendo de reojo unas palabras que decían, enviados a todo el mundo, grupo elite, todos sonreían en la foto, una aquellas personas sonreía en primera fila, pero aquella persona no era ajena a Alexia, es ahí cuando de repente solo se oye "abuela" y de inmediato estas palabras se ven acompañadas de unas risas macabras que ensordecen toda la casa.

Muchos lobos tienen piel de cordero, y mientras más ríen más intentan clavar el puñal, ¿sería acaso un buen ejemplo para referirnos a la gente de la foto?, gente alegre que podrían ser unos verdaderos carniceros, tal vez, pero todo encajaría más y mejor para la historia que se estaba deshilando en la vida de Alexia ella lo vería, lo conocería a medida que pasase el tiempo.

CAPÍTULO V

THOMAS

El destino de las cosas parecía apenas empezar, y es que el pasado trae consigo verdades que muchas veces es mejor que permanecen enterradas en el olvido, pero cómo podemos construir una casa si no sabemos plantear sus bases, es lo que faltaba en toda la historia que se estaba llevando a cabo en la vida de alexia, ¿cuales son los orines?.

se puede escuchar claramente el chillido de los pájaros, se notaba la época de verano, a lo lejos se observa dos hombres de traje conversando fuera de un pequeño templo, "sabes que la gloria, tiene sus sacrificios Phillip, y quiero que siempre recuerdes la promesa que hiciste cuando fuiste escogido como miembro del grupo de élite, ¿ quieres que te la recuerde?.menciona uno de los dos hombres presentes en la conversación

Un hombre de tez blanca, alto, y con aspecto a liderazgo por las canas que pintaban su cabello es quien expresa aquellas palabras, ¿pero a quién se las dirige?. Aquella persona que estaba recibiendo aquellas extrañas palabras era un joven hombre de apariencia delgada y de cabello oscuro, su nombre era Phillip, llevaba una identificación dorada pegada en el bolsillo de la chaqueta, ¿este era el mismo Phillip asesino y psicópata de la urbanización red forest?, si, lo era, pero esta joven, acaso alexia estaba sometido a algún hechizo que la hizo volver el tiempo atrás y conocer el génesis de esta persona.

"No es necesario, sé perfectamente lo que debo hacer Thomas" dice phillip, permitiendo conocer la identidad de la otra persona presente, el semblante de Philip era muy serio al expresar aquella respuesta, "pero esto se dará cuando llegue el tiempo, ahora Vicky apenas tiene ocho meses de embarazo, así que aún quedan seis años más por delante. A veces está mal afanarnos a lo que pase después, sabes que el futuro es incierto" exclama y termina la frase con una sonrisa entre sarcástica y nerviosa a la vez.

"Lo sé lo sé" dice Thomas quien al juzgar por el letrero fuera del pequeño templo con su nombre al inicio, permite conocer que se apellida Darkarter, ¿sería una especie de líder para aquellos que están en aquel sitio?. "solo te recordaba las promesas que has hecho por llegar a donde estas, de esta manera te aseguro de que lo lleves presente, y que vuelvas a recordar que, nuestro paso por esta vida es solo momentáneo, pero la gloria que viene en camino, y por la cual te estás abriendo un gran puesto, merece todo lo que hacemos, todo"le responde de manera desafiante.

Casi podía sentir el magnetismo de atracción que desprendía aquel hombre con sus palabras, dominancia y manipulación, llevaba una imagen tan altiva, que impone con solo mirarlo, ¿de que se trataría esa promesa a la que se estaba refiriendo?, aquel hombre decía cada palabra con tanta autoridad, que se parecía a la conversación que tienen un padre y un hijo, pero lejos estaba esto de ser ese el caso.

"Hola Phillip" se escucha de lejos, una voz femenina, de esas dulzonas y registro débil se escucha a lo lejos, mientras Phillip alza la mirada para ver de donde provenía. Una mujer blanca, de cabello castaño y cuerpo casi sacado de una portada de disco de época, agitaba su mano a lo lejos para ser distinguida entre unas cuantas personas más que venían junto a ella.

¿De quién se trataba? ¿Quién era la mujer? Quien sea que fuera logra pintarle una sonrisa un tanto tímida, Phillip agacha la mirada y Roza su nariz tratando de tapar un poco la cara cambiando totalmente la expresión que tenía hace un momento, de inmediato se acerca la mujer, y Thomas es llamado por una pareja quienes lo abordan no dejando ni siquiera que pudiese despedirse de Phillip, aunque este no había caído en cuenta para nada de lo que pasaba, se notaba totalmente centrado en mirar a aquella mujer.

"Hola Phillip, pensé que te habías marchado ya" expresa la dama, cuyos nombres correspondían a Mary carfort, así lo dejaba conocer el pequeño letrero que llevaba colgando de la chaqueta de poliéster Rosa acompañado por unos pantalones y camiseta a juego, "hola Mary, pues no, Vicky se a ido con Carlos Spetcher a una pequeña comida que hicieron en su casa, y yo decidí quedarme aquí para poder hablar con Thomas" responde de manera cortez.

"¿Tienes con quien regresar?" le pregunta Phillip de inmediato, se podía apreciar que entre ellos habían más que una relación de fines de semana y encuentros casuales en la iglesia, sus miradas y sus gestos escondían más era como ver a dos jóvenes intentando ligar en el Instituto, lo cual resultaba del todo sorprendente tomando en cuanto que Philip estaba casado y a poco de ser padre, pero eso parecía no importarles, los gestos entre ambos eran correspondidos.

"Podrías llevarme sin problema, ¿si no tienes otro plan?" Fue la respuesta que obtuvo Philip, Mary siempre tenía una sonrisa acompañando cada frase, pareciera como si estuviera iluminada por el sol de manera perfecta y sus dientes perfectamente Alineados, sin duda era lo que lo mantenían en un Estado de transe con solo verla, "claro que no, el coche esta en el parking" le responde.

Cuando ambos se disponen en dejar el lugar un toque en la espalda de Mary hacen que esta de un sobresaltó y voltee bruscamente. "vaya parece que te he asustado" le dice una mujer que lanza una sonrisa un poco avergonzada, ¿de quien se trataba?, Su nombre era Ana Ferrer un miembro mas de aquel sitio, a juzgar por su apariencia no pasaba de treinta años, y llevaba un lazo en su cabeza de color turquesa.

Agacha su cabeza para acomodarse las gafas que marcaban su nariz, mira a Mary y le formula una pregunta de lo más peculiar, ¿sigue en pie lo de llevarme a casa Mary? estaba esperando en tu coche, Phillip le lanza una mirada de confusión, creía que esta no tenía como irse, pero a que estaba jugando entonces, bueno era obvio que el gusto entre ambos era correspondido, pero porque mentir innecesariamente para llamar la atención.

Mary lanza una de esas sonrisas vergonzosas deseando que la tierra la tragara, Ana no tiene ni idea de qué va la escena, pero Phillip sí, por lo cual se despide estrechando la mano de ambas, y se va, Mary mira a Ana, de manera un poco molesta por haber interrumpido el encuentro y le contesta, "¿estas lista para irte?, pues en marcha" y camina hacia el parking mientras Ana la sigue.

Un letrero se alcanzaba a ver a la distancia, Milwaukee a 3 kilómetros, era lo que adornaba la carretera, el mismo letrero decía al reverso "gracias por visitar Eagle River", quedaba claro que Ana y Mary no pertenecían a aquel lugar, entonces, ¿qué era exactamente lo que hacían ella y toda la demás gente en aquel sitio..

De inmediato se escucha un sonido, eran alguien no muy lejos haciendo señales de que parecen, ¿pero quién era?. A medida que se acercan ven la ropa y el rostro de aquella persona, era Thomas, sonreía y hacía señales de que Ana bajase el vidrio del coche, había llegado muy rápido a ese sitio ¿como podía haberlo hecho si no manejaba?, ¿quien lo llevaría hasta ahí?Ana se sorprende, pero no pasa desapercibido para ella el coche detrás con dos personas, ahora conoce que Thomas no andaba solo.

A Mary le pareció un poco extraño que su líder apareciese de la nada junto a estas otras personas, pero de inmediato recuerda que al acercarse a Phillip, Thomas estaba con él pero fue abordado por una pareja, aunque no se percató de quienes eran así que no le ayudaría a distinguirlos, peor aun estando lejos dentro del coche.

"¿Ya se marchan?" dice Thomas con su voz amistosa de tono fingida, y sus dientes algo manchados,sin duda por el tabaco o el café, "pues estábamos por abandonar Eagle River, llevó a la señora Ferrer a su casa, vive cerca de la miá así que le doy un aventón" finaliza Mary de manera cortez

Thomas le sonríe y rasca su barba de unos cuantos meses de crecida se notaba por lo larga y poco cuidada que estaba, cubría todas sus mejillas y mentón aquello le daba un toque mas de seriedad a su persona, "pues hemos quedado con los señores Spetcher en su casa, van a hacer una pequeña barbacoa, así que mi súbita aparición ha sido para eso" dice Thomas levantando sus manos en señal de que no pasaba nada mas pero de manera un poco graciosa como tratando de simpatizar más.

De inmediato se inclina un poco más a la ventana del coche "están invitadas, vamos Mary, Ana, animense, que estará muy divertido todo" les dice tratando de convencerlas, "retrocedan la marcha nosotros les guiaremos" exclama-

más allá de parecer una libre invitación, parecía de esas en las que debes responder con un si o si, pero que no te dejan otra opción, por lo cual Mary dio un giro al coche, con dirección de regreso y comenzó a seguirlos.

El camino tenía muchas piedras, por lo que el coche tambaleaba mucho, árboles frondosos decoraban el camino, un par de animales de campo y unas cuantas casas muy separadas, eran lo que se veía tras la ventana del coche, "mierda" dice Mary al pasar por un gran bache que la obliga a girar bruscamente el volante, mientras Ana se sobresalta de inmediato poniéndose en estado de alerta por el sacudón provocado.

Mary regresa la mirada hacia Ana, "está todo bien" pregunta mientras Ana le inclina la cabeza en señal de confirmación, "todo tranquilo" contesta, y continúan siguiendo el coche. De repente este se desvía hacia la izquierda, y se mete por un pequeño marco formado por las ramas de unos árboles, aquella formación natural era muy larga y desembocaba a una casa blanca de dos pisos de aspecto rústica.

La última casa que había visto Mary quedaba a unos quince minutos en coche así que, realmente cada casa estaba lejos de la otra, aunque tal vez esto se debiese a que las casas tenían sus hectáreas de espacios verdes,un lugar perfecto para tener mascotas o los animales que pudieron observar al mirar las propiedades vecinas, "hemos llegado" gritó Thomas *y de inmediato saca su mano por la ventana del coche haciendo señas de que parecen la marcha, "bajen, bajen, hemos llegado" les dice con una risa dibujada en su cara.*

Mary detiene la marcha y Ana es la primera en bajar del coche, Mary demora un poco más hasta dejar sus cosas dentro y cerrar las puertas, siempre se aseguraba de no olvidar sus llaves, había tenido un par de malas rachas olvidándose las llaves dentro del switch y teniendo que improvisar una llave extra, así que no quería jugarle al destino nuevamente, Mary camina junto a Ana y Thomas se acerca a ellas, "bueno, primero les presento a los esposos Spetcher, son los nuevos miembros que llegaron de noruega" les dice y de inmediato presenta a la pareja.

Un hombre muy blanco de cabellos dorados, con una mirada azul intensa y fría, estrechan la mano de Ana y de Mary, "hola, soy Jaime Spetcher y ella es mi esposa Sharon Spetcher" les comenta, conduciendo con su mano a Sharon para que esté cerca de ellas y pueda saludarlas, "hola, soy Sharon" fueron las palabras que salían de la boca de una mujer muy alta, de contextura delgada, y mirada directa, parecía que sabia todo de ti al verte a los ojos, como si pudiera leerte la mente.

había algo en aquella mujer que incomodaba a Mary, quien estrecha la mano y no puede evitar mirar hacia el suelo por un momento, lo mismo pasa con Ana, pero luego continúan muy normal fue como una sensación de intimidación pero tan solo se lo atribuía ya que al ser la primera vez que se veían no había mucha confianza de por medio lo que justificaba la sensación.

Todos se disponen a entrar en la casa, cuando Thomas da media vuelta, "eh olvidado algo en el coche, puede continuar entrando, voy yo en un momento" exclama mientras los demás continúan el camino hacia la casa, la entrada tenía una gran escultura de atenea, y un par de bonsais para completar la decoración, "muy bella escultura" les comenta Ana que se nota impresionada por la casa, " gracias, la compramos en un viaje a Grecia, nos costó unos 50.000 euros o así" le comenta Sharon.

Coloca su mano en la escultura y continua deslizándola sobre aquella hermosa pieza de mármol, y sonriendo de manera orgullosa por su buen gusto en piezas de arte, Ana amaba mucho todas las cosas relacionadas a decoración y mas aun a cultura, se había graduado como diseñadora de interiores y era muy amante a la cultura en general, había llegado de argentina a Milwaukee hace dos años, y se encontraba en un programa de intercambio con una universidad muy exclusiva de aquel sitio.

Ella y Mary se conocieron por el ex novio de Ana, John. Quien era también miembro también de esta comunidad, pero se encontraba en una misión de recepción de nuevos discípulos en Australia, estuvieron a punto de casarse cuando ambos se dieron cuenta que no eran lo que realmente querían, dejando así la relación y marchándose este a los pocos meses de aquella historia, desde ese momento Ana, siempre buscaba a Mary y le contaba sus vivencias-

sus ratos amargos y felices, era su especie de psicóloga no titulada de gran ayuda, y Mary nunca la rechazaba, tal vez lo pensaba pero nunca rechazaba ayudarla.

La casa era muy lujosa, dejaba entrever el nivel de vida que manejaba la familia, cuadros por cada esquina y adornos de diseño peculiar, eran los que decoraban cada parte del lugar, "muy bien, creo que la barbacoa está en el sótano iré por ella" dice Jaime, quien se dispone a bajar las escaleras, de inmediato se escucha un golpe en la puerta de entrada así que debería ser Thomas que estaba de regreso..

"Ya estoy aquí" se escucha, mientras Sharon se dirige a abrir la puerta, efectivamente era Thomas, traía consigo un maletero grande, pasó desapercibido pues sin duda sería donde guardaba cosas personales, "¿dónde está Jaime?" le pregunta este a sharon, quien le señala hacia el sótano, que es donde había bajado este a ver las cosas para la barbacoa, y de inmediato sharon se dirige hacia una de las habitaciones, "alguien desea algo para beber" les pregunta , "un poco de agua gracias" le responde Mary, "que sean dos" dice Ana rápidamente, mientras que Thomas solo responde un no sacudiendo su cabeza de un lado a otro.

"Estoy feliz de que al fin seas parte del grupo elite Mary" con una sonrisa le dirige Thomas estas palabras, "en Londres los están esperando" continúa hablando Thomas con entusiasmo, "luego de mi recomendación nadie pudo decir que no a la formación de este equipo, se que con ustedes alcanzaremos todo lo que hemos venido planeando hace mucho, ¿no crees?" le pregunta esto y la mira fijamente como esperando un sí a cambio. ¿ a que se refiere Thomas?¿de qué grupo elite habla, y que es lo que va a lograr?, las cosas parecían tener poco sentido de momento.

Thomas mira a Mary y Ana, y de manera inesperada suelta un suspiro, "las cosas llegan de manera tan repentina, ¿verdad?" les dice fingiendo siempre sonrisas al terminar sus palabras, "estoy tan seguro de que todo será aún mejor que antes" pero esta vez algo sí había cambiado y fue su sonrisa al terminar de hablar, el juego que hizo aquello con su mirada fue un poco-

espeluznante, algo sin duda no encajaba en aquel lugar, eran pequeñas pautas que mary no dejaba pasar por alto, ana parecía ajena a todo o simplemente no caía en cuenta.

No es que Thomas fuese un desconocido para Mary, pero habían ciertas cosas que le parecían extrañas, la aparición repentina en el camino, ¿porque no le diría lo de la invitación cuando estaba con Phillip?, ¿qué era lo que traía en ese maletín?, ¿porque habían desaparecido Sharon y Jaime?, bueno esta segunda pregunta tiene respuesta, estarían preparando las cosas de la barbacoa, pero aun asi, ¿a que venia la actitud rara que estaba teniendo Thomas?, muchas veces la verdad puede tardar mucho tiempo pero al final termina saliendo a la luz..

Thomas, un hombre de unos 52 años de edad, oriundo de Texas había vivido hasta los 7 años en ese sitio, cuando sus padres decidieron mudarse a eagle river, su padre había obtenido un trabajo en el banco de aquel lugar debido a la recomendación de un amigo de familia, así que no tuvo problema alguno en mudarse de Texas y comenzar una nueva vida con su familia en este lugar, Thomas quien era hijo único, tuvo una infancia un tanto solitaria, con su padre trabajando todo el tiempo y su madre que era ama de casa de las tradicionales, tampoco era que se dedicase mucho a él.

Prestaba gran parte de su atención a la casa, y el resto al padre de Thomas, Jake, no es que haya tenido una infancia pobre, podía decirse que tenían sus comodidades, y les permitía vivir de manera modesta, pero sus carencias eran de índole afectivas, su padre era de los que creían que entre hombres no podía demostrarse cariño y su madre apoyaba cada decisión que este tomaba.

Thomas busco reemplazar esa carencia de amor con sus abuelos Holy y Peter, estos vivían aún en Texas, y el siempre los visitaba en las vacaciones de verano, pero esta sería una de las situaciones que cambiarán su vida. Los abuelos de Thomas no tenían una buen relación con Jake, por lo cual siempre trataron de proporcionarle el amor que claro estaba su nieto no recibió por parte de los padres, sabían que Jake era un completo bastardo que le gustaba vivir de las apariencias, mostrando una imagen perfecta y que su hija-

Samantha quien era la esposa de éste, trataba de justificar siempre sus desplantes y malos tratos hacia ellos.

Pero... ¿entonces quién podía decirle algo?, Samantha vivió perdidamente enamorada del padre de Thomas, este había sido su único novio y decidió irse de casa con él "por un mejor futuro" junto al hombre de sus sueños, aunque claro tenía que tener, que muy lejos estaba de ser un príncipe perfecto, en el fondo sabía que no la quería realmente ni a ella ni a su hijo, tomó tan solo un par de años para que se diera cuenta de eso, pero trataba de mostrar la imagen de la familia perfecta, esa de revistas y series televisivas falsas e inexistentes.

Un veinte de junio Holy y Peter habían ido a eagle river a dejar a Thomas luego de haber pasado las vacaciones con ellos como de costumbre, aquel mismo día por la tarde, ellos tuvieron una fuerte discusión con Jake, y entre gritos abandonaron la casa, la situación comenzó alrededor de las 6:00 pm cuando Thomas toca la puerta en compañía de sus abuelos, en ese instante se asoma Samantha, quien no sabía que detrás de esa puerta estaban sus padres y su hijo, se le habría pasado por alto que regresaban para dejar a Thomas y la visita sorpresa cambiaría todo.

Al asomarse se apreciaba perfectamente que llevaba su rostro adornado por unos moretones que cerraban parte de su ojo izquierdo, aunque había intentado maquillar la evidencia de los golpes, era imposible borrar las marcas de arañazos en sus brazos y una pequeña abertura en su labio inferior. su padre de inmediato entró furioso a la casa y observó a Jake sentado en el sofá sin ningún tipo de remordimiento, destapando una cerveza fría y viendo el béisbol por tv.

solo fue cuestión de segundos para que Peter salte sobre Jake y le dio un fuerte puñetazo enviándolo al suelo, quien de inmediato giró su cuerpo e intentó ponerse rápidamente de pie, sorprendido y a la vez un poco atónito, puesto que tampoco se esperaba que sus suegros llegan a casa, de ser así es muy probable que no lo hubieran encontrado ahí.

Su cara de asombro al ver a Peter, frente a él con una cara de odio envió la señal de que la situación estaría por complicarse más, "calma ¿te has vuelto loco?" fueron las palabras que Jake pudo articular luego de ser derribado por Peter, "eres un maldito mal nacido hijo de perra Jake" respondía de inmediato Peter volviendo a formar un puño con su mano y dispuesto a ir por él nuevamente, se notaba lo enfurecido que estaba y no era para menos, había dejado irreconocible a su hija quien apenas lograba abrir su ojo izquierdo del fuerte golpe recibido.

la situación se acaloraba cada vez más, "este es el momento Samantha" dice Peter, "tú y mi nieto se vienen conmigo, deja ya a ese hijo de perra te vienes ahora" se escuchaba como sentencia las palabras, a lo cual Samantha pinta una expresión de asombro en su cara y solo agacha la cabeza, tal vez de vergüenza, sabe que su padre esta en todo lo correcto y lo mas sensato seria irse y dejar a Jake, sabe perfectamente que si se quedaba ahí seguirán los golpes y tal vez sería peor. "no creo que pueda papa" sin mas deja caer esas palabras como resignados.

"Pero qué dices, acaso te has visto al espejo hija ¿estás loca?" de manera perpleja le responde Peter a Samantha, puede ser que debido a los golpes su hija haya perdido el juicio, o aún esté desorientada para responder de manera correcta, "no, no estoy loca, es mi esposo, y si lo hizo es porque yo lo merecía"

Sin duda algunas las respuestas de Samantha eran por demás una barbaridad, Peter se encontraba impactado, perplejo, creía que a lo mejor estaría escuchando mal, "¿acaso no temes por tu hijo?¿ no te importa él y de cómo está viviendo en este hogar?" Holy pregunta estremecida también por las irracionales respuestas de su hija.

"Es mi hijo y hace lo que nosotros le decimos, ustedes no tiene ningún tipo de autoridad con eso" exclama Samantha se notaba que estaba dando respuestas absurdas conforme se desarrollaba la discusión, ¿que era lo que la ataba a Jake?,¿era amor?; debería amarlo tanto como para exponerse a ella y su hijo de tal manera.

"Pues si no quieres hacer nada tu lo haré yo" de manera enfurecida le responde Peter, "mañana vendremos con una trabajadora social y denlo por hecho que el niño se viene con nosotros" una amenaza contundente fue lo que dejó plantado Peter y de inmediato agarró a Holy y miro a Thomas, "hijo vendremos por ti mañana, te amamos" con un beso se despide y abandona de inmediato la casa.

Pero la vida no siempre es justa, y eso estaría pronto por conocerlo Thomas con una temprana edad de diez años, aquella misma noche recibió una llamada que le cambiaría la vida, "ring ring" se escucha el sonido del teléfono, samantha de inmediato se dirige al salón donde Thomas estaba sentado, "si con quien habló" pregunta esperando una respuesta al otro lado del teléfono, "es usted Samantha Collest" le preguntan, la llamada traía consigo buenas nuevas, o talvez solo nuevas.

Samantha frunce el ceño, desconoce de qué va todo esto "si, soy yo" responde, y de inmediato escucha un suspiro al otro lado del teléfono, "señora llamamos porque sus padres han tenido un accidente en la carretera que se dirige a Texas, el coche fue impactado por un camión y quedaron sepultados debajo de él, aunque tratamos de liberarlos y hacer lo posible, fallecieron de inmediato" se escucha coger un poco de aire a la mujer al otro lado del teléfono.

"hemos dado con su número por los contactos del móvil del señor, lo siento mucho, estamos en el hospital Texas medical center, para que se haga el reconocimiento de los cuerpos y puedan ser entregados" exclama esta persona y se pinta un silencio sepulcral.

Samantha deja caer el teléfono que impacta en el suelo, su cara tiene una expresión de horror, está perpleja, o tal vez en la mezcla de emociones , ¿acaso siente culpa?, hace unas horas atrás se estaba dando lugar una fuerte discusión, pero ahora sus padres estaban muertos, ¿cómo debería sentirse con todo lo sucedido?.

Samantha solo se acerca a thomas quien estaba sentado en el sofá y lo abraza, de inmediato comienzan a caer lágrimas de sus ojos, "tus abuelos hanmuerto" dice sin más mientras lo abraza, pero esa no era una manera correcta para decirle a un niño de diez años que alguien había muerto, más aún si son las únicas personas que realmente lo amaron.

Luego de esto todo iría a peor, debería haber mejorado pero no en la vida de Thomas, su madre cayó en una profunda depresión, su padre no pudo con la situación de ver a Samantha todos los días en la cama sin poder seguir con su vida, sumida en la culpa, así que se fue de casa y los dejo.

No es que se hubiera esperado algo mejor de el, Thomas tuvo que sobrellevar la situación solo, cuidar de su madre, aunque su padre económicamente los ayudaba, poco después iniciaría una nueva vida, una nueva familia, pasando página con Thomas y su madre.

Pero... ¿Quién era Thomas en la actualidad?, ¿habría repercutido en él todo lo sucedido?. Thomas siguió sus estudios, fue a la universidad, obtuvo un grado en antropología y se especializó en culturas antiguas, fue un alumno destacado en su universidad y al graduarse recibió una beca de erasmus por lo que viajó a roma a continuar su estudio de cultura, inclinándose además por el estudio de las lenguas muertas, cada mes enviaba un a postal a su madre comentando cómo le estaba yendo, lo hizo hasta que esta falleció a los setenta y cinco años.

Thomas dirigía un estudio a tiempo completo sobre las prácticas de culturas antiguas, se mantuvo así por tres años adquiriendo cada vez más conocimientos sobre su rama de estudio hasta que decidió regresar a Eagle River, ¿pero que era realmente lo que había llevado a Thomas a regresar a su lugar de infancia?, ¿sería acaso el deseo volver al lugar que lo vio crecer? ¿o simplemente había algo más que lo seducía a regresar?

Durante su época de estudio se había adentrado mucho a una cultura en especial "los anima Comedens" que en español eran llamados devoradores de alma, una cultura extinta, originaria de Sudáfrica, estos tenían una creencia en particular, veían a las personas como posibles recipientes en el cual albergar demonios, como una especie de reencarnación. creían que en cada tiempo-

establecido por su calendario, las puertas del abismo se abrían y liberaron un demonio en particular.

Estos se encargaban de escoger de entre sus miembros una persona, la cual sería entregada como regalo en una serie de prácticas paganas llevadas a cabo en una especie de culto, creían que el tener un demonio en el cuerpo de sus miembros les daría poder por sobre los demás, creían también que podrían llegar a dominarlo y usarlo como un arma a su antojo, pero esa fue la creencia más ingenua que les costó la extinción total, ¿que habían hecho mal? era la pregunta que siempre se hacía Thomas, y que lo llevaría a obsesionarse con este tema.

¿Cómo puedes dominar algo que va más allá de ti? sin duda esta pregunta inspirará en Thomas una idea desequilibrada, ¿que pasaría si volvieran los anima comedens? saltaba esta pregunta por su cabeza, "¿y que pasaría si naciera algo mejor?, los nuevos anima comedens" comienza a hablar para sí mismo."pero esta vez sin cometer los errores de antes, esta vez todo lo haría perfecto para que funcione" dice mientras en su mirada se ve la locura que comienza a invadirlo.

¿En que estaba pensando? ¿la nueva tribu del siglo?, hay cosas que es mejor mantenerlas ocultas porque al liberarlas provocan desastres de magnitudes catastróficas y esta podría no ser la excepción.

No pasaría mucho tiempo para que Thomas formara su propia especie de secta, se hacían llamar "et omnipotentes" o "los omnipotentes", empezaría haciendo los cultos en su propia casa, y eran unos cuantos curiosos los que comenzaron a formar parte de esta extraña congregación, que en unos pocos meses contaba con más de cincuenta personas no solo de eagle river, sino que venían de otros pueblos cercanos, construyeron un pequeño sitio al que llamaban "aqua spelunca" o cueva de agua donde asistían todos tres veces por semana.

Como Thomas era un genio en cuanto a lenguas muertas, el idioma oficial de esta secta fue el latín, impartido por el mismo a los miembros, y conforme pasaron los años aquella pequeña congregación echó raíces al mundo exterior-

la gente parecía caer como en una especie de hipnotismo cuando conocía acerca de "los omnipotentes", y muchos deseosos de salvación se unían a ojos cerrados. Consideraban a Thomas como un ser bendecido, iluminado.

Muchas veces lo llamaban con adjetivos como "lucero" "rey" "dios" e incluso los más antiguos le llamaban "quaelux" refiriéndose a que el era la luz para todos ellos, y eso alimentaba ese ego y esa ausencia de afecto a la que estuvo expuesto de niño- tenía todo lo que quería y podía saborear como era ser adorado y querido por todos.

¿Que está dispuesto a hacer una persona por poder?, esta pregunta sería reforzada por la paradoja de que si un hombre no nació en cuna de oro, podría construirse una ¿pero a base de que lo haría Thomas?, ¿ de maldad?, ¿de engaños?, ¿o tal vez a base de uniones de índole apocalípticas?, jugar con fuego es peligroso,¿pero jugar con lo desconocido?, en el fondo Thomas sabía que algo malo podría ocurrir, pero eso parecía no importarle la sed de poder le consumía todo razonamiento.

Pero a la vez que crecían los aliados también había quienes no compartían las creencias de Thomas, y sus prácticas, las consideraban de inusuales, y más de una vez fue acusado de brujo por quienes vivían cerca de su residencia, pero por cosa del destino siempre resultaba siendo absuelto de cualquier tipo de acusación, como si algo lo ayudara, pero ese algo no mantiene una presencia física, o al menos se mantenía entre las sombras liberándolo de todo quien se le enfrentara.

Un verano del ochenta y ocho la comunidad de conover, comunidad vecina a eagle river, se despertó con una desgarradora noticia, habían encontrado el cuerpo de una niña de doce años mutilado y arrojado cerca de la cuenca del río, lo extraño era que al cuerpo le faltaban los ojos y el corazón, muchos creyeron que se trataría de algún psicópata que habría venido de otro sitio para realizar semejante atrocidad.

La noticia se extendió de inmediato a todos los pueblos cercanos incluidos Eagle River, y rápidamente empezaron las especulaciones, la gente temía salir hasta altas horas de la noche, y la policía procuraba rondar los pueblos demanera constante, ¿pero quién sería el causante de aquel aberrante acto?, ¿de que se trataría tan escalofriante asesinato?, preguntas que muy pronto obtendrán su respuesta.

La noche del 15 de julio de 1988 se encontraba Thomas y Phillip, uno de los miembros de élite de la secta , eran las 22:00 pm, cuando ambos mantiene una conversación en la residencia de Thomas, "la gente cree que está a salvo en sus casas, piensan que todo está bien porque no logran ver las cosas de una manera real" dice moviendo su taza de café de un lado a otro, "¿a que te refieres con eso? le replica Phillip, " si entrara alguien a sus casas armado en este momento y echara fuego contra ellos morirían todos, por que es lo que son, humanos indefensos, sin respaldo, sin poder, ¿no te parece que es algo patético?" pregunta, pero Phillip simplemente dibuja una expresión de sorpresa en su cara.

"Pues yo he descubierto que podemos ser más que eso, y es lo que les repito siempre" Thomas deja la taza de café sobre la mesa y mira a Philip detenidamente, "las cosas van a cambiar muy pronto y con pronto me refiero a ya, es aquí cuando probare la fidelidad de cada uno de ustedes, ¿que la vida no es eterna? esa es una mentira que la gente inventa para no abrir los ojos más allá del conformismo, podemos ganar la eternidad si nos unimos al clan indicado, la gente le teme a lo desconocido, pero ¿y si deja de ser así?`` A medida que la conversación se iba reforzando Philip se veía cada vez más interesado.

Las creencias son solo eso creencias, la gente cree en algo sin ni siquiera poder verlo" continúa comentándole Thomas, "¿a qué te refieres con lo de no verlo?" le pregunta Philip con una cara de asombro, Thomas sonríe y rasca su barba mirándolo fijamente, "pues es fácil, la gente cree en dios y no lo ve, pero si la gente cree en algo y a su vez puede verlo o mas aun si la gente cree en algo que puede ver y puede ser uno con aquello en lo que cree ¿no piensas que sería tener la gloria en las manos?" Estas últimas palabras dejan a Philip pensativo.

¿Entonces es a eso a lo que te referías el día anterior en el templo?, ¿crees realmente que la gente puede unir el alma a algo superior?, Phillip deja caer estas preguntas y Thomas lo atiende detenidamente, "si con unir el alma a algo superior te refieres a lo espíritus del abismo, si, creo que las personas son recipientes perfectos para portar un espíritu, demonio, Ángel caído o como la gente quiera llamarlo, y es más, muy pronto se liberará uno al cual ya estamos esperando.

"Durante años estudié el calendario de un antigua tribu llamada anima comedems y ellos tenían antiguos escritos y calendarios en los que establecen fechas exactas en las que se liberan estos espíritus, según el calendario dentro de cinco meses es el turno de "Mammunt" O carnero en español, este es uno de los más antiguos según los relatos de esta gente" dice Thomas que parecía tan perdido en sí cuando hablaba de este tema, podía decirse que parecía obsesionado, y no era para menos toda aquella obsesión que lo envolvía había creado por completo lo que tenía a su alrededor hasta ahora.

¿Pero que tendría en mente Thomas?, ¿como pretendía hacerse con aquel ente?, la gente tiene hambre de poder, y están dispuestos a vender sus propias almas con el fin de obtenerlo, este hecho no sería distinto a lo que estaría dispuesto a hacer, dentro de sí sabía que estaría abierto a todo, y al decir todo, es porque era capaz de realizar lo que fuese que le permitiera saborear la gloria.

¿Que estarías dispuesto a hacer Philip, si te ofrecieran la eternidad y el poder?, le deja planteadas estas preguntas pero Phillip parece algo incómodo, aun así sabe que hay algo que lo mantiene atraído al tema, "daría toda mi fe, creo que estoy dando mis mejores esfuerzos, ¿no cree que es así?" réplica dejando entrever al final un poco de duda en si mismo. "¿crees que eso es todo lo que podrías llegar a hacer?, ¿Si te dijera que hagas algo por mi estarías dispuesto a hacerlo?, sonríe de manera un tanto siniestra al exponerle estas preguntas, sembrando en Phillip una cara un tanto turbia.

"He hecho todo cuanto me has pedido, he servido, he viajado para buscar más gente que se una a nosotros, he dejado mi antigua vida para dedicarme por completo a esto ¿que mas podría hacer yo para ganarme tu aprobación total?"

dice Phillip con un tono desesperado en sus palabras, "creo que lo he hecho todo ¿o no es así?" responde nuevamente, la seguridad de este comienza a disminuir cada vez que Thomas descarga más preguntas en la conversación que están llevando a cabo, ¿cuál sería el fin de todo este interrogatorio?.

"¿Le temes a la muerte?" le pregunta Thomas y estas interrogantes parecían caerle muy de sorpresa a Philip, quien ya no entendía cuál era el trasfondo de toda la conversación.

"Pues como todos, creo que sí" exclama, una respuesta muy sincera, ¿seria suficiente para acabar con todo el incómodo momento de preguntas?. "cuando la gente muere, cree que todo acaba, pero no es así, cuando uno muere tu alma puede acogerse a otro cuerpo, no importa donde esté, tu alma siempre lleva todos los recuerdos y seria como cambiar el sim de un teléfono viejo a uno nuevo.

Aquella paradoja comenzaba a darle sentido a todo cuanto estaba desarrollándose a cabo en la conversación, " no debes temer, pero claro, todo tiene un precio, y no es fácil tener ese tipo de poder" dice Thomas sonriente, "¿a que te refieres?" le pregunta Philip sus ojos parecieran estar totalmente hipnotizados por lo que está escuchando, parecía como si se tratara de un agente de seguros llamando a los ancianos para vender protecciones medicas que no alcanzaran a utilizar.

"Los sacrificios vienen de épocas antiguas, cuando quieres una cosa debes sacrificar otra, es un intercambio, si quieres eternidad, debes ofrecer vida" lo que parecía una conversación cualquiera, poco a poco se convertía en una clase de iniciación a rituales y sacrificios, hasta dónde sería capaz de llegar toda esta escena, "¿con sacrificio te refieres ah?" por un momento Philip se detiene, agachando la cabeza, no es capaz de completar la frase, puede ser que a lo mejor está soñando y se quedó dormido, ¿o tal vez no?; todo aquello era cierto, cada palabra dicha por Thomas, y muchas veces la realidad es muy angustiante para creerla.

"Si Philip, me refiero a sacrificios unas cuantas personas, no es nada malo" exclama thomas cada palabra que decía parecía carecer de sentimiento, " si-

quieres algo debes estar dispuesto a dar otra cosa como te lo dije anteriormente, yo lo hice, y tuve miedo como tu, tuve dudas como las estarás teniendo ahora, pero ahora se que todo eso valió la pena" culmina Thomas la frase y Philip solo es capaz de mirarlo con una expresión un tanto horrorizada ante lo que están escuchando sus oídos.

Phillip continúa creyendo que a lo mejor ha escuchado mal, pero no, todo lo que escuchó era cierto, ¿acaso significaba eso que Thomas era un asesino?, ¿pero cómo podía andar libremente si lo era?, de repente Philip siente un frío helado recorrer su cuerpo y le eriza la piel.

¿Acaso él sería la próxima víctima de alguno de sus sacrificios?, ¿de esto se trataba toda la falsa plática amistosa? ¿ terminaría matándolo acaso?, sin duda alguna eran muchas las preguntas que se formulaba Philip quien no podía evitar sentir temor por su vida.

"Puedes estar tranquilo no es a ti a quien voy a sacrificar" le responde Thomas con una sonrisa un tanto maníaca, para de inmediato acercarse a él, lo mira fijamente, "se lo que estás pensando, así que quedate tranquilo no te haré daño, yo solo quiero probar tu fidelidad" le dice y separa las dos tazas de café que ambos estaban bebiendo para colocarlas de inmediato en la mesa junto a la puerta de la terraza donde se estaba dando lugar la extraña conversación.

"En cinco minutos pasará la joven Madeleine, siempre pasa los viernes a altas horas de la noche porque se queda en casa de su amiga Rachel, cuando pase frente a la casa, nosotros iremos por la parte trasera, ella seguirá la calle para terminar girando en la esquina, yo me acercaré a ella cuando haya cruzado la esquina y le diré que la iré a dejar a casa, tú vendrás conmigo, y al seguir el camino de su casa nos desviaremos a un lugar que te voy a enseñar cuando estemos ahí, ¿no tienes ningún problema? ¿o si?" clava sus ojos de manera intensa sobre Philip, el cual parece inusitado frente a lo que está escuchando.

pero esto no parece algo que se le hubiera ocurrido de momento, esto parece haber llevado ya su tiempo de planificación, ¿quien era Thomas y que era lo que realmente quería?, ¿y qué era lo que tenía planeado hacerle a esa joven a la que había mencionado anteriormente?

A pesar de temer, Philip parece enganchado a toda la situación y asienta la cabeza afirmando estar de acuerdo con lo que dice Thomas estaba dispuesto a colaborar en aquel macabro plan, ¿porque lo haría? ¿Qué beneficios traería a cambio?, eso estaría por conocerse.

"Guarda las cuerdas que están sobre la mesa de la cocina, colocalas en la guantera del coche, yo llevaré unas cintas de embalaje que tengo en mi cuarto" exclama Thomas y Philip camina de inmediato y coge las cuerdas que le había dicho Thomas, mientras se dispone a guardarlas de camino al coche, su mente comienza a reaccionar," ¿lo vamos a hacer realmente?" es lo que se pregunta una y otra vez, mientras da cada paso hacia el coche.

Parece como que su conciencia quisiera evitar que cometa aquella locura, pero rápidamente escucha un ""si"" escuchó, era una voz que hacía eco en su cabeza, pero desde cuando esa voz estaba ahí, ""es tu momento"" vuelve a escucharla, Philip deja las cuerdas en el coche cierra la puerta, y alza su cabeza mirando hacia el oscuro cielo, "yo también quiero ser eterno y tener poder" exclama, su cara ya no tiene más expresión de duda, parece convencido de lo que dice, mientras camina de regreso a la casa.

Como perros expertos de caza, Thomas y Philip esperan en la sala de este a que pase la joven, "muy bien ahí viene" le dice Thomas mientras Philip activa todos sus sentidos para poner en marcha el macabro plan, a lo lejos la silueta delgada de una joven de unos doce o catorce años de edad, se observa, caminando de manera tranquila por la calle, ajena a toda la situación que estaría por liberarse, muy confiada de que nada podría pasarle, ya que el sitio era muy tranquilo y nunca había ocurrido noticias de cosas extrañas en el lugar.

De tez blanca y melena rubia, su cara inocente se iba acercando poco a poco, a sus verdugos, "hola Madeleine" con una sonrisa fingida la salida Thomas, se nota la hipocresía de su cara, pero ella no tiene la menor idea de que fuese así, de manera amigable contesta su saludo" hola señor Thomas como esta, no lo había visto" exclama con una voz inocente ante aquel lobo dibujado de oveja.

"No te preocupes salí a regar un poco las plantas, de noche es mejor no hay nadie, así que puedo hacerlo mas tranquilo"exclamó Thomas, cerdo mentiroso, mentía tan fácilmente como si hubiera sido instruido para eso.

Madelaine quien no sospecha absolutamente nada solo le sonríe, era tan solo una niña, pero parecía que eso ni tan siquiera le conmovía como para que Thomas cambiase de opinión, "me parece que es ya muy tarde para que andes sola por aquí con todo lo que puede pasar, ¿te diriges a casa?" le pregunta como si no supiese cual realmente era la respuesta, la joven estaba más segura sola que con aquella compañía, pero ella no lo sabía.

"Si, he ido donde mi amiga Rachel un momento, pero he perdido la noción del tiempo, así que ahora voy rápido a casa" exclama la joven pero Thomas sabía ya cuál iba a ser la respuesta a sus preguntas, parecía disfrutar el fingir desconocer todo.

" Pues, ¿no creo que tengas problema en que te lleve?, ya es muy tarde, tus padres estarán preocupados sin duda" ponía su cara de perro adorable al terminar las frases, sabia que la excusa de los padres preocupados fallaba muy poco, ningún joven quería tener problemas con los padres y ser castigados, así que era un buen ataque psicológico para cumplir su objetivo.

Madelaine solo lo mira fijamente, sentía que podía estar en lo cierto, "pues creo que si camino rápido llegó pronto y no se preocupan" le responde la joven, sin duda Thomas no se esperaba esta respuesta, porque su cara se queda estática y sin saber qué responder, no aparecía nadie más quien viera a la joven y le ayudará a liberarse de aquel monstruo y sus deseos perversos, pero no, esa noche no aparecería nadie, esa noche ya tenía escrita una sentencia.

"Insisto Madeleine sera rápido, así aprovecho en saludar a tus padres, llevo tiempo sin verlos, vamos sube al coche" le dice de manera sutil y con algo de orden, Madeleine solo asienta la cabeza y sube.

¿Dónde estaba Philip? Thomas mira a su alrededor buscándolo cuando de inmediato este sale de casa, y se dirige al coche, "había olvidado que el hermano Philip estaba en casa, ¿no te importa que él también vaya?, tengo que dejarlo en su casa, está de camino por donde vamos así que... ¿no te-

incomoda verdad?" le pregunta con la misma sonrisa falsa de inicio, "no para nada" responde la joven ingenua ante toda la situación.

"Listos todos, !en marcha!" dibuja en su rostro aquella sonrisa usada anteriormente, parecía el juego que el lobo hace con la presa, solo que esta vez no era solo una paradoja era real, y la víctima era alguien inocente que se cruzó con quienes no debía en el momento menos indicado, Thomas coloca las llaves en el switch y gira a la derecha, encendiendo el coche, lo pone marcha y aplasta el acelerador iniciando el viaje hacia aquel punto que de momento era desconocido, pero estaba camuflado bajo la mentira de ir a la casa de la joven Madeleine.

Conforme van avanzando en el camino, un pequeño silencio acompaña el ambiente del coche, "hace demasiado frío, ya se siente que el invierno está cerca ¿no creen?" exclama Thomas para tratar de cambiar la situación y darle un ambiente de calma, como si de verdad le importase hacer sentir bien a quienes lo acompañan, una persona egoísta como él pasaba de ser acogedor, pero era momento de fingir serlo.

"Si, creo que es momento de desempolvar los abrigos" le responde Madelaine de manera inocente, sin tener idea de nada, Philip sacude su cabeza afirmando lo dicho y sonríe, fijando su mirada en la joven, dios sabrá qué cosas están pasando por su mente al verla, si en principio parecía ajeno a la idea de Thomas, ahora parecía haber dado un giro de 90 grados y apoyar todo cuanto esté planeando llevar a cabo.

"Creo que por ahí no es" le dice Madeleine a Thomas, indicando con su dedo hacia la derecha que era la dirección que debería seguir, "creo que estamos cogiendo un camino equivocado" replica nuevamente, pero Thomas parece ni siquiera oírle, "creo que debería bajarme aquí, ya seguiré yo el otro tramo, muchas gracias" Madeleine lo mira luego de expresar su deseo de bajar del coche, esperando una respuesta por parte de este. "no no es el camino equivocado, es perfectamente el camino donde quiero ir" le dice y aumenta la velocidad del coche.

"pues yo me bajo aquí gracias" Madelaine se gira con la finalidad de soltarse del cinturón de seguridad, pero es tarde, Philip agarra sus brazos desde la parte trasera y tapa su boca con la cinta que Thomas había sacado de casa, Madelaine comienza a sacudir su cuerpo en un intento fallido por liberarse, mientras que Thomas mantiene la marcha firme hacia el destino aún desconocido por todos menos por el.

Conforme avanza el camino, Madelaine comienza a partir en llanto, los mira fijamente y se puede decir que por medio de su mirada ruega clemencia, ya que su boca a quedado imposibilitada de expedir cualquier tipo de plegaria a sus secuestradores.

 "Oh, no me mires así pequeña, deberías agradecerme lo que haré por ti, no te gustaría estar en este mundo para presenciar lo que está por venir, así que lo mejor es que dejes de llorar" exclama Thomas de manera inhumana hacia Madeleine, quien se nota agotada por tratar de liberarse y a perdido la fuerza con la que comenzó a luchar por su vida.

Philip se mantiene callado ante lo que estaba sucediendo, conforme el coche avanzaba su marcha y madelaine continuaba sacudiendo su cuerpo esperando soltarse, Philip pensaba que era lo que Thomas tenia pensado hacer con la joven, "acaso ira a matarla" pasaba por su mente una y otra vez, era tonto que pensara de esa manera cuando cualquier cosa que pasase, fuera a matarla o no, se había podido llevar a cabo gracias a el, así que no habria un solo culpable, ambos compartían la culpa por igual.

"Muy bien hemos llegado" expresa Thomas, con una sonrisa de satisfacción en su rostro, ¿pero había llegado dónde?, ¿cuál era el sitio donde los había llevado?, el lugar era por más alejado de todo, se notaba que sólo recibía luz de la luna, no había un faro o un poste de luz, lo que permitía ver un rio, arboles, y soledad total, ¿donde estaban?Philip sale del coche llevando a Madeleine a rastras, la sujeta fuerte de su antebrazo derecho para que se ponga de pie, pero esta cae al suelo de inmediato, y queda de rodillas ante el.

"A este sitio le llamó "continentis animae", pero como tu no tienes idea de lo que digo te lo traducirá pequeña, este es el contenedor de almas, esta sera tu ultima morada, así que no ensuciaremos mucho si, no queremos que el sitio donde dormirás para siempre, este sucio y de mala imagen ¿verdad?" culmina la frase con esa sonrisa maníaca ya mostrada anteriormente, mientras Madelaine, llora desconsolada al saber lo que le espera, ¿porque a ella? ¿Que ha hecho mal?, serán las preguntas que rondan su mente.

La vida es un poco injusta muchas veces y no es que Madeleine allá hecho mal como para merecer lo que le estaba sucediendo, de hecho era una joven muy tranquila del pueblo, siempre visitaba a su mejor amiga ya que se conocían desde bebés. pero muchas veces el maldito destino es un juego de ruleta rusa, y está vez la suerte jugó en su contra, lamentablemente está era la vida real y los malditos psicópatas con delirio de Dios como Thomas, podrían estar a la vuelta de casa, literalmente.

Thomas se dirige al coche, mientras Philip amarra los brazos y las piernas de Madeleine quien yace tirada en el suelo, de inmediato regresa con un baúl plateado, decorado con una especie de símbolos extraños en su parte externa, ¿de qué se trata? ¿Qué es lo que tiene dentro aquel objeto?, sea lo que sea no debería ser nada bueno. Tomando en cuenta el panorama que se desarrolla actualmente.

"Bueno creo que ya es el momento" dice mientras abre aquel baúl y saca de dentro una pequeña daga de color plata, con el mango dorado, lleva tres inscripciones iguales a las del baúl a lo largo de su estructura, ¿pero que significaba aquellos símbolos?, de momento era todo desconocido aunque Thomas sabría perfectamente lo que aquello significaba, a medida que Thomas se acerca Madelaine comienza a sacudir su cuerpo en un intento perdido por liberarse.

"Calmate, prometo que no te va a doler, relájate, considera esto un favor de mi parte hacia ti" no hay remordimiento en ninguna de las palabras que le dedica este ser a la joven, quien mueve cada parte de su delgado cuerpo para intentar salir, liberarse, huir de todo lo que está ocurriendo, hace poco tiempo sonreía-

de camino a casa y ahora estaba siendo parte de un extraño suceso por parte de quienes se debía deberían llevarla a salvó a casa.

"Esta es una de las siete almas que marcará tu llegada "mammunt", esta es la primera, una joven, bella, pura, inocente, esta es la representación de la mujer en su pureza, libre de pecado alguno, comenzando así la preparación de tu llegada, Quia sacrificium est honor et gloria tua, comienza a repetir estas palabras de manera paulatina, una y otra vez, mientras que Philip parece hipnotizado y después de unos segundos comienza a repetir las mismas palabras como si fuera un robot.

Porque el sacrificio es Honor y la gloria es tuya, Thomas besa la daga que lleva en las manos y de manera inmediata eleva su manos al cielo, y recorre la garganta de Madeleine con la daga,degollando al instante como si de un animal se tratara, aquella escena parecía sacada de una película de terror, no hay ninguna expresión de impacto o remordimiento en la cara de Thomas, ¿qué tipo de ser podría realizar un acto así?.

Sus ojos se mantienen abiertos mirando fijamente a su homicida, y a medida que deja caer el tronco de su cuerpo al piso, sus ojos se van cerrando de a poco hasta cerrarlos por completo y dejar su último aliento en la caída.

Thomas de inmediato se agacha a donde yacía la joven y como si de un trozo de carne se tratará comienza a remover sus ojos y abre el pecho de esta, removiendo también su corazón, ¿y donde estaba Philip después de todo esto?, el solo hacia expectante a la situación, parecía que su cuerpo estaba presente pero sin alma, parecía perdido mirando fijamente el escabroso escenario de noche, con la noche como único testigo de la atrocidad vivida.

"Nos llevaremos esto, encárgate tú del cuerpo, deja que el río se lleve la. Evidencia" le dice a Philip, y este parece despertar del coma en el que se encontraba, de inmediato arrastra el cuerpo al agua y lo lanza hacia el río, con la finalidad de que lo perdiera la fuerza de la corriente, y borrará así cualquier rastro dejado en el hecho.

Entonces quién realmente era Thomas, era realmente el líder amistoso que mostraba ser quien era realmente está persona si podría llamársele así, era un psicópata asesino llevando el disfraz de Predicadores y Salvador de dios, como le llamaban, pero es muy seguro que Dios no hubiera hecho semejante acto de horror, ¿o acaso era el Dios de la actualidad? Un Dios corrompido por el deseo de gloria y poder sin ningún tipo de límite alguno ante su hambre por lo oculto, lo impuro, lo atroz, era acaso un Anticristo reencarnado, sin duda serían cosas que el tiempo iría desenmascarando.

CAPÍTULO VI

A MAGIS CORPUS-UN CUERPO MAS

La gente va por la vida, muchas veces llevando máscaras y disfraces, para agradar a la gente y ganar su confianza, ¿pero qué sucede cuando se desprenden del disfraz y su verdadera identidad sale a flote?, en un juego de disfraces el que aterra más gana, y no se diferenciaría mucho de la realidad en la que están inmersos quienes decidan amar el mal que habita en el mundo, a lo prohibido podemos permitirle entrar, pero…¿seríamos capaz de dejarlo salir de nuestro cuerpo o de nuestra vida después?.

La escena de Thomas y Mary sentados en el sofá de la sala parece disminuir el grado de incomodidad que estaba sintiendo hace unos cuantos minutos, "muy bien ya está todo preparado para la barbacoa, ¿les importaría ayudarnos a traer la carne?, Jaime comenzará a prender fuego" les dice Sharon, mientras camina hacia la parte trasera de la casa.

Aquel lugar estaba adornado por un vasto jardín, sin duda alguna la casa tenía una posición privilegiada, con vistas demasiado hermosas y acceso a una gran área verde del bosque, además se podía ver el río que pasaba por la residencia y era el complemento perfecto para relajarse en verano.

"Listo, el fuego ya está, comenzare a poner las carnes en la parrilla" les dice Jaime, mientras que Mary y Ana terminan de colocar las bebidas en la mesa, además de un par de botellas de vino que Sharon sacó de la estantería, "¿cuanto tiempo llevan aquí en eagle river?" les pregunta Mary a los esposos Spetcher.

Ambos se miran como si tratasen de comunicarse con las miradas antes de dar una respuesta;"pues llevamos solo dos meses, llegamos hace poco de inglaterra, el hermano thomas nos dijo que tenía algo muy importante para nosotros y decidimos venir" responde jaime muy natural y relajado.

"Bueno uno siempre tiene algún motivo para emprender cosas buenas" dice mary viéndolos fijamente mientras estos simplemente le sonríen, " bueno, ¿yse puede saber qué es aquello que los tiene aquí?" les vuelve a preguntar Mary, se nota como si ella deseara saber algo más, "pues eso lo sabrás muy pronto querida Mary" responde Thomas, quien pretende tomar el dominio de la conversación.

Mary lo mira y este sonríe de manera amable, tratando de calmar cualquier tipo de problema que llegase a desarrollar la conversación, además de que intervenía queriendo dar por terminado el interrogatorio, pero Mary no parece quedar del todo satisfecha.

"Pues, podríamos empezar a hablar de ello, ¿no creen?" responde desafiante, mientras todos se miran un tanto expectante a la situación, Thomas no borra la sonrisa que tiene en su cara, mientras soba con su mano su cara delgada, hasta bajar a su quijada y rascar rápidamente esta, "pues, bueno ya que estamos todos aquí, y como veo tu deseo por saber, ¿que crees?Vamos a jugar a preguntas y respuestas, ¿te anima la idea?" le responde el viejo Thomas, ¿en que podría terminar esto que estaba llevando a cabo?.

"No veo el porque no" secunda de inmediato Mary quien parece no perder ni un minuto hasta tratar de saber de qué iba toda la fachada de barbacoa amistosa, o si realmente era ella quien estaba equivocándose y dejándose llevar por un instinto absurdo, sea lo que sea, tenía que saberlo.

Algo dentro de sí sabía que aquellas personas no estaban en este lugar tan solo por una invitación de estancia por parte de Thomas, a pesar de que Thomas era autoridad para Mary, sabía que algo escondía y que lo descubriría aunque fuese lo último que pueda hacer.

Se repente Thomas abre el vino que estaba ubicado en la mesa del jardín junto a otras dos grandes escultores de mármol, la casa parecía sacada de una revista de propiedades de gente millonaria, y los spetcher se notaba que eran de ese tipo de gente, pero, ¿ que era lo que querían en eagle river? Como lo había preguntado Mary, no es que fuera una de las poblaciones más ricas de Milwaukee, de hecho el propio Milwaukee centro podría ser una mejor locación para residir, entonces ¿ por qué conseguir una casa en un punto un poco ordinario? respuestas que tendrían una pronta respuesta.

Thomas llena su copa de vino y alza su mirada directo hacia Mary, "¿Deseas un poco?" le pregunta, mientras esta mueve la cabeza, dando un no por respuesta, "¿alguien más desea?" vuelve a preguntarle al resto, pero Ana también dice que no, y Sharon y Jaime se mantenían ocupados con la barbacoa así que no escuchaban nada, Thomas termina de servir su copa y se sienta en los sillones del jardín donde también estaba sentada Mary y Ana.

"¿Crees que los demonios existen Mary?" Thomas le pregunta de manera directa y esta queda totalmente perpleja luego de escuchar el tipo de pregunta que le ha hecho, "pues... claro que creo que existen, si no fuese así no existiría el mal y el bien ¿o no es así?" responde, mientras Thomas la escucha con una expresión seria y atenta como si estuviese analizando cada una de sus palabras para dar un veredicto luego.

"Mmm... el bien y el mal, buen punto, y mary, respóndeme algo mas, ¿tu le temes a los demonios?" Thomas vuelve a soltar otra de sus preguntas extrañas, ¿que quería conseguir con todo el tema? ¿qué era lo que realmente buscaba obtener?.

Mary lo mira un tanto extrañada a sus preguntas pero con seguridad respira un poco para articular su respuesta, "si, es algo que me supera, creo que todos le temen a algo de lo cual no puedes controlar" esta vez Mary le responde con un tono de voz menos desafiante que al inicio y con un toque de miedo

Thomas parece estar en una posición tan superior en aquella conversación que están llevando a cabo, ¿estaba sometiendo psicológicamente a Mary acaso?, ¿comenzaba a caer en su juego?, Dios quiera que no. Thomas sonríe y mira a Mary "Ah sí, bueno, pues yo no les temo,¿quieres saber por qué?" la pregunta acompañada de una mirada fría, deja en admiración no solo a Mary si no también a Ana quien está sentada junto a esta, participando de manera indirecta en la conversación, pudiendo escuchar cada palabra proveniente de ambos.

"La gente se cría con una ideología errónea, una ideología y un miedo que no viene solo de la actualidad, sino que viene de mucho antes, ¿quieres saber porque la gente le teme a los demonios?" vuelve a formularle otra de las-

mismas preguntas raras que venía haciendo, mientras está solo asienta con la cabeza.

" Bueno, es fácil, la gente siempre le teme a lo que desconoce, la gente le teme a algo que se escapa de sus manos, ¿y sabes por qué?, porque todas las religiones se han encargado de mostrar una imagen equívoca con respecto a todo este tema, y lo hacen porque es algo que no pueden manipular a su antojo, así que les resulta más fácil sembrar terror en las personas" Thomas responde con una expresión calmada convencido de cada palabra dicha

¿A qué se refería Thomas con todo el discurso que estaba planteando frente a mary, y bueno, también frente a Ana que los acompañaba en ese momento, ¿también los estaban escuchando Jaime y Sharon?, estos no parecen tener idea de la conversación que se está llevando a cabo pocos metros más allá de ellos, o tal vez puede que sí, pero deciden continuar ajenos a la conversación, ¿podría ser tal vez que todo esto formaba parte de un plan que habían formulado antes?, fuese lo que fuese estaría por descubrirse.

"¿Porque la gente quería mentir sobre algo así? no veo la necesidad" Mary trata de buscar una respuesta razonable a la plática en la que está sumergiéndola Thomas, pero a su vez, no deja de interesarle el saber en qué terminará todo, "la gente tiene mucha necesidad de mentir" le dice Thomas.

"Puede ser por poder, por miedo, por temor a lo desconocido, o porque simplemente fueron víctimas de un sistema que está formado por más de estas mentiras y son como las redes de una telaraña, te envuelven y de ellas no ahí quien te libre, son mentiras que se transmiten de una generación a otra, como si se tratase de una historia mal contada, que se mantiene con el paso de los años, así es esto" termina estas palabras Thomas y mira fijamente su copa de vino agitándola de un lado a otro.

¿Intimidación? ¿duda? ¿incertidumbre? ¿incredulidad?, ¿qué era realmente lo que estaba pasando por la cabeza de Mary en ese momento?, ¿y en la de Ana? que también estaba pendiente de aquella conversación, ¿a qué venía esta charla de creencias?, no quedaba claro aún, ambas estaban atónitas mirando fijamente a Thomas, esperando a que continúe con su intervención-

pero qué más podría resultar de esta plática, cual fuese el resultado de todo estaba muy verde para saberlo, pues las cosa recién había comenzado.

"Las personas son capaces de muchas cosas en la vida, más allá de solo nacer, crecer y luego morir, nosotros podemos cambiar ese orden, o más aún cambiar toda la estructura, si les digo que al morir puedes volver a nacer ¿que pensarías de todo eso?, no tienen que responder inmediatamente" exclamó de inmediato.

"Se que pensaras a este punto que estoy perdiendo la cabeza, bueno lo pensaran porque veo Ana que también estás prestando atención al tema y me encanta que así sea" Ana agacha la cabeza sintiéndose un tanto avergonzada, pero continúa atenta a Thomas.

"Las cosas son malas porque nos han enseñado que son así, y tal vez lo sean, matar, robar, engañar, pero todo no es malo, empezaré por un ejemplo que guiará la conversación al punto al que quiero llegar. las alianzas, todos sabemos que estas vienen desde tiempos inmemoriales, los reyes se unen para formar grandes imperios y de esta manera poder tener un mayor protección frente a sus enemigos" exclama Thomas, pero ¿cuál era realmente el trasfondo de todo lo que decía?, parece que al fin la conversación comienza a sacar a flote las verdaderas intenciones de Thomas.

"Solo digo que la gente está totalmente equivocada, estas cosas son necesarias, y no solo para las personas, incluso hasta los animales forman uniones para defenderse de enemigos superiores, pero, y si los humanos queremos formar alianzas con los demonios ¿porque estaría esto mal?, ¿acaso sería porque la gente cree que es algo espantoso?. pues no, actúan así por el simple hecho de temer y de salir de la zona de confort de la que vienen tratando de mantenerse hace siglos" exclama Thomas con vehemencia.

Parecía como si hubiera activado un tipo de truco hipnotizante que mantiene toda la atención centrada totalmente en él y en sus palabras, Mary y Ana no le despegaban la mirada, y Mary parecía haber dejado por completo la actitud de desafío con la que se mostró al inicio, ¿pero por qué? ¿que tenía Thomas que-

causaba aquel efecto en las personas con quien mantenía conversaciones a solas?, tenía un don para acaparar la concentración de las personas.

Poseía la manipulación de todo un experto, pero que hacen especiales a Mary y Ana para tener este tipo de conversación con ellas, porque no era exactamente que mantuviese este tipo de conversación con todos los miembros que asistían a su iglesia, ¿acaso este escogía con quien llevar este tipo de reuniones a solas? y de ser así ¿porque Mary? ¿porque Ana? que tenían estas de especial, sin duda alguna los papeles que estas personas jugarían en los planes a futuro de Thomas serían de gran utilidad, y si que serían así.

"Los seres humanos tienen muchas capacidades, pero siempre tienen un fin" comienza nuevamente Tomás su intervención. "pueden ser lo que quieran, pero esto puede pararse de manera radical, puedes ser un abogado de gran éxito, pero si te disparan mueres, y todo queda ahí, puedes ser una famosa estrella de rock, pero si te da cáncer mueres, y tu existencia finaliza" dice.

"Incluso puedes llegar a ser el presidente de los estados unidos pero terminado tu periodo vuelves a ser una persona más, todo tiene un inicio y un fin" exclama- Thomas, y no es que lo que haya dicho carece de razón, parecía haber emitido palabras llenas de razón.

Thomas parece no tener intención de dar por acabada la conversación, parece cada vez tener algo más que decir, "muchas veces pienso en si las cosas pudiesen tener un destino distinto, y se pudiera mantener aquella posición de ventaja para toda la vida, ¿que serias capaz de hacer si te dijeran que es posible conseguir vida eterna?, poder eterno, el éxito que quieres y que no acabe nunca, ¿serian capaz de hacer un sacrificio a cambio de todo lo que han querido siempre?, porque yo si" Thomas finaliza estas palabras con una mirada un poco atemorizante.

Mary mira pensativa a Thomas, mientras que Ana simplemente agacha la cabeza, "creo que el tema es mucho para mi" sonríe Ana, mientras se levanta y se dirige hacia la mesa donde estaban las bebidas, "bueno me lo espera de Ana, no es a ella a quien le quería dirigir estas palabras, así que lo mejor que-

pudo hacer es levantarse e irse y dejarnos solos" le sonríe Thomas y Mary solo lo mira perpleja, ¿a que se estaba refiriendo con lo que había expresado de Ana.

"¿Porque crees que es mejor que estemos los dos solos?, Mary le pregunta sorprendida tratando de buscar una respuesta que no la continué haciendo sentir incómoda, como ya se venía sintiendo con el asunto de la conversación "pues, porque eres tu quien va a formar parte de las personas que estarán presentes cuando se lleven a cabo los sacrificios para la llegada del carnero" exclama Thomas y esta lo mira nuevamente sorprendida.

"¿el carnero?" le pregunta agrietando su frente en señal de confusión, perdida totalmente sin saber a que se estaba refiriendo."si, el carnero, o mammunt como le llamaban, el demonio que va a unirse al cuerpo de tu nieta" Thomas suelta sin más esta palabra final.

¿Nieta?, a quién se refería, mary tenía una hija pero ni siquiera estaba embarazada, pero cómo podía saber él que llegaría a tener una nieta, y ella sería usada para albergar aquel demonio que había mencionado, sin duda alguna esta no estaba siendo una conversación para nada normal.

"!Oh!" exclama Thomas en una especie de sorpresa fingida ante sus palabras, "creo que debía haber comentado esto un poco antes, tomando en cuenta que serás tú, quien nos entregue en su momento a la niña que aún ni siquiera conoces" le dice, mientras su expresión ha cambiado de manera radical, era como si Mary estuviese escuchando las palabras de un psicópata de esos que salen en las series policíacas, cuando realizan las declaraciones, y sus palabras vienen acompañadas de expresiones frías y carentes de sentimiento.

Había cosas que mantenían desconcertada a mary su hija apenas estaba por culminar la carrera universitaria, y ni siquiera le había presentado a un chico como su prometido oficial o diciéndole que estaría por casarse, ¿cómo podría él saber esta información que aún ni siquiera daba indicio de existir?, de dónde había sacado semejante barbaridad, ¿a que estaba jugando?, ¿acaso le estaba haciendo una especie de broma de mal gusto?

"Creo que estas equivocan dote" le responde está, "sin duda alguna ese vino tiene demasiado alcohol y estas perdiendo los estribos Thomas" le dice de manera sarcástica y con una risa al final, tratando de calmar un poco la situación o tratando de calmarse a sí misma, pues Thomas se veía muy naturalmente tranquilo y serio, luego de haberle mencionado esto.

"Oh no Mary, no, no para nada, yo estoy muy sobrio, y lo que te digo es lo que va a ocurrir en unos aproximadamente 5 años, tu no lo sabes aún, y comprendo que estés asombrada o ¿asustada tal vez?, pero bueno, pongámonos un poco al tanto de todo ¿qué te parece?" le pregunta, y esta solo puede mover de manera nerviosa su cabeza con el semblante un poco pálido sin cambiar la expresión de asombro de su rostro.

" Por muchos años dediqué mi vida al estudio de la antropología, el estudio de culturas, el estudio de lenguajes extintos y bueno entre ello también el estudio de culturas desaparecidas, ¿y sabes algo?" termina esta frase con una pequeña pregunta que siembra el misterio en su oyente. " encontré el tesoro al final del túnel" sonríe cuando menciona esta última frase, parece regocijarse con cada palabra que sale de su boca.

"La gente creía que me volvería loco cuando le dedicaba muchas horas de mi día a comprender qué fue exactamente lo que acabó con una cultura, una tribu en especial, en la cual centre plenamente mi tiempo de estudio, ellos eran "los anima Commedens"" dice, y Mary lo mira extrañada no tenía ni idea de a quienes se refería, "¿los anima que?, ¿estás de broma verdad? Si es así te diré que no me está causando nada de gracia Thomas, ¿podrías parar ya?" le responde nerviosa ante la situación.

Mary sin duda se nota disgustada, vuelve a tener el sentimiento de incomodidad "creo que es mejor que nos vayamos" le dice sin más, se levanta un poco del asiento y tratando de que la amenaza de marcharse de por terminada la extraña conversación, pero Thomas no parece tener ningún tipo de intención en que las cosas lleguen a su fin ni siquiera se inmuta ante los deseos de marcharse de Mary.

"Tranquila Mary, deberías volver a tomar asiento, luego de que termine cambiaras por completo tu actitud y tu pensamiento, solo dale un pequeña oportunidad a esta conversación, ¿que tienes que perder?" dice mientras la mira fijamente y Mary se siente angustiada ante sus ojos penetrantes observándola, por alguna razón que era imposible de determinar en ese monto Mary vuelve al asiento y continúa la conversación.

"Como te decía Mary, los anima Commedens eran un tribu originaria de la parte norte de Sudáfrica, creían en la reencarnación, y en que los espíritus estaban vigilandonos desde el cielo, y en nuestros sueños podían revelar cosas que pasarían a futuro, por lo cual dieron orígen al calendario libertatem o calendario de Liberación. Es aquí donde tenían descrito la llegada de un demonio en-específico, ellos escribieron la fecha de la llegada de cada uno de estos y los rituales que se deberían llevar a cabo para sus llegadas.

La información que Thomas estaba revelando a Mary, ¿alguien más la sabía?, esta mira alrededor suyo y ve a Ana conversando con los spetcher, mientras bebe la Copa de vino que había servido hace unos cuantos minutos antes, luego devuelve la mirada hacia Thomas, "no te preocupes, aquí estamos a una distancia prudente y nadie nos está escuchando" le dice este y reposa su espalda en la silla, luego cruza sus piernas poniendo sus manos sobre estas.

"¿Puedo continuar? " le pregunta y Mary le responde con un "si". "muy bien, cada cinco años, según el calendario se debe ofrecer un sacrificio, esto forma parte de los rituales que se llevan a cabo con la llegada de cada demonio, a este se le ofrece vidas en el tiempo descrito, pero no cualquiera, ni de cualquier forma, veras, ahí que ser muy cuidadosos para no cometer los mismos errores de los antiguos miembros commedems" le dice Thomas, se notaba que había empapado su cerebro de este tema, lo conocía como la palma de su mano.

"Hace cinco años se llevó a cabo el primer ritual, y según el calendario, este año se cumplen cinco años del último sacrifico, así que... es tiempo ya del segundo, y seguirá así, luego de cinco años más, y luego de seis años mas se repetira, pero en este caso el sacrificio será tu nieta, cuando esta haya alcanzado la edad de 15 años, ella sera el ultimo y se realizara el día exacto-

en el que el abismo abre sus puertas para que mammunt pueda ser liberado" exclama.

Thomas le explica esto a Mary con total normalidad en cada palabra, como si le estuviera diciendo que en este momento el cielo está despejado y hace un día perfecto, para él este tema no tenía nada censurable, pero Mary obviamente no parece creer que esto fuese para nada normal, más aún cuando le habla de personas de las que ni siquiera tenia ningún tipo de idea.

El tema de su nieta, los sacrificios, mammunt, parecía como si ella únicamente se había estado enterando de manera superficial lo que ocurría en el lugar donde iba a pedir sus plegarias, pero a lo mejor se había equivocado inclinando sus rodillas en el sitio erróneo, ¿o tal vez no?.

"¿Cómo sabes todo esto?" Mary le pregunta inmediatamente, "además ¿porque estás seguro de que las cosas van a ser exactamente como las estás diciendo?, y en el caso de poder liberar este demonio, porque crees que va a tomar el cuerpo de la persona que eliges y no simplemente va a tomar el cuerpo de quien él desee" Mary le menciona estas últimas palabras con sarcasmo dejando ver el disgusto que tiene hacia Thomas, sin duda alguna este sentimiento es creado por la forma en que expresa este sus palabras, jugando a ser dios y creyendo que podría tener el control de todo, sin miedo al error, sin miedo a nada.

"Yo sé que las personas atacan cuando se sienten intimidadas por algo que está por encima de ellos, pero este no es tu caso ¿verdad? " le pregunta descaradamente a Mary, parece jugar con su inteligencia, sabe que temor es la palabra clave en este momento para ella, pero le encanta saber que tiene la situación dominada a su antojo, y le encanta sentir ese poder, se nota incluso en cada palabra que expresa.

"Sé perfectamente que soy un humano más en esta tierra llena de misterios, pero sé también, que cuando escogemos de manera sabia, y nos unimos al bando correcto, podemos modificar nuestra suerte y la manera en que fluye nuestra existencia en este planeta. Tú escogiste también, y debo recalcar que no escogiste una mala opción, así que deberías tranquilizarte de una vez portodas y aceptar que todos vinimos a este mundo destinados a algo en concreto" le dice, Thomas pretende con sus palabras lograr una sumisión por parte de Mary, y parece estarlo logrando.

"No creas que esto es algo inconcebible, como la gente lo ha hecho ver, esto no es algo inhumano, todos queremos respuestas y las vamos a obtener, todos necesitamos un líder alguien a quien seguir y darle a cambio nuestra fidelidad total, y ellos lo son, los tres que serán liberados, comenzando por mammunt, luego de él vendrán dos espíritus más, primero debemos preparar al receptor, luego de esto cuando llegue a su fin el séptimo mes del año que es donde mammunt toma forma humana, será el tiempo de liberar a los siguientes del calendario.

"¿Y quiénes son estos?, ¿A quienes tienes en mente para que alberguen estos espíritus?"le pregunta Mary, ¿quiénes serían las dos víctimas restantes en la idea descabellada que estaba creando Thomas?" Mary exclama un poco enojada, pero sin duda alguna Thomas ya sabía quienes iban a formar parte del ritual de posesión que se llevaría a cabo era cuestión de tiempo para que lo diga. "pues claro que sé quienes serán, ya te dije que esta vez todo debe ser cuidado hasta el más mínimo detalle, los receptores faltantes serán los hijos gemelos de Philip que están por nacer.

"Pero los gemelos nacen en un mes¿ qué piensas hacer?" le pregunta Mary, ¿que tenía pensado Thomas después de todo?. Este desvió su mirada por un momento y mira fijamente al cielo, luego regresa su mirada a Mary "¿no te suena la frase de mientras unos ojos se cierran, muchos más se abren? le pregunta Thomas,"¿a qué te refieres con esto? Le pregunta intrigada sin quitarle ni un segundo la mirada a este.

"Hoy vamos a llevar a cabo la segunda ofrenda del calendario, debe ser una persona de características específicas, una alma que no sea de aquí, una alma viajera, pura, mora te explicaré de manera breve y fácil las características que seguirán estos sacrificios" Thomas decide explicar el patrón que seguirán cada uno de los cultos y lo que se llevará a cabo en cada unos de ellos, ¿ a quien mataría esta vez? Sin duda alguna debería ser algo grotesco lo que tendría en mente.

"Bueno comenzaré primero por ponerte al tanto de todo lo que ya viene pasando desde hace cinco años, muy bien, el primer ritual llevado a cabo fue en un pueblo vecino a eagle River, la primera ofrenda fue una mujer en su etapa joven, una niña de unos doce años aproximadamente, que representa a la mujer en su etapa pura" exclama Thomas con una expresión fresca y de tranquilidad, ¿como puede ser posible que hable de muertes con tal naturalidad?.

Mary simplemente seguía escuchando, vigilante a cada expresión. "luego el segundo sacrificio debe ser una mujer en su etapa adulta, en su etapa fértil, y saludable, el tercer sacrificio serán tres mujeres que hayan sido madres, es decir que hayan procreado ya, mostrándonos esta faceta de la mujer de poder dar orígen a una nueva vida" continua Thomas describiendo cada acto realizado y por realizar en la búsqueda de la liberación de aquellos demonios.

"En realidad sera mas fácil de lo que suena créeme, luego de haber hecho lo que te he mencionado vendrá el último sacrificio, la inocencia hecha vida, y no ahí nada más perfecto que cumpla esta característica que los niños, y más aún cuando están recién nacidos, cuando su alma es aún más pura, mostrándonos el milagro de volver a nacer, de poder solidificar nuestro espíritu a un cuerpo físico, y es así como todo esto dará orígen a la llegada de los dioses de la profecía comedemns" menciona, se nota la emoción al decir cada una de estas palabras.

Luego de terminar Thomas su intervención Mary se queda perpleja con lo que escucha, parecía como la trama de una película de cultos satánicos, a lo mejor era parte de una de estas, ya comenzaba a dudar si había algo de realidad en todo lo que estaba oyendo, pero a su vez, había algo dentro de ella que le hacía sentir que no había motivo alguno para que Thomas tenga la necesidad de mentir, y tal vez, eso era lo que más temía, estar segura de que lo que decía el era todo verdad.

"Pero...¿cómo sabes todo esto? Es decir, ¿cómo puedes estar tan seguro de que lo que escribió esa gente es real?, ¿no crees que a lo mejor todo eso fue parte de una mentira?" le dice pretendiendo que Thomas recupere la razón ya que parecía haberla perdido" a lo mejor alguien más que no son ellos pudieron-

escribir ese libro, no tienes nada que te compruebe que eso es todo cierto, ¿no te has puesto a pensar en todo esto?" le vuelve a preguntar, pero Thomas simplemente la mira pero no muestra deseos de discutir sobre lo que había mencionado, parece muy seguro de todo.

Mary se queda en silencio un momento tratando de esperar una respuesta, pero luego se da cuenta de que no va a ser así, lo cual la molesta y llena de coraje, "vas por ahí realizando este tipo de cultos, que tal vez no te terminen llevando a nada, ¿pero tienes algún tipo de hecho que respalde todo lo que me estás diciendo?, Porque de ser así, ¿cuál es?, ¿Qué es eso que te han hecho creer tan ciegamente?" Mary expresa cada una de estas palabras con seguridad, esperando dejar una duda en Thomas, pero este continúa sin tan siquiera inmutarse, ¿qué será acaso lo que creó todo este fanatismo o fe cegada en Thomas?

"¿Cómo lo sé?" pregunta Thomas, mas que pregunta suena simplemente como una expresión, su cara por primera vez se muestra con una expresión distinta, un tanto reflexiva, ¿que sería lo que tenía preparado como respuesta a esta pregunta?, la conversación parecía cada vez estar más lejana de acabar y a medida que se desarrollaba sacaba a la luz datos interesantes que servirán mucho en un futuro, permitirán conocer un origen.

"Cuando estuve en roma, y estuve estudiando esta cultura, me encontré con un libro que se llamaba "el ritual del líder", me llamo mucho la curiosidad, porque tenia algo muy particular, tenia tres símbolos en su cobertura, los símbolos eran un carnero con una daga en su boca, un ojo sobre un reflejo de agua, y el tercer dibujo era un circulo oscuro que tenia al rededor de el unas letras que se perdían hasta el ultimo espacio de este circulo tipo hoyo, como si fuese un agujero negro" exclama Thomas ante la mirada atónita de Mary.

"Si, se parecía mas a eso una especie de hoyo negro, me intrigo mucho saber que decían estas palabras, pero estaban en latín antiguo, en ese tiempo no lo dominaba tan perfecto, así que tuve que ayudarme de un compañero llamado mateo que llevaba un grado más avanzado en este idioma que yo" cada vez que Phillip recordaba sus experiencias antiguas, estaba claro que causarían un impacto en la actualidad.

"Cuando aquella persona, es decir Mateo tradujo las palabras, estas se refieren brevemente al significado del libro, resulta que quien escribió ese libro, era el líder de aquella tribu, una especie de chamán peligroso al que todos temían y obedecían ciegamente, ya sabes era un líder, como yo" culmina estas palabras con una sonrisa en su cara, como regocijándose de aquel estatus que llevaba en la actualidad..

"Parece que este hombre sabía el destino de aquella tribu, porque al final del libro, había grabado un rito de invocación a su espíritu, para de esta manera poder reencarnar en un futuro, decía que así existiría una segunda oportunidad en caso de que el primer intento en contener estos tres demonios fuese a fracasar, es decir era su plan b.

"Aquel hombre no se equivoco, estaba en lo cierto, no se equivocó, una hoja después de esto había escrito, "los errores pueden ocurrir cuando jugamos a ser dioses, o tal vez cuando escogemos cuerpos débiles, el último demonio a quien abrimos la puerta, se encontró con un receptor defectuoso, liberando así su ira contra nosotros, lo merecemos, hemos fallado, cuando más cerca de alcanzar la gloria estuvimos, ahora solo podemos esperar el fin"" exclama Thomas, ¿de que se trataba todo esto?.

"Una noche cuando estaba en el cuarto del campus había algo muy extraño viniendo de aquel libro, era como si algo me atraía hacia él, pero algo más allá de lo normal. Aquella noche todo fue extraño, el cielo, el ambiente, todo era muy denso, recuerdo tanto que sentía una necesidad inhumana por abrir aquel libro y leer una y otra vez las hojas donde estaba el rito del antiguo líder, sentía como si él quisiera contactar conmigo, pero yo era inexperto con el idioma, habían cosas que aún no comprendía así que tuve que volver a llamar a mateo" Mary está tan enganchada en las declaraciones de Thomas que ni siquiera parpadea.

"tardaría unos 20 minutos en llegar ya que él vivía en el campus de Filosofía, no tenía idea de porque lo había llamado, él era muy ajeno a esto y cuando vio el libro por primera vez, me dijo si que era mejor que lo alejara de mi, que nada bueno podría salir de esto" exclama.

"Sin embargo algo en mí interior necesitaba saber más, sabía que si lograba completar el ritual y liberar a lo que fuera que esto tenía contenido en sí, podría descifrar exactamente qué fue lo que pasó y en que fallo esta tribu, así podría corregir el error" menciona Thomas mientras dirige su mirada hacia la derecha viendo a un punto fijo como si estuviera analizando sus palabras.

"Me preguntaba mucho ¿qué fue lo que estuvo mal? si sabía la respuesta como te mencione anteriormente, podría saber cómo llevar a cabo todo aquello que se necesitaba para poder liberar perfectamente a este trío de demonios arcaicos que se relataban en los libros de esta tribu" exclama. A medida que la conversación avanzaba permitían saber ciertos aspectos que de momento se habían mantenido inconclusos, el origen de todo, el géminis de lo que realmente había originado todo cuanto estaba revelando Thomas.

"Mateo comenzó a traducir para mi lo que decía el libro, y a medida que lo hacía muchas cosas comenzaron a cambiar, se escuchaba el murmullo de gente, como si estuvieran hablando en los pasillos del campus, pero era imposible porque ya era muy tarde, luego empezaron a escucharse los ladridos de muchos perros, pero no eran ladridos cualquiera, parecían ladridos de dolor, en cierto punto erizaban la piel, y más de una vez mateo intento decirme que lo dejáramos, pero ya era tarde para abandonar lo que habíamos iniciado" Thomas regresa su mirada sobre Mary y esta se sorprende, siente que algo mucho más fuerte está por ser revelado.

La conversación parece no caer en un punto frío, y es que Thomas tenía tanto por contar, era como un confesionario y Mary su pastor. "Lo que yo había iniciado era algo que cambiaría mi vida por completo, también había arrastrado a mateo, se que él era inocente en lo que el destino le traería, pero cómo digo siempre, la vida sin sacrificios no tiene sentido, y el fue uno de estos, y de los cuales jamás me arrepiento, porque hice y haré lo que sea para llegar al Objetivo final, eso está muy claro" exclama Thomas con determinación.

Estaba muy claro que sea cual sea el precio por conseguir el éxito en lo que se había dispuesto alcanzar, estaría dispuesto a pagarlo, no cabía duda de ello. Thomas sabía a lo que se había metido, pero anhelaba conocimiento y poder. "luego de pasado unos cinco minutos aproximadamente, los ladridos de losperros no se escuchaban más, y los murmullos del pasillo habían parado, Mateo dejó el libro sobre la cama y me miró fijamente, recuerdo tanto su mirada, me inquieto un poco" exclama Thomas de manera sarcástica.

" ¿Sabes de lo que va este libro? fue la pregunta que me hizo mientras en sus ojos yo podía notar el temor, , y claro que en el fondo sabia de lo que iba ese libro, pero fingí que no para tratar de calmar un poco la situación, así que le dije que no lo sabía para que se tranquilizara y continuará traduciendo. "tienes que dejar esta idea tonta de una vez" fue lo que Mateo supo responderme nuevamente, así que comprendí que complicaría las cosas y pondría alguna especie de resistencia si le pedía que me ayudará hasta el final de todo" menciona.

"No te preocupes, no creo que algo malo vaya a suceder" fue lo que pude decirle para tratar de calmarlo, pero Mateo se empecinó en no querer seguir traduciendo, fue ahí cuando lo único que paso por mi mente fue querer completar de una vez por todo lo que empeze, así que, cogí una pequeña cuchilla de afeitar que guardaba en el escritorio junto a mi cama y le dije que si no continuaba, recorrería su garganta con ella.

"Se asusto eso estaba claro, él solo me miró horrorizado, pensando que a lo mejor estaba bromeando, pero de ninguna manera lo hacía, y amenazó con irse, ahí fue cuando sujete sus manos cortando la muñeca de su mano izquierda" exclama, como si las cosas que había hecho fuesen normales, nunca se inmutaba al culminar de contar sus brutales actos.

"No se si lo hice por error, aunque ahora que lo pienso, deseaba hacerle eso por ser un maldito idiota, no le costaba nada terminar con lo que le había pedido. luego de esto cayó al piso, yo creí que había cortado un poco la piel, pero en realidad había cortado las venas de su muñeca izquierda, y comenzó a salir la sangre como si fuera una fuente de agua" Thomas hace una pausa como si reviviera la situación.

"Sabia que tenia que llamar a la ambulancia, pero debía terminar de saber en qué acababa todo el manuscrito del rito" Thomas mira fijamente a Mary como si tratara de analizar las expresiones cada que termina de contarle lo que había sucedido aquella noche, pero Mary continua simplemente expectante a todo.

"Me acerque a Mateo, y le pedí que me lo leyera, este volvió a negarse, y luego me soltó palabras como "eres un maldito demente", "hijo de perra", "estas loco", y talvez lo era, talvez si era un maldito loco hijo de perra que estaba loco y demente, o a lo mejor yo tenia razón, aun así necesitaba saberlo, así que corte su otra muñeca y le dije que donde no me leía el resto de aquellas paginas del libro lo dejaría desangrar hasta que muriese, y dejaría caer cada ultima gota de su cuerpo de ser necesario" ¿podría ser cierto que existen personas sin alma?, parece que cada declaración que Thomas daba confirmaban esta pregunta.

Parecía que el tiempo pasaba muy lento en aquel lugar, los demás presentes no caen en la conversación que se estaba llevando a cabo entre Mary y Thomas, parecía como si estuvieran en una especie de dimensión invisible ante los demás. "se que suena a que no tuviese corazón, pero bueno puede ser verdad tal vez, pero déjame continuar con la historia" dice Thomas con una leve sonrisa en su cara.

"cuando le hice aquello a Mateo, al fin pude hacer que continuará, sin duda le tenía miedo a la muerte, no es que yo no la tuviera, aunque en ese punto me hubiera dado igual si moría, hubiera dado lo que fuese para entenderlo todo, le acerque el libro a los ojos, no podía sostenerlo con sus propias manos, me culpaba un poco por eso, había cortado tan profundo sus muñecas, que corte parte de sus tendones, y para ese punto ya eran inservibles, así que le acerque el libro, y comenzó a leerlo"exclama.

"El líder de los commedems había utilizado una especie de rito de transferencia, explicando brevemente en lo que se basaba, decía que aquel rito consistía en que el alma dejaba el cuerpo mortal y era sellada en el libro, este libro era una especie de camino a la nueva vida, y ademas podía mantener viva la esencia, el conocimiento que poseía la persona antes de morir, así que si fallaba alguien encontraría el libro y podría liberarlo, podría volver a la vida con todo en sí, conocimiento, mente y poder" menciona.

Todo lo que Thomas decía empezaban a armar el rompecabezas que Mary tenía, cada palabra comenzaba a darle sentido a todo.

"Una vez encontrado y abierto el sello podía unir su alma al de la persona que lo liberó y continuar con lo que había dejado pendiente, sería uno junto a su nuevo anfitrión, así que nadie iba a salir perdiendo, ambos compartirán todo el éxito que esta vez estaba sediento por alcanzar. Mateo terminó esto y volvió a verme, sus ojos mostraban miedo, me tenía miedo, y yo sabía porque era, muy aparte de lo que le había hecho, era porque sabía que la persona que liberaría el alma de ese libro era yo, él podía sentirlo"exclama.

Thomas recitaba cada una de estas palabras con prepotencia, parecía que le gustaba siempre sembrar esa sensación de miedo ante las personas que lo rodeaban, no solo lo estaba haciendo con Mary, también se lo había hecho al pobre Mateo .

"Yo sabía que la vida siempre había tenido guardado algo para mi, lo sabía desde pequeño, cuando me mostró el dolor, y la soledad, cuando me enseñó que la soledad duele al inicio pero luego se vuelve una aliada, te da fortaleza, además ¿como puedes herir a alguien que nunca pudo crear un vínculo de sentimiento con nadie?" Thomas culmina la frase con esta pregunta dibujando en su cara una expresión de confusión, como si él mismo estuviera tratando de darle respuesta a aquella pregunta..

"Ni siquiera recordaba cuando fue la última vez que le dije te quiero a alguien, la persona más cercana que tenía eran mis abuelos y cuando murieron todo cambio para mi. las cosas en mi interior se fragmentaron enormemente, pude sentir el cambio, luego vendría la muerte de mi madre, fue ahí cuando supe que ya no era el mismo, no me dolió, no sentí absolutamente nada, ni la necesidad de llorarla, entonces, ¿eso me convertía en un monstruo despiadado dispuesto a todo? tal vez sí, pero no me importaba" mientras recitaba estas palabras Thomas muestra una mirada un poco vagante, como perdido en sus pensamientos.

"Bueno no me extenderé mucho más con la historia, el ritual era claro, el alma se liberaba con un cuerpo a cambio, la propia persona que se ofrecía a albergar este espíritu, debía primero cerrar los ojos ante su presente y despertar a su nuevo futuro, en pocas palabras debía acabar con mi vida yo mismo, y en ese instante mi alma seria unida para siempre junto a la de quien se hacía llamar corvus níger, segun lo que decia su libro la gente de su tribu lo llamaba asi al cuervo negro una especie de deidad para ellos" le dice Thomas a Mary, ¿que papel jugaría en todo aquel personaje que había nombrado Thomas, el corvus niger?, era un nombre muy intrigante.

"Yo en realidad no lo pensé dos veces, había un recital en latín que había que decir antes de llevar a cabo el acto,como aquello sí lo entendía, no necesite más del inútil de mateo por lo cual lo deje a un lado para que no me estorbara y continué con mis asuntos, debía concentrarme y su cara de muerte empezaba a molestarme ya, no podía concentrarme del todo si lo tenía ahí cerca de mí" si duda alguna Thomas era un maldito ser sin sentimientos, de eso ya no cabía la menor duda.

" Empeze a leer el libro, lo dicho estaba en latin, decia: "Quia cuncta futura pro uideo mihi levius corvum nigrum, est animus lucis reducit reliquum nunc est anima corpore corvum nigrum" repeti tres veces esta palabra como me lo indicaban aquellas hojas, "por que todo lo veo como un cuervo negro veo el futuro y veo un mechero, es la luz que trae de vuelta las almas que se fueron, que ahora se una a este cuerpo aquella alma del cuervo negro".

"Lo repetí una, dos y en la tercera vez, pase la cuchilla por mi garganta de lado a lado, hasta que simplemente todo se torno oscuro para mí" exclama y Mary se queda sorprendida ante estas declaraciones, sus ojos están tan abiertos que dibujan expresión de horror, si Thomas se había suicidado, ¿cómo era posible que esté frente a ella en ese instante?, era algo loco de creer, pero seguro tendría respuestas claras.

"Recuerdo únicamente verme correr un campo oscuro, corría, sentía que alguien venía a por mi, era extraño, sentía, como si estaba huyendo de alguien o de algo, era yo, pero era yo de niño, sentía miedo, y por más que corría, no sabía a dónde me dirigía, de repente una figura a lo lejos me habría susmanos, en ese momento necesitaba alcanzarla por que sentia que me protegería, y cuando llegue a ella, esta figura tenía una máscara por cara y su cuerpo parecía el de un animal, pero yo no sentía miedo, no tenía miedo, acercó sus extrañas manos hacia mi, y llevaba una daga en su mano, aun así no sentía miedo en lo absoluto, recorrió la daga por mi garganta, y fue ahí cuando desperté" exclama tomas y alza sus manos como si sintiera sorpresa aún al contar aquello que había vivido.

"no sé por cuánto tiempo estuve en ese estado, solo recuerdo que la luz del sol estaba entrando por el cuarto y me daba a la cara, tape mis ojos con mi mano, y comencé a ver alrededor del cuarto, ahí estaba, Mateo, yacía muerto en el suelo, se había terminado de sangrar por completo y junto a él estaba el libro, así que supe que no había sido un sueño únicamente, todo fue real" Thomas mira al suelo evitando mirar a Mary.

"Corrí de inmediato al espejo para ver mi garganta pero no había señales de nada, no había un rasguño siquiera, así que abrí la llave del lavabo del baño para lavar mis manos, y noté algo extraño en ellas" exclama con un tono de sorpresa.

"Tenia tres marcas en mis manos, dos en una y una en otra, el intercambio se había realizado, porque llevaba los tres símbolos que el libro tenia al inicio, y eran los que formaban parte del cuervo negro. En ese momento sentí tranquilidad, me sentía feliz, había conseguido lo que quise, así que luego tendría que conseguir que se llevarán a cabo cada una de las pautas que formaban parte de las ceremonias de sacrificios para la llegada de las tres grandes fuerzas del abismo" Thomas terminó estas palabras y lleva sus brazos hacia Mary y la mira fijamente ¿ahora que se traía entre manos?.

"Entonces ¿qué piensas tú, Mary?, como dije nunca me importo sacrificar nada, incluso mi propia vida, ¿tú qué estarías dispuesta a dar por alcanzar un poder inimaginable y una vida eterna, yo se que se tiene temor al inicio, yo lo tuve también, pero abrace la fuerza correcta, ¿tu a quien decides entregar tu fe?" le pregunta Thomas, él sabe que respuesta desea escuchar, ¿pero cual seria la respuesta que realmente diría Mary?.

Esta se queda estática, pensativa, mira fijamente a Thomas, y si, él no se equivocaba, en el fondo Mary tenía mucho miedo, si las cosas lograban sobrepasarse ¿cómo podría salir luego de todo esto?, no quería terminar como Mateo, no quería morir solo por estorbar los deseos inhumanos de Thomas, pero sabía también que si este le había revelado toda la verdad, no la dejaría salir con vida de no aceptar unirse a él.

Mary sabe que tiene mucho que perder, su hija, su familia, de inmediato comienza a pensar en todo eso, "jamás quiero que les pase nada malo, y es mejor si puedo protegerlos" son las palabras que se repite en la mente, tratando de esta manera que sus palabras le den fuerza para lo que iba a aceptar, y para el nuevo camino que estaria por emprender, sin duda alguna un camino de sangre, en el cual seria una mas de las marionetas a las que Thomas comenzará a manipular.

"Te entrego todo de mí, mi voluntad y mi ser lo entregó, para formar parte de las personas que te ayudarán en el plan de encarcelación de los demonios que vienen en camino, ten por seguro que daré todo de mí, lo haré, para que las cosas esta vez salgan como tuvieron que haber salido, de manera correcta" dice y en su rostro se puede ver determinación, o al menos eso quería hacerle creer a Thomas, Mary no podía creer que estas palabras estuvieran saliendo de su boca, pero si, era ella quien las repetía, tomando la decisión que consideraba correcta, sin saber que pronto estaría frente a su primer prueba de fuego.

"Pues empezamos hoy, hoy llevaremos a cabo el próximo sacrificio, y lo tienes cerca de ti" dice Thomas, y a pesar de que Mary había tomado esta decisión, no dejó de sorprenderle lo que acababa de escuchar, ¿a quien se refería con lo que había dicho?, ¿acaso era Ana o los esposos Spetcher?, sin duda alguna, de entre esos tres estaba la siguiente víctima. " no le des mucha vuelta al asunto, pensando quien de ellos es porque es muy claro que me estoy refiriendo a Ana" dice Thomas mientras que Mary queda perpleja sintiendo una especie de frío que hiela cada parte de su cuerpo, no quiere creer lo que ha oído.

Thomas continúa con su actitud analista a cada reacción que tiene Mary en relación a lo que le dice, parecía una especie de juego de morbo para él, "los spetcher solo han venido porque serán parte del ritual de sacrificio, así que no, ellos no son los que van a morir, además este sacrificio lo vas a hacer tu" sentencia Thomas con estas palabras el destino que tendría el final de ese día, nada bueno les esperaría, eso estaba claro.

"No es necesario que lo des a notar todo está sincronizado ya. la botella dónde está bebiendo vino Ana, tiene unos calmantes, por el tiempo que ha pasado ya desde el primer sorbo en unos dos minutos perderá el conocimiento, luego la llevaremos al sitio donde haremos el sacrificio" exclama sin más, las cosas estaban ya decididas, seria todo como llevar a un animal al matadero, sin tener posibilidad de defenderse o decidir por su vida.

Y fue realmente así, mientras el resto fingía una escena de los mas tranquila, Ana comienza a perder el conocimiento y cae al piso cerca de la barbacoa, Mary no deja de sentir en el fondo algo de culpa, pudo evitarlo, si, pero si lo evitaba no hubiera conseguido un destino tan distinto al que ya se había planeado por parte del cuervo negro, que era quien realmente tomaba las decisiones, después de todo era el quien controlaba todo en Thomas.

Inmediatamente Sharon y Jaime arrastran el cuerpo de Ana hacia el interior de la casa, y atan ambas extremidades con una cuerda que Thomas trae del sótano, Mary se queda mirando la escena, mientras Sharon se da cuenta y la mira fijamente, "no pienses que somos personas sin sentimientos, las cosas ya vienen escritas desde antes de que naciéramos, así que la muerte de tu amiga es solo un paso más de esa historia".

Mary solo la mira pero es incapaz de responderle nada, aun no logra hacerse a la idea que esa era la realidad, Jaime y Thomas cargan el cuerpo hasta el coche, y Thomas sube su maletín en el también, Sharon y Mary se les unen subiendo lentamente en el vehículo.

Thomas conduce por un camino a lo largo de la casa de los spetcher, no se observa ninguna casa por este sitio, ni rastro alguno de animales, menos aún de alguna persona, conduce alrededor de unos quince minutos por un caminosolitario que se adentra en el bosque hasta que detiene la marcha. "hemos llegado" exclama Thomas, mientras se observa un sitio totalmente aislado, era exactamente el mismo sitio donde anteriormente había asesinado a la joven Madeleine, no había cambiado en nada, seguía estando solitario con el único sonido del río que pasaba por debajo de la colina.

Thomas baja del coche y Sharon y Jaime bajan con Ana en brazos, Mary estaba detrás de ellos caminando lentamente muy insegura de toda la situación, Thomas regresa a verla y esta se sorprende, "¿estás preparada?" le pregunta y ella lo mira sin saber que decirle, ¿que podía responder?, en ese momento estaba entre la espada y la pared, y ya era muy tarde para echarse para atrás, una palabra equivocada que dijese y terminaría en el mismo sitio donde se encontraba Ana.

"Pues deberías estar preparada ya no estamos para arrepentimientos" exclama seriamente Thomas mientras Mary se achica ante sus palabras. "iré por el maletín con las cosas así que prepárate" parecía finalizar esta última palabra con un toque de amenaza, pero Mary sabía que de cualquier manera debería hacer lo que este le decía, dejando de lado cualquier tipo de sentimiento que pudieran llevarla a cometer algún tipo de error, porque era probable que de cometerlo, termine ella la que bañe el escenario con su sangre.

Mientras que Thomas va hacia el coche, Ana comienza a despertar, comienza a mover todo su cuerpo, ni siquiera comprende de qué va todo, Jaime y Sharon la miran pero parecen disfrutar, comienzan a reírse mientras de que Ana se sacuda en el suelo, intenta gritar pero no puede habían tapado su boca con una cinta, era como volver al pasado y recordar a Madeleine, mientras intentaba liberarse para huir de sus victimarios, aunque estaba muy claro lo que había ocurrido con Madelaine en el pasado, y sin duda era lo que pasaría con Ana ahora.

Thomas regresa a la escena y habre su maletin, saca el mismo baúl que uso aquella noche en el asesinato de la joven Madelaine, y de dentro de el saca la daga con la que le quito la vida, regresa a ver a Mary y se la entrega, "toma, con esto vas a recorrer la garganta de Ana desde el inicio hasta el final de un lado a otro, luego cuando veas que a muerto deberás sacar sus ojos y su-

corazón, los traes hacia aquí y me los entregas, Jaime y Sharon se encargaran del resto" exclama, el rostro de Thomas se veía tan fresco y tranquilo al recitar estas palabras, como si todo lo que esta llevándose a cabo fuera de lo mas normal.

Había llegado el momento, Mary debía matar a su amiga, a Ana, rogaba dentro de ella que alguien pasara por ahí y detuviera todo, pero eso sería imposible, miraba alrededor y solo había bosque, soledad y más bosque, Mary camina de manera muy lenta tratando de contar cada paso, y a medida que se acerca Ana comienza a quebrar en llanto.

Intenta implorar por su vida, mira a Mary a los ojos, tratando de que de alguna manera se arrepienta y le ayude, después de todo siempre la buscaba para que la ayudara, pero esta vez era distinto, esta vez no podría ayudarla y sería ella quien acabe para siempre con su vida.

Muchas veces debemos pensar en las prioridades que tenemos en la vida, porque son las que ejerce mayor peso en nuestro futuro, Mary debía pensar en su familia, aunque esto le costará cegar la vida de Ana, de manera súbita Mary se para frente a ella, quien yace en el suelo y la mira" lo siento Ana, lo siento, lo siento" son todas las palabras que se logran escuchar para luego después de esto Mary enterrara la daga en toda su garganta, lo hace por dos ocasiones, hasta que esta deja de moverse y cae por completo al suelo, "no olvides sus ojos y su corazón" se escucha gritar a Thomas a lo lejos.

Nadie emite ningún tipo de palabra para tratar de evitar aquel acto, nadie emite ningún tipo de sonido, nada más que el agua del río era lo que se escuchaba, el río donde pronto Jaime y Sharon lanzan el cuerpo de Ana, luego de que Mary terminaba de quitar sus ojos y su corazón para entregárselo a Thomas, los esposos Spetcher abandonan el cuerpo en el río, de esta manera se liberan de cualquier prueba que los incrimine en aquel horrendo crimen, el agua lava todo tipo de huellas pensaban. nuevamente eran las aguas el único testigo de lo siniestro que se vivía en aquel sitio, lo siniestro de las aguas que limpiaban toda evidencia.

Y sin duda nadie sabría de los hechos que se estaban llevando a cabo por parte de los anime commedems, nadie sabía lo atroces hechos de los que hacen partícipe a un selecto grupo de este aquelarre que le quedaba mejor como nombre a su especie de templo pagano y maligno. después de pasados los cinco años exactos que dijo Thomas, llegaría la noticia de la desaparición de tres mujeres y sus hijos, aquellas mujeres rondaban la edad de los treinta años aproximadamente y habían salido hace muy poco del área de maternidad del hospital de Milwakee.

Se podía ver esta información en las noticias, del pueblo de Eagle River, pero como todas las noticias causaron un poco de indignación al principio, para luego ser parte de una más, ¿que habría sido lo que realmente había ocurrido con estas personas?. el resto de la gente seguía con sus vidas normales, pero estas tres mujeres y sus tres hijos, estarían por pasar sin duda uno de los episodios que nadie quisiera ni imaginar.

Había llegado el tiempo del tercer sacrificio y para esto Thomas ya le había hablado a Mary de lo que trataba, tres mujeres que hayan sido capaz de dar una nueva vida, aquellas tres mujeres habían dado a luz un par de días antes de ser secuestradas, por lo que era realmente lo que Thomas necesitaba.

Mary quien solía hacer de voluntariado en el hospital de Milwakee, vio en ellas las candidatas perfectas para aquel ritual, para ese entonces, poco quedaba ya de la Mary temerosa del inicio, se había convertido en toda una psicópata al igual que Thomas, y nada parecía conmoverla, podría ser que en un futuro esto último se vuelva incierto.

Las tres mujeres y sus hijos fueron conducidas al mismo sitio donde habían sido asesinadas anteriormente Madelaine y Ana, pero esta vez no eran Jaime y Sharon las personas quienes iban a presenciar el asesinato, esta vez habían tres personas desconocidas de momento las cuales estaban vestidas con una especie de túnicas llenas de símbolos, los mismo que adornaban el libro del cuervo negro, Thomas también vestía una de estas túnicas con la única diferencia que la suya llevaba los símbolos de un color rojo carmesí.

Todas las mujeres fueron degolladas entre un mar de gritos desgarradores, para luego llevar a cabo la matanza de los hijos de estas, quienes entre puñaladas proporcionadas por las personas que acompañaban a Thomas fueron apagando poco a poco los llantos.

Nuevamente el río y sus aguas limpiaron toda la escena, y con ello darían origen a lo que tanto habían esperado Thomas y sus súbditos, el principio del fin, el inicio de una nueva era, la liberación de presencias demoníacas a un mundo que no estaba preparado para este tipo de fuerzas sobrenaturales, llenas de furia y sed de sangre.

Las nuevas eras siempre marcan el inicio de algo mejor, o peor, sin duda alguna el deseo de saberlo es lo que no hace esperar con ansias los nuevos comienzos.

CAPITULO VII

REINCARNATIONS

¿Cómo puedes saber si alguien realmente miente?, podría ser algo imposible de descifrar, pero si miras a sus ojos y sus pupilas se dilatan, ¿significa que lo está haciendo?, ¿está mintiendo?. Ahí gente que lo dice, podría tener algo de veracidad todo ello, pero es algo muy difícil de descifrar, es mejor aprender a vivir con ello, que es lo que la mayoría de gente en el mundo hace, aprende a vivir con sus mentiras, sin duda alguna es algo que envuelve a gran parte de la secta de los commedems.

Plantada a la entrada de lo que será su nuevo segundo hogar alexia se toma un momento para recapitular lo que a sido de su vida en estos últimos días, su experiencia con cosas inexplicables, descubrir que su abuela formaba parte de una secta extraña.

El drama familiar que estaba viviendo por la situación de una de las empresas de su padre, el extraño libro que había encontrado en aquella casa abandonada a la que por curiosidad entro, bueno, el extraño contenido que tenía el baúl que portaba el libro, y las advertencias, por parte de personas nunca antes vistas, eran lo que envolvía su circulo de vida últimamente.

¿Qué le deparará ahora su nueva etapa en el instituto?, nuevo colegio, nuevo ambiente, nuevas personas, tal vez hasta nuevos amigos, no es que haya gozado de ser alguien popular, pero no quería entrar de negativa ante la situación, "hola Alexia, los alumnos de nuevo ingreso están esperando en el comedor, yo soy Camil" le dice, una mujer blanca de cabello negro, con toda la pinta de ser una de las maestras del instituto, le sonríe a alexia mientras la guía hacia el comedor del instituto, donde se encuentran los demás alumnos nuevos como ella.

La mujer estaba vestida de traje negro y camisa lila, se nota que no es un traje cualquiera, debería ser de una de estas sastrerías finas y caras, ya que todo el instituto albergaba un grupo selecto de estudiantes, no solo por conocimiento, sino que también por todos los ceros a la derecha en las cuentas de sus-

padres, y no era para menos que quienes impartían clases aquí, vistan ropa de calidad alta, se notaba el lujo del lugar en cada rincón.

Alexia y Camil entran hacia el comedor, y mientras lo hacen Alexia no puede dejar de examinar detenidamente cada espacio del sitio, "es muy bonito" Son las palabras que saltan por su cabeza, como primera expresión del lugar podía decirse seguramente que había sido del agrado de Alexia, pero ¿y el resto?, ¿cómo serían todos aquí?, sin duda estas cosas deberían irse descubriendo con el tiempo.

"Muy bien chicos, nos vamos a dirigir hacia el Auditorio, empezaremos la reunión de bienvenida ahí, mi nombre es Samanta, y soy la directora del Instituto élite blood de Milwaukee, para mi es un enorme placer poder darles la bienvenida, así que nos dirigimos todos hacia allá, y comenzaremos la ceremonia" fueron las palabras que Samanta le dirige a los jóvenes que la acompañan, se nota en sus caras de alegría la novatada de todos, y ese deseo que se tiene al comenzar experiencias nuevas, y que sin duda en ellos no era distinto.

Samanta se dirige con todos ellos por un pasillo de fondo rosa y adornado por una serie de cuadros de la época del renacimiento. Cada uno mas hermoso que el anterior, estas bellas piezas de arte eran sin duda una de las tantas excentricidades y lujos, que se podían observar dentro de las instalaciones de aquel antiguo y prestigioso instituto, aquel pasillo largo desembocaba en un lugar que asemejaba a una pequeña capilla sixtina, sin lugar a dudas, aquel sitio gozaba no sólo de piezas de arte de categoría, también gozaba de una arquitectura tradicional y antigua.

"Muy bien pueden tomar asiento" les dice Samanta, mientras voltea a ver a cada uno de los jóvenes, "pueden comenzar a sentarse todos en los asientos principales" les vuelve a replicar, su voz es muy autoritaria y su mirada muy precisa, de inmediato comienza a preparar la presentación de bienvenida, saca su ordenador de un pequeño portafolio Rosa de terciopelo y lo coloca sobre un escritorio de madera café.

Se notaba que aquel estaba un poco desgastado por el paso de los años, Samanta conecta el ordenador al pequeño proyector del Salón y pasa los dedos por su cabello, estira su blazer tratando de quitarle cualquier arruga que tuviese y dirige su mirada a cada uno de los presentes.

"Hola a todos como portavoz de cada uno de los maestros del prestigioso Instituto élite blood, me enorgullece tenerlos aquí, en las filas de los destacados alumnos que forman parte de nuestra comunidad estudiantil, decirles que en todo momento pueden acudir a cada uno de nosotros para lo que ustedes necesiten, nuestro deber es convertirlos en alumnos preparados para todo tipo de desafíos una vez dejen nuestras instalaciones, formamos a los profesionales del futuro, a personas competentes, que se distinguen por cada una de sus brillantes y estratégicas formas de alcanzar los objetivos y retos que les impongan nos solo la vida laboral, si no también personal" exclama con una expresión de orgullo al mencionar cada una de estas palabras.

"Espero que su experiencia dentro de este lugar, que será su segundo hogar sea del todo placentera siempre, y repito estamos para lo que vosotros necesiten, esperamos siempre cumplir con sus expectativas y hacer que se sientan siempre en casa, los alumnos aquí estarán también siempre para orientarlos y ayudarlos en caso de que lo necesiten, Espero que den todo de sí, y que brillen como un lucero" culmina sonriendo Samanta, una sonrisa un tanto peculiar de esas que sueles ver y no se olvidan, con la que daba por finalizada su intervención.

Alexia aplaude cómo el resto de los alumnos, pero no lo hace tal vez con la misma intensidad que el resto de los jóvenes, tal vez le costaría un poco más adaptarse al nuevo cambio, aunque posiblemente terminarían adaptándose como lo había hecho ya con la solitaria vida que llevaba fuera del instituto, así que a lo mejor no llegaría a costarle tanto como pensaba, incluso ahora estaba rodeada de más gente que nunca.

De inmediato el grupo es dirigido hacia el área del campus, donde estas las viviendas del alumnado, los padres de Alexia habían pagado también esta área del instituto, aunque previamente lo habían hablado con Alexia y solo estaría ahí en caso de que ella así lo dispusiera, pero en el fondo sabía que siempre-

estaría ahí por algún que otro motivo sus padres tendrían que estar fuera de casa y preferirían mantenerla dentro del instituto que sola en casa.

Alexia se hace participe del recorrido por las habitaciones de cada uno de los alumnos, hasta que llegan a un pasillo de color lavanda, decorado con especies de pinturas florales en las paredes, a lo lejos se ve lo que parece ser unas escaleras, "subiendo las escaleras esta tu habitación Alexia" exclama Camil, en esa habitación vas a estar tu y Agata, las dos compartirán esa habitación podemos ir subiendo para que la vean" les dirige esta palabra a las jóvenes mientras continua el recorrido.

De inmediato una delgada y alta joven de cabello rizado y castaño se abre paso entre los demás alumnos, y con sus ojos rasgados y de color verdes miran a Alexia, "mi nombre es Agata, encantada, parece que seremos compañeras de habitación, que alegría, me siento un poco emocionada, disculpame no quiero agobiarte" exclama, Agata le dirige estas palabras con una sonrisa educada a Alexia, mientras esta también la mira y le sonríe.

"Bueno, ahí que irnos apurando un poco, o no terminaremos de mostrar las habitaciones para cuando caiga la noche" les repite Camil, y las jóvenes se colocan detrás de esta que va en dirección a la recamara. al subir las escaleras se encuentran con una habitación muy encantadora, tenía una gran ventana con vistas que daban directamente al campus, y dos camas muy amplias una a cada extremo del cuarto, había un armario empotrado de madera de gran tamaño, y un pequeño baño al final de ambas camas.

El sitio parecía muy acogedor, y debía de serlo, sería el lugar donde Alexia pasaría gran parte de su tiempo, y sabía que aunque sus padres le habían dejado este sitio como opción para quedarse en caso de que ellos tengan que estar ausentes, terminaría prefiriendo quedarse aquí que pasando sola en casa, pues sabia que seria así como iba a estar la mayor parte del tiempo. las camas tenían unas hermosas sabanas de seda a juego con las paredes que estaban pintadas de un tono claro, Alexia pasa su mano a lo largo de la cama, sintiendo la suavidad de la misma.

Agata mira minuciosamente cada movimiento de Alexia, hasta que esta se da cuenta, "lo siento" le dice "solo estaba viendo la expresión de tu cara al acariciar la sábana de la cama, se nota que estaba muy a gusto por la cara que has puesto" le dice y le suelta una sonrisa de lo más amistosa, y ambas se ríen, "pues si, es probable que no tarde mucho en dormirme una vez caiga sobre ellas" exclama Alexia y ambas miran a Camil quien está abriendo las cortinas de las ventanas para que se ilumine por completo la habitación.

"Muy bien chicas, ¿que les ha parecido el lugar?, ¿a que es hermoso?" les pregunta Camil, y ambas jóvenes se miran inmediatamente, permitiendo visualizar una complicidad en sus miradas, ¿ambas estarían pensando lo mismo?, "está muy bien decorada y acogedora" responde inmediatamente Agatha, "pues iba a decir exactamente lo mismo" responde Alexia, y Camil les sonríe.

Sin duda le complace el hecho de que ambas se sientan cómodas, no parecía ser de aquellas profesoras amargadas, a la que los años las van haciendo aburridas, todavía parecía conservar esa chispa de alegría juvenil en sus expresiones y en la manera en la que realizaba su trabajo.

De inmediato Camil y las jóvenes se dirigen nuevamente hacia el grupo de alumnos para continuar con el recorrido de las instalaciones del campus pasarían un total de tres horas más hasta que llegaran a la última habitación de uno de los alumnos, "listo creo que hemos terminado por hoy" dice Camil, este día y mañana lo usaremos para que cada uno de ustedes coloquen sus pertenencias en sus respectivas habitaciones" exclama mientras el alumnado permanece atento a sus palabras.

"El fin de semana estarán muy ocupados en el traslado de sus objetos personales, de esta manera el lunes daremos inicio a su periodo de año escolar en las aulas del instituto, por ahora pueden ir a la cafetería a comer algo y pueden avisar a sus padres que el recorrido ha culminado" exclama Camil mientras les sonríe y se marcha, siguiendo la misma dirección por donde vinieron.

Alexia saca de su mochila, la billetera y se dirige al comedor caminando de manera calmada cuando de repente escucha una voz muy cerca, "¿que te ha parecido todo?" exclama Agata quien había estado caminando detrás de ella, siguiéndola de manera amistosa, " pues... pienso que no está mal, mis padres ya habían estudiado aquí así que, supongo que debe ser un buen instituto, aunque fue hace mucho que ellos estuvieron aquí, asumo que no habrá cambiado tanto" le responde de manera convencida mientras que Agata la escucha atentamente.

"Pues pienso igual, vamos, no me esperaba menos, después de lo que nuestros padres les pagan, que por cierto es una cantidad escandalosa de dinero ¿lo sabías verdad? como siempre el capitalismo tomando influencia en todo" exclama, pareciera que ágata era de aquellas jóvenes enérgicas, que siempre están en desacuerdo con las luchas inganables de la sociedad.

No parecía ser una mala persona, incluso sus expresiones, y la forma de decir las cosas resultaban muy divertidas para Alexia, esta le lanza una mirada un tanto burlona y le sonríe sarcásticamente, "¿que?, ¿no crees que sea así?" le replica Agatha y de inmediato se suelta a reír.

"Bueno no digas que no te comente nada del costo, cuando tus padres rechinen al pagar" le dice con una expresión sarcástica de aludida, y ambas se ríen mientras se dirigen a por la comida.

" Esperemos que haya algún menú delicioso para devorarlo" dice Agata, "ese paseo me a dejado tan hambrienta, así que no veo la hora de comer" exclama nuevamente mientras Alexia simplemente la mira y asiente la cabeza, "ojala tengan hamburguesas y patatas este día lo exige" responde Alexia, y ambas continúan caminando directamente hacia el comedor.

Llegan al comedor y se sientan en una de las mesas del sitio y comienzan a devorar la comida, "!vaya!" dice Agata, "ese recorrido sin duda me dejo hambrienta, no pensé que acabaría tan rápido con todo" exclama, "pues somos dos" le contesta Alexia quien parece de cada mordisco acabar rápidamente con la hamburguesa, no es para menos después de todo el recorrido había durado-

su tiempo y después de la gran caminata que tuvieron al conocer el campus es lógico que el cuerpo sienta ese gran deseo de comer y recuperar la energía.

"Les importa si me siento con ustedes" se escucha una voz viniendo de…¿un joven?, si, un joven delgado y rubio de no más de 1.80 aproximadamente se encuentra parado frente a la mesa de Alexia y Agatha. Agatha lo mira fijamente, sin duda habrá quedado impactada, el joven era de apariencia muy bien vista, y Alexia quien tenía la cabeza agachada en su bandeja de comida, levanta la mirada, lo mira fijamente con sus ojos color avellana, "claro, aquí hay mucho espacio, siéntate" le dice Alexia mientras trata de ser amistosa con todos, quería empezar bien en el nuevo lugar que será su hogar.

"Me llamo Adam" les comenta el joven con una amistosa sonrisa. De labios pronunciados, sus ojos verdes esmeralda sin duda hacen un juego perfecto con su melena rubia, "¿y ustedes?" les pregunta, de inmediato Agatha toma la batuta para responder la pregunta, dejando notar el gran interés que Adam está levantando en ella.

"Mi nombre es Agata y ella es Alexia, encantada de conocerte, ¿comienzas igual que nosotros verdad? ¿eres de por aquí?, ¿ya conocías el instituto?" Agatha invadía de preguntas al joven sin darse cuenta que no le daba tiempo ni de responder la primera, Alexia solo se ríe, haciéndole saber que estaba actuando de manera graciosa y Adam también hecha a reírse.

"Ya se estoy siendo una intensa, puedo darme cuenta con esas risas irónicas" Agatha finge estar molesta pero luego hecha a reírse con ellos, sin duda estos tres jóvenes parecen no tener problemas a futuro en ser amigos, "pues en realidad soy nuevo si, pero mi padre había estudiado ya aquí, así que me ha hablado un poco del lugar y su historia, dice que tiene una de las mejores enseñanzas del país, así que supongo que está bien, y para responder a la otra pregunta, soy de Milwaukee, pero mi madre es de reino unido, estuve viviendo ahí diez años y luego me mude acá, así que creo que soy de ambos sitios" les comenta Adam; "¿y qué hay de ustedes?" les pregunta de inmediato.

"Pues mis padres siempre han vivido en Milwaukee" le contesta Agata, "toda mi familia de hecho, mis abuelos, bisabuelos, tatarabuelos y todos antes de ellos" lo dice de manera irónica dejando muy claro que siempre a vivido en este sitio "mi familia es dueña de un conglomerado de tiendas que venden todo lo que sea relacionado a reformas y remodelación de casas y esas cosas" le replica.

Nuevamente Agata aprovecha para sacar pecho de sus raíces y la situación económica de la familia de la que proviene, no era para menos sin duda en este lugar todos los jóvenes usarían como parte de su carta de presentación la situación económica de la que provienen.

"Diré que mis padres también han estudiado aquí, y me saltaré la parte de sus bienes" les dice Alexia, y luego suelta una sonrisa, para no sonar muy seria en su respuesta, "¿ambos?" le pregunta Adam nuevamente, "si ambos tuvieron sus estudios en este instituto, fue aquí donde se conocieron y luego se casaron" Alexia lo conversa de una manera enérgica, haciendo notar la emoción que le causa hablar de sus padres, el instituto tenia anexo a una de las más prestigiosas universidades del estado, así que cuando los alumnos culminaron toda su formación académica podían acceder a su estudio de tercer nivel, qué fue lo que hicieron los padres de Alexia y lo que muy probablemente llegase a cumplir ella.

"Bueno todas las personas no dan más que buenas reseñas del sitio, así que creo que estamos en el lugar perfecto, nada mal podría salir aquí, todo parece perfecto" Adam termina su intervención con una gran sonrisa de comodidad, pero sería realmente todo esto cierto, ¿que podría pasar? ¿estaría todo perfecto?,existen preguntas que es mejor muchas veces no plantearlas, ni tentar a la suerte y ver lo que pudiese pasar, puede que muchas veces juegue en nuestra contra.

"Mi padre me a escrito, vienen en camino" les dice Agata con un tono de sorpresa, " no tarda ni diez minutos esta cerca, así que, me comeré esto rápidamente" exclama, no faltaba mucho para que terminara su comida así que rápidamente se levanta y deja la bandeja en su sitio limpia las migajas de galleta que tenía sobre la blusa y con una servilleta limpia sus labios y cara tratando de quedar impecable.

De inmediato suena el móvil de Alexia,"hola papá, ¿están cerca?, bien los veo entonces" dice y guarda el móvil en su bolsillo delantero de la falda, "los míos también vienen en camino" les dice mientras todos comienzan a caminar fuera del comedor, "mi chofer esta afuera" comenta Adam mientras hace de la mano a un hombre alto y fuerte que esta esperando fuera del comedor con un traje negro y melena a medio hombro de color castaña. Adam se levanta de inmediato de la silla, "las veo mañana chicas, traigan lo mejor de casa para esta gran aventura" les dice y ríe marchándose de inmediato.

Al siguiente día una gran cantidad de coches decoraban la parte delantera del campus, cada coche más lujoso que el otro, así eran los vehículos que transportaban a los nuevos alumnos del instituto y sus pertenencias, era el día en que todos ellos debían acomodarse en sus nuevas residencias, donde pasarán gran parte de su época juvenil, entre un millar de objetos, Alexia, Agata y Adam, se abrían camino para llegar a sus respectivos cuartos.

El día pintaba colapsado para todos quienes se encontraban en el lugar, arreglos, decoraciones, las mudanzas no eran nada fáciles, y más si son a largo plazo, Alexia y Agata estaban desempacando la ropa y colocando cada cosa en el armario de la habitación; " muy bien creo que me falta solo la ropa deportiva y habré terminado con todo" dice Agata, rascando su cabeza y pasando su mano por la frente en señal de agotamiento.

"Pues creo que yo igual, colocare los calcetines en el cajón de abajo y abre terminado, dios, estoy literalmente muerta, creo que no voy a poder mas" replica Alexia y se deja caer sobre el suelo de la habitación, el cuarto había tomado un ambiente distinto de cuando lo vieron por primera vez, una decoración juvenil y llena de color se había apoderado del sitio, entre afiches de músicos y calcomanías de lo mas pintorescas adornaban las paredes de área,.

"Hija creo que hemos descargado ya la última caja" se escucha a la madre de Alexia, quien espera a la entrada de la habitación, con una caja en brazos, se puede ver unos libros, un par de revistas, y unos cuantos objetos más que no se podían apreciarse claramente, "gracias mama, podrías dejarlos sobre lacama, ya me encargare yo de ellos" le responde de inmediato Alexia, y su madre los coloca sobre la cama.

Detras de la madre de Alexia se acerca un hombre vestido con un pantalón casual de color azul marino, una chaqueta de cuero negra y una camisa a juego, de cabello rubio y ojos saltones era imposible que pasara desapercibido, ¿pero quien era?, la madre de alexia voltea la mirada para ver de quien se trataba, ¿quién estaba detrás de ella?, ¿quién era aquel misterioso hombre?.

"¿Matthew?, ¿qué haces tú aquí? pregunta Mariane, ¿de qué se trataba?, parecía como si le conociera de otro lugar, y de ser así, ¿de donde?; "¡Mariane!" exclama el hombre, "cuanto tiempo, no creía volver a verte en el mismo lugar donde te vi por última vez" exclama entre expresiones de sorpresa, " ¿qué haces tú aquí?" le pregunta también, ambos se miran con mucha sorpresa y emoción. "He venido a ayudar con la mudanza a mi hija, va a estudiar aquí, al igual que yo lo hice, ¿no me digas que tú también has traído aquí a tu hijo? le pregunta con una sonrisa y cara de sorprendida a la vez.

"Hija" le dice Matthew, "mi hija va a empezar el instituto aquí, así que he venido a dejarle sus cosas, su madre se a cansado y me a pedido que viniera a dejarle el resto" le responde con una cara de sorprendido aun, entonces, los padres de Agata y Alexia ¿se conocían?, ¿cual pudiera haber sido la conexión que tenían ellos en el pasado?, pudieron haber sido viejos compañeros de instituto, o mejor algo más que eso.

Mariane y Matthew tuvieron una relación de un par de años antes de que ésta conociera al padre de Alexia y cayera perdidamente enamorada de este, terminaron la relación en buenos términos y mantuvieron una relación de amistad hasta que ambos abandonaron la universidad, luego de esto cogieron caminos separados para más nunca volver a encontrarse hasta ahora, cuando sus hijas estaban por comenzar el mismo camino que ellos siguieron en su tiempo y en el mismo lugar donde lo hicieron también.

" ¡Waooo! Estoy totalmente sorprendida vaya evento más inesperado que da la vida, quien diría que nos encontraríamos nuevamente aquí y por nuestras hijas, estoy… vamos emoción es poco" menciona Mariane, y Matthew la mira-

sonriendo, "bueno si, serán unos quince o dieciséis años más o menos" le dice a manera de pregunta, " pues dieciséis seguro" le contesta Mariane y ambos siguen con la misma sonrisa de alegría luego de tremenda sorpresa.

Alexia y Ágata se miran admiradas también, no entienden mucho, porque no saben la historia detrás de ese raro encuentro, pero es muy claro que Alexia no se iba a quedar sin saberlo, mira fijamente a su madre esperando que esta le devuelva la mirada, pero es imposible ella sigue mirando al padre de Agata como en una especie de hipnotismo del momento, aunque sabe que en el fondo su madre se lo terminará contando.

"Bueno, a sido un placer volver a verte Mariane y, espero que no pase mucho tiempo para poder verte nuevamente, espero que no sea cuando nuestras hijas se gradúen" se ríe de manera burlona y sarcástica a la que Mariane corresponde, "no te preocupes, ya tendremos tiempo para ponernos al día de todos estos años, puedo dejarte mi numero si quieres" el final suena más a una pregunta más que a un hecho, después de todo sabe que ahora él está casado y ella también, y no sería normal quedar con alguien de la nada, Mariane era muy cuidadosa con eso y sabía que no quería llamar a los problemas.

"Claro no hay ningún problema" le contesta Matthew mientras saca el celular de su bolsillo, "pues es el 635676354, ¿lo anotaste bien? O quieres que lo repita? " pregunta " no, no te preocupes lo he anotado perfecto, te llamaré ahora para que guardes el mío así sabes que soy yo" le responde y ambos guardan sus contactos de móvil.

"Bueno hija dejo tus cosas aquí, tu madre y yo ya nos vamos a casa, trataremos de estar aquí el lunes para tu primer día de clase, así te veremos antes del viaje, Matthew se acerca a Agata plantando un beso en su frente, y luego se tira para abandonar el sitio, "adiós señoritas tengan ustedes un buen resto del dia" les sonríe y se marcha, "adiós papá" grita Agata, mientras Alexia y Mariane se despiden agitando la mano.

"yo tampoco me quedo mucho mas hija" le advierte Mariane a Alexia, asi que les ayudare brevemente a colocar estos afiches en las paredes y colocar las cosas del baño, luego de eso creo que habré terminado con mi parte de la-

ayuda, y me marcho a casa, el resto queda en sus manos" les sonríe un tanto burlona, en el fondo so aun niñas jugando a vivir solas, pero estarían bien vigiladas, es lo que se esperaba…

Pasan alrededor de unos veinte minutos cuando Mariane sale del área de baño del cuarto, "bueno ahora si eh terminado, recogeré mi bolso y me marcho" se inclina a la repisa de la entrada junto a la cama de Alexia, y recoge su bolso turquesa que iba a juego con la blazer que adornaba su mono color beige y sus zapatillas cómodas, como para la ocasión.

"Bueno hija, cuidate si, el lunes vendré a desearte suerte en tu inicio de clases, tu padre viajará a Londres, tiene un asunto muy importante, así que yo me quedare a cargo de todo, tratare de estar al menos una hora el lunes y luego me marcho ¿lo entiendes verdad?" le pregunta Mariane con una expresión de sentirse un poco culpable, pero todo se basaba en el poco tiempo que disponía para atender todas las necesidades que le quedarían, debido al viaje que tenía que hacer Rob.

El viaje ya estaba programada hace unos días, pero por inconvenientes con la aerolínea debería esperar hasta el lunes para su viaje, así que Alexia no podía disfrutar del inicio de clase con ambos padres, aunque en ese momento trato de no mostrar importancia ante lo que sucedía, "no te preocupes mamá es solo un evento de bienvenida igual al de ayer, así que no importa" dijo, pero en el fondo claro que importaba, más aún cuando todos estarían con al menos uno de sus padres durante toda la ceremonia.

"Bueno chicas, andando que ya no queda nada, espero que cuando terminen me envíen una foto, alexia, estaré esperando la foto, aunque ya esta increíble el cuarto se que quedara mejor con lo que falta, un beso para ambas, te quiero hija" y le lanza un beso abandonando así el dormitorio, Alexia la mira alejarse, de manera estática, ¿que estará pensando por su cabeza?

Tal vez…¿las palabras y sentimientos que nunca querrá dejar salir, por miedo a herir a quienes quiere?" vamos, la verás dentro de poco, no es que se irá para siempre de tu vida, ni siempre estaremos encerrados aquí" le dice inmediatamente Agata mirando fijamente a Alexia, "ten en cuenta que-podemos salir cuando queramos, al igual que volver a casa y estar con ellos" le sonríe Agata tratando de cambiar el estado de ánimo de Alexia.

"Si, tienes razón, siempre podemos volver a casa y ver que ellos están ahí" le responde con una expresión de aparente sonrisa, pero era más una expresión que escondía tristeza, Agata la mira sin entender a que se refiere, pero Alexia sabía perfectamente a lo que quería ir con lo que había dicho, sabe que sus padres casi no pasan en casa, y al menos para ella este sitio sería un refugio para poder rodearse de personas.

Alexia continúa con las cosas que faltan de acomodar en el lugar, "creo que falta barrer un poco el suelo y limpiar con las bayetas las ventanas, con eso habremos terminado" exclama Agata mientras Alexia se dirige hacia el baño para llenar un recipiente con agua y coge una camisa vieja para limpiar las ventanas, de inmediato se agacha hacia la ducha para llenar el recipiente y comenzar con su labor.

Sin caer en cuenta de repente pasa una línea de pensamientos por la mente de la joven Alexia, "¿podría una persona unir su alma a algo superior?, y de ser así.. ¿Podría la persona fluir junto a esto, o se perdería para siempre en un abismo interno del que nunca se podría volver a salir?" eran las preguntas que cruzaban la mente de la joven, parecía que todo el tema que estaba llevando a cabo no la dejaban seguir tranquilamente con su existencia.

"¿Cual es el objetivo de aquellas personas con las que sueño, aquellos a quien veo e inmediatamente temo?" piensa, mientras se pierde entre sus pensamientos; de repente se escuchó el ruido del agua derramándose por los lados del recipiente de agua, "dios, creo que me he quedado totalmente colgada en la nebulosa" exclama, Alexia cierra inmediatamente el grifo de agua y se dirige hacia el lavabo para coger las bayetas de limpieza que estaban colocadas debajo de este en el pequeño armario que ahí tenía.

De inmediato se agacha y las toma, cierra las pequeñas puertas, y se incorpora, Alexia mira fijamente a través del espejo que se encuentra en la parte superior del tocador, y la expresión de su rostro cambia al instante, ¿pero qué es lo que está viendo?, lo normal sería ver el reflejo propio a través-

del cristal, pero de ser así eso no tendría porque pintarte una expresión de horror en la cara de la persona, si no era así misma a quien veía Alexia a través del cristal, ¿entonces que era?.

Una imagen de lo más utópica había congelado a alexia frente al espejo, era ella si, no había duda, era su reflejo, pero detrás de ella había una oscuridad con filosos dientes y dos colmillos que sobresalen, su rostro era el horror y en su frente llevaba un sello, ¿o más bien un símbolo?, su expresión olía a deseo, hambre, ansias, Alexia veía como colocaba sus garras en sus hombros, y colocaba su demoníaca cara junto a ella, ¿que es lo que quería?.

¿Deseaba su alma?, aquel ser tenía una imagen tan diabólica que Alexia solo podía temerle, sin duda le temía, pero ¿qué era lo que quería con ella?, un olor a muerte invadía su espacio, se sentía un ambiente pesado cual ancla, sin duda alguna lo que fuese que estaba pasando en ese momento no era algo vivaz, era algo que quería que se supiese que estaba ahí, y más que eso que se sintiera que su presencia era más real que un simple reflejo de espejo.

"Me temes" se escucha, una voz de tono sepulcral, Alexia sabe que ese tipo de voz seria de las cosas que no olvidaría nunca, no era de este mundo, al menos no de los vivos, donde fuese que estuviera si la volviera escuchar sabría quien estaría con ella.

Sus pupilas se dilatan y sus vellos se erizan por completo, siente un frio recorrer su cuerpo, nunca antes había sentido algo igual, ni con las pesadillas de hace poco, ni esto le causó este tipo de sensación, intenta recorrer la mirada girando sus ojos hacia un lado y con el filo de sus ojos ver de quien se trataba, pero no había nadie, absolutamente nadie ahí.

"Tranquila,no tienes porque temer niña" se escucha una voz estremecedora, Alexia, mira fijamente en el espejo, "¿qué ves?" le dice esta entidad sobrehumana que la mantiene escoltada de momento. "vamos se que puedes hablar, dime que ve cuando ves al espejo" le vuelve a preguntar, es tétrico verlo hablar sus dientes parecen entrelazarse unos contra otros y sus colmillos brillan al igual que los dos cuernos que decoran su frente, "ah..ah mi, ah mi, yy... a ti" tartamudea Alexia, parece un reto poder articular una palabra completa, pero quien pudiera hacerlo encontrándose en un momento así.

"No deberías temerme, sabes que tu y yo podemos ser uno mismo, y no falta mucho para eso, mírame desde otra perspectiva, yo nunca te haría daño, mira nuevamente hacia al frente, no ves que maravilloso es vernos juntos uno al otro, ¿no crees?" finaliza, para de repente cambiar totalmente el reflejo de Alexia en el espejo.

Sus ojos tenían un color a oscuridad y tiembla, el color de su piel había tomado un tono a muerte y en sus brazos se visualizaban aquellos mismos símbolos que no había parado de encontrar en cada escena pasada relacionada a todas estas experiencias extrañas que había estado viviendo.

De repente Alexia lleva sus manos hacia su cara, "que me has hecho" le pregunta y comienza a tocar desesperada su cara y ver su manos que llevaban pintadas estas marcas extrañas, "¿que te he hecho? nada... no lo he hecho yo, lo has querido tú, yo simplemente pregunte pero tu no opusiste resistencia, pudiste correr, pero no lo hiciste... " sonríe a manera de burla enseñando su macabra risa, pareciese que había fuego en su mirada y se iluminaba más al reír.

"Estas segura que eres tu quien no quiere que esto ocurra, estas segura que no deseas ser un receptáculo y poder sentir como puedes tener todo lo que quieras, puedo sentir que dentro de ti lo quieres, como todos, pero hay un par de sentimientos en ti que bloquea el aceptarlo por completo, ¿que es?" le pregunta , y realmente ¿que era a lo que se refería? cómo podía conocer lo que sentía o pensaba, sin duda conocía todo de ella, estaba claro que podía poseerla si quisiera, pero tal vez no era el momento, o simplemente se regocijaba con la idea de que fuese ella misma quien pidiese unir su alma a él.

"Tus batallas son internas, y el odio que tienes ahí, ese delicioso sentimiento de odio que tienes, estoy seguro que esto lo eh sentido antes" le dice, "antes que ti, conocí a tu antecesor, el shaman de aquellas tierras, fuerte, decidido, un-humano merecedor de nosotros, desgraciadamente no bastó eso para poder completar el enlace, pero el sentía lo mismo que sientes tu, odio,-soledad, deseo de algo que esté contigo para siempre, se que tu seras la que aprenda a vivir con más de una alma en el cuerpo, lo se" replica, mientras Alexia sigue mirándolo horrorizada sin respuesta en lo absoluto a cada palabra que escucha.

"Por si no sabes quien soy, quienes estaban antes de ti me llaman Mammunt, soy el segundo de tres igual a mi, así que llamame como quieras la próxima que volvamos a vernos,que no será dentro de mucho" le sonríe y quita sus afiladas garras de sus hombros desapareciendo como si jamás hubiera estado ahí, Alexia deja caer las bayetas y el cubo de agua, "Alexia" le dice Agata parada en la puerta de entrada, mientras la joven gira su cabeza y la mira, "Alexia estás bien" gritó Agata nuevamente, mientras Alexia se deja caer de rodillas, casi sin poder sostenerse por sus piernas y cae hacia un lado en el suelo, mientras se escuchan las pisadas de Agata corriendo hacia ella.

Alexia abre sus ojos, y es cegada por una luz brillante, está todo borroso y acerca su mano a la cara para protegerse de esa luz, "¿que pasó?" pregunta inmediatamente, Agata se acerca a ella, "¿estás bien?" le pregunta, " estabas en el baño y de repente no te oía así que fui a verte y tenias una cara muy pálida como de miedo y luego caíste al suelo desmayada, ¿pasó algo?, ¿quieres que llame a tu madre?"le pregunta Agata con tono preocupado y a la vez intrigada por lo que había sucedido.

"No, no, no es necesario que llames a nadie, ¿cuánto tiempo dormí?" le dice alexia rascando su cabeza y sobando sus ojos, "pues has dormido toda la noche son exactamente las 6:30 de la mañana así que tenemos exactamente 20 minutos para alistarse e ir a nuestro primer día de clases, pero si no te sientes bien podemos ausentarnos, me incluyo yo porque claro que no te voy a dejar sola" le contesta Agatha colocando sus manos en la cintura en señal de seriedad en su respuesta.

"Yo creo que no es necesario, estoy bien sin duda el desmayo seria por el estrés de un nuevo ambiente" intenta dar una respuesta creíble para evitar la nube de preguntas por parte de Agata en lo poco que la conoce sabe que es de las que no les basta una simple respuesta, "ah, bueno, tienes toda la razón, hasta yo me siento como cuando las cantantes van a dar un show, !si! pánico-

escénico, eso es, pánico escénico" alexia se ríe, Agata sin duda era de esas roomies que todos quieren tener, era alegre y espontánea, sin duda lo que Alexia necesitaba.

"Yo creo que debemos comenzar a vestirnos o llegaremos tarde, y es nuestro primer dia, asi que tenemos que impresionar" le dice Alexia, mientras ambas se dirigen de inmediato al clóset a por el uniforme, una falda de color ploma y lila y una camisa manga larga lila y chaqueta ploma es el uniforme que la acompañaría por unos cuantos años, "no se quien diseño este atuendo horrible" dice Agata, mientras Alexia arregla saca del armario un par de botas negras para acompañar la vestimenta, "bueno con eso al menos le das algo de carácter" le dice, mientras Agata se coloca unas zapatillas deportivas negras también.

Ambas se dirigen de inmediato al aula magna del instituto, donde estaban el resto de sus compañeros, de inmediato Alexia busca de entre la gente a sus padres, su madre a lo lejos le hace de la mano para que sepa que estaba ahí, había cumplido con lo prometido, Alexia solo sonríe, en el fondo siente mucha emoción que esté presente en un momento que es importante en su vida.

Su madre de inmediato saca el móvil de la cartera, se veía que alguien estaba llamándola, Alexia comienza a pintar su cara de gestos, enojo y frustración era lo que comenzaba a sentir, intuía que su madre abandona inmediatamente la ceremonia de iniciación, y cuando la ve caminar en dirección suya sabía exactamente las palabras que escucharía, "!hija, debo irme surgió una emergencia!" las tenía muy bien grabadas, las venía escuchando unos cuantos años y se conocía ya toda la rutina.

"Hija" le dice su madre, "disculpa, debo irme a surgido una emergencia y tengo que estar en la oficina en media hora, te veo este fin de semana si" le dice, y Alexia la mira tratando de no reflejar ningún sentimiento de desacuerdo o tristeza."Tranquila mama te entiendo ve" le dice y la madre la mira fijamente y le sonríe, "te quiero hija no lo olvides" le contesta, mientras se marcha y Alexia solo respira profundamente para luego girar la mirada hacia los docentes que estaban empezando a dar el discurso de bienvenida, "¿estás bien?" le-

pregunta Agata quien estaba a su lado, "si todo está bien" contesta Alexia y vuelve a mirar el evento.

Pasarían dos horas aproximadamente para que el evento se dé por finalizado, todos los alumnos abandonan el aula y sus padres estaban esperándolos fuera, Agata camina junto a Alexia, pero luego sus padres la llaman, "Agata hija, !eh!" le gritan y esta corre de inmediato hacia ellos, por un instante Alexia visualiza el panorama a su alrededor y ve muchas sonrisas en el rostro de la gente, pero… ¿y qué hay de ella?, comienza a caminar pensando en que aquel sentimiento de soledad que viene acompañándola por años, no lograba irse, y agacha por un momento la mirada viendo sus pisadas.

Un flashback de lo sucedido anoche la desvincula de sus emociones, de repente recuerda las palabras de Mammut, "se que quieres algo que esté contigo para siempre" y estas palabras se repiten una y otra vez en su mente. "¿realmente lo quiero?" se formula esta pregunta, mira rápidamente hacia el frente como si supiese que algo estaba esperando ser visto por ella, y no se equivocaba, era él, era Mammunt, parecía como si estuviera parado fuera de la escena, como si su imagen pudiera relucir del resto de gente, estaba ahí, y la miraba fijamente.

Sería posible que el sentimiento de soledad pudiera hacernos cometer cosas inconcebibles, cuanto afecta a una persona, sentirse sola, la pregunta es ¿podría la soledad llevarnos el alma y dejar que en nosotros habite algo-más?Alexia había tenido su experiencia, y a pesar de sentir miedo, supo que en el fondo sentía atracción a lo que podía convertirse.

"Alexia" se escucha un grito, "eh Alexia, mis padres quieren saludarte" se escucha decir a Agatha, mientras Alexia parece un poco desorientada, "mmm… claro, si" le responde, mientras parpadea rápidamente para cerciorarse si lo que había visto era real o ficticio, pero lo que estuvo ahí hace un par de segundos había desaparecido, o al menos era lo que parecía, Agata la agarra del antebrazo y se dirigen hacia donde están esperando sus padres, mientras caminan Alexia no pierde la oportunidad de voltear su mirada al sitio donde le pareció haber visto a Mammunt, pero no, ahí solo yacía un gran árbol de arce de azúcar cuyas hojas se habían caído casi por completo debido al temporal.

"Papa, aquí esta Alexia la hija de tu amiga, ¿la recuerdas verdad?" le pregunta Agatha a su padre, mientras que la madre de esta lo mira un poco sorprendida, debe ser por la parte de "la hija de tu amiga", pensaría sin duda de que amiga se trataba, inmediatamente Alexia los saluda tratando de cambiar rápidamente el gesto de desconcierto que tenía por lo sucedido hace poco, tratando de buscar una expresión un poco más amable y correcta para el momento, "buenas tardes soy Alexia un gusto nuevamente" les dice, mientras trata de sonreír un poco para mostrarse amistosa.

"Hola Alexia encantado de verte nuevamente, ¿tus padres están por aquí?" le pregunta, y Agatha mira inmediatamente a su amiga pues sabe cual es la respuesta, pero desconoce cómo podría llegar a reaccionar al recordar que ninguno de sus padres estaba ahí con ella, "no, no están, bueno mi madre estuvo un par de minutos al inicio pero ocurrió algo urgente y se marchó" le responde inmediatamente tratando de desviar la mirada para evitar más interrogaciones.

" ¿Y tu padre tampoco está?" le pregunta seguidamente la madre de Agatha, parece que no se salva de las interrogaciones por parte de los padres de-

Agata, "pues mi padre está ahora en Londres resolviendo algo de su empresa" le dice Alexia sin mas, Agata se sorprende mucho porque con cada palabra que responde Alexia, no llegaba a mostrar algún tipo de sentimiento de tristeza, es mas no reconocía ningún tipo de expresión en su cara, se veía muy fría.

"Sin duda alguna debe ser muy difícil llevar todo ese imperio que tienen tus padres, nosotros teniendo menos bienes que ellos, y una empresa más reducida nos resulta agobiante en su totalidad," le dice el padre de Agata, tratando de excusar de cierta manera un poco a los padres de Alexia, "ya, si, seguro que es eso, los consume por completo" responde la joven, mientras gira su mirada hacia la derecha, como si quisiera huir de las preguntas.

"Bueno chicas supongo que ambas tendrán que hacer sus cosas y no queremos quitarles más tiempo" dice el padre de Agata mientras se acerca a darles un abrazo de despedida. "nos marchamos un poco antes porque hemos dejado pendientes unas cosas,así que te vemos el fin de semana hija, a sido un gusto volver a verte Alexia" replica Matthew mientras vuelve a abrazarla, "el gusto a sido mio señor" le responde , "cuidate Alexia" le dice la madre de Agata, quien también le proporciona un abrazo, y luego se despiden de su hija, "portate bien" le dice la madre a Agata y le planta un beso en la frente.

"Adiós mama, adiós papa" dice Agata y Alexia agita su mano despidiéndose, "bueno creo que eso ha sido todo, por el momento volvemos a la libertad sin padres, es un gusto ¿no crees?" le dice Agata mientras le sonríe a Alexia tratando de que esta apoye lo que había dicho; "pues si, es lo mejor ¿no? aunque para mi no es algo distinto a lo normal, ¿vamos a recorrer el sitio?" le pregunta Alexia, y Agata asienta con la cabeza en señal de afirmación para continuar caminando juntas por el instituto.

Un camino adornado por flores de camelia, indican la ruta hacía el jardín central del campus, el color rojo de las flores dibujan y acompañan todo el recorrido, "no sabía que la gente se preocupaba mucho por el decorado de este sitio, parecen tener un gusto por los colores intensos" le dice Agata mientras mira su uniforme haciendo referencia a lo que había comentado ya que llevaba un color lila muy llamativo en su vestimenta de instituto.

"Sin duda alguna, pero el lugar tampoco está mal, me parece que tiene mucho estilo" le responde Alexia, mientras ambas siguen avanzando con su caminata hasta llegar a un gran asiento de mármol blanco que estaba en el jardín, junto a él había varios más los cuales formaban parte de la circunferencia central del sitio, parecía ser el punto eje a una serie de caminos, a simple vista todos iban decorando una especie de laberinto que adornaba aquella zona del instituto.

"¿Cuánto tiempo crees que se habrá tardado esta gente en idear esta decoración?, los asientos, los caminos, el tipo de flores, todo parece pensado tan minuciosamente, ¿crees que la señorita Camil se encargaría de eso?, después de todo se encarga de muchas cosas aquí por lo que veo" le dice Agata llevando la mirada al cielo a manera pensativa, como si tratase de responderse las dudas ella mismo.

"Pues no se quien se haya encargado de esto, y tampoco creo que fuese ella, esto lleva más años aquí que tu y yo juntas, y tampoco creo que la señorita Camil tenga tantos, ¿podríamos continuar?, ya mismo es hora de la cena y tenemos que regresar a la habitación, mañana comienza nuestro día de clases y no queremos embarrarla a la primera" le dice Alexia mientras Agata se queda mirándola fijamente, "tienes razón, ahí que seguir le dice" y continúan por uno de los caminos que lleva hacia el laberinto.

Ambas seguían manteniendo su conversación mientras continuaban con la caminata, los largo caminos del laberinto se mantienen resguardados por bellas esculturas de mármol,al igual que los asientos del centro, cada ciertos metros una estatua resguardaba el camino, "mira esta parece un dragón" dice Agata, mientras acaricia la imagen con su mano, "a que mola pero da un poco de miedo" le pregunta a Alexia, y está asienta su cabeza dándole la razón.

Las jóvenes parecían tan perdidas entre si, que continúan adentrándose más por el camino, se encontraban atraídas por la belleza del lugar, cada parte tenía su atractivo propio, seguirán caminando por unos diez minutos más cuando de repente una de las imágenes de mármol del laberinto llama mucho la atención de Agata, podía notarse como le atraía había quedado estática frente a esta.

"Mira, esta pareciese tener una inscripción en algún tipo de idioma extraño, ¿que podría decir?, parece un carnero, pero es extraño tiene un poco de apariencia de... ¿una persona?" replica, un poco extrañada por lo que está viendo, mientras que Alexia que miraba hacia otra dirección dirige inmediatamente sus ojos hacia la imagen que está describiendo Agata.

"De donde sacaron esto" menciona Alexia, y suena un poco sobresaltada mientras tiene la mirada puesta fijamente sobre esta pequeña estatua, "no lo se solo estaba ahí, ¿te pasa algo? Suenas un poco alterada" le pregunta Agata mientras la mira intrigada, hace unos cuantos minutos mantenían una conversación divertida, y ahora Alexia ha cambiado completamente su expresión, parece nerviosa y muy alterada.

"Estoy bien, estoy bien" le responde pero Agata parece seguir pensando que realmente Alexia no estaba del todo bien, y no se equivocaba, Alexia mira fijamente la imagen, porque esa era la misma imagen que había visto ayer frente al espejo mientras limpiaba el baño de la habitación, y fue la misma imagen que vio hace un par de horas fuera del aula magna del campus.

Sea lo que fuese aterraba a la joven, era muy probable que en el fondo Alexia sepa lo que era, aquello parecía estarla siguiendo, y era así, después de aquella charla desconcertante en el baño, no debería tener duda alguna de que esto cada vez se acercaba más a ella.

Alexia baja su mirada, para ver aquellas palabras a las que se refería Agata que estaban inscritas en el objeto, y efectivamente, lo que temía, se trataba de unas letras en latín, lo curioso de todo es que de manera extraña Alexia sabia lo que decía ahí, ¿pero como?, ¿cuando recibió cursos de latín sin saber?, "se que en el fondo quieres saborear todo lo que puedes tener por medio de mi poder" fueron las palabras que saltan por su cabeza, Alexia voltea su mirada como si estuviera buscando de donde provenía aquella voz que le había sentenciado aquellas palabras.

"He Alexia, ¿que pasa?, me esta asustando" dice Agata mientras está de brazos cruzados como si estuviera auto abrazados para sentir una especie de-

protección, la actitud que estaba tomando Alexia no era del todo normal, y estaba asustando un poco a Agata quien no le quita los ojos de encima.

"Ut, qui natus est novum principium, imperium adeptus est, et sacrificium" lee Alexia en voz baja como tratando de meditar lo que estaba escrito, "esto es... esto quiere decir que, con el fin, nace un nuevo inicio, el poder se obtiene con un sacrificio" lo dice en voz alta mientras Agata la continua vigilando.

"¿De qué va todo eso?, ¿de qué estás hablando?, no entiendo nada Alexia, ¿podríamos irnos?, ya no quiero estar aquí, le dice, y se podía observar claramente lo incómoda y asustada que está Agata, "¿no ves?, a esto se refería el hombre de aquel sueño, diciendo que debería temerle a cosas peores, ahora lo entiendo todo" exclama Alexia, parece perdida entre sí, tiene una mirada un tanto ida, parecía estar en un trance extraño "¿de qué hablas?, ¿de que hombre? ¿que sueño?, para ya, comienzas a parecer una demente" sigue repitiendole Agata mientras se dibuja en su rostro una expresión de coraje mezclado con miedo.

"No se a que te refieras Alexia, pero yo me voy, se hace tarde" le dice Agata mientras conduce su camino de regreso, "¡espera!" le grita Alexia, "¿porque te vas? ¿acaso tienes miedo?" exclama, lo extraño de la pregunta no era que su respuesta era un sí rotundamente por parte de Agata.

Lo extraño de la pregunta era la manera en que Alexia la hacía, parecía que no era ella quien estaba hablando, era como ver otra persona, Agata se asusta aún más porque acto seguido a la pregunta se fija en los ojos de Alexia- parecían vacíos, parece como si estuviera bajo un hechizo del cual no era consciente.

¿Donde se había ido su amiga?, Agata siente los vellos se le erizan por completo, en ese instante solo imagina salir corriendo, pero no, no debía dejar sola a su amiga, quiere acercarse a ella y tomarla por el brazo en ese instante, pero en su interior sentía un temor al solo pensar en respirar el aire cerca a ella, todo se había tornado confuso, porque era consciente de la sensación extraña que estaba sintiendo de repente.

"Yo pienso que no deberías correr, después de todo no tengo intención de hacerte daño, aunque puedes irte si quieres, no eres tu quien me interesa, lo que quiero ya lo siento casi mio, asi que ¿porque sigues pensando en salir corriendo?" replica Alexia, ¿o era acaso alguien más hablando por medio de Alexia?, ¿podría ser acaso Mammunt?,aquel demonio con el cual su amiga ya había tenido un previo encuentro.

"¿Quién eres? tú no eres Alexia ¿verdad?" pregunta Agata armada de valor, dispuesta a enfrentarse a quien tenía sumida a su amiga de momento en un limbo de almas, desconocía totalmente de que se trataba todo, Agata no tenía ni la mas mínima idea de lo que escondía Alexia, y es que absolutamente nadie lo sabía, ni siquiera su madre,que era de lo más cercano que tenía en su vida, ¿cómo podría ayudarla a salir de todo aquello?.

"No creo que sea la última vez que nos veamos, si la primera pero no la última, así que guarda estas preguntas para la próxima vez que nos veamos, en ese momento tendrás las respuestas a todas ellas" se escucha, una voz que se camuflaba siendo alexia era quien entonaba estas palabras, aunque tenían más un sabor de amenaza, sin duda alguna lo que fuera que estaba dentro de Alexia sonaba hostil.

"¿Qué ha pasado?" pregunta Alexia, quien ha vuelto en sí, luego de un gran parpadeo de ojos, de la manera tan rápida con la que las cosas se tornan extrañas, con esa misma rapidez volvieron a la "normalidad", algo cambiaría de hoy en adelante, ¿o no?, Había varias posibilidades entre ellas una de esas era que Agata finja que las cosas nunca pasaron, de esta manera ayudaba a mantener un ambiente tranquilo entre ambas, otra era decirle a Alexia la verdad.

"No lo sé creo que estabas cansada, te ha comenzado a doler la cabeza, será porque estamos dando vueltas en círculo en este estúpido laberinto, creo que es señal de que deberíamos volver" le responde Agata,al final había escogido mantener la segunda opción fingir que no paso nada, Agata sujeta del brazo a su amiga mientras la encamina de regreso, siguiendo la misma dirección por donde vinieron para dirigirse hacia los bloques del campus donde estaba la habitación de ambas.

"Muy bien hemos llegado" dice Agata mientras se dirige al baño de la habitación, Alexia se tumba sobre la cama, se notaba que estaba muy cansada. "creo que me quedare así hasta mañana, no se porque razón me siento tan agotada,no se si es mental o físicamente pero sea lo que sea me siento agotada" exclamó extrañada de cómo se sentía, no era consciente de lo que había sucedido, sin embargo Agata en el baño se planta en el espejo y empieza a recordar lo sucedido.

Situada exactamente en el mismo lugar donde las cosas para Alexia comenzaron a cambiar, un encuentro que marca el inicio de una unión, ¿como se puede no aceptar tener algo que siempre ha vivido junto a ti?, aquello está en el fondo, aguardando, esperando por salir, vigilando en la oscuridad, creciendo, alimentándose de sentimientos perversos que uno reprime, de los que se trata de huir.

"Inmediatamente Agata se recupera de ese estado de trance en el que había entrado frente al espejo, "debemos apurarnos si queremos comer, el comedor estará por cerrar" menciona, esperando una respuesta por parte de Alexia, pero lo único que se escucha es un silencio, la paranoia ya se había apoderado de Agata temía que algo peor a lo sucedido anteriormente tome parte de este momento.

Una serie de pensamientos comienzan a venir a la mente de Agata, "Alexia, estas ahí" pregunta tratando nuevamente de tener una respuesta, se asoma por la entrada de la puerta del baño y dirige su mirada hacia el cuarto, pero para su tranquilidad, Alexia se había quedado completamente dormida, Agata suspira de manera profunda, siente un gran alivio de que las cosas no fueran como las empezaba a pensar, pero no tenía la culpa de mantener ese estado de paranoia, ¿quien estaría totalmente tranquilo después de ese episodio extraño de hace un momento?.

"Bueno, lo mejor será que vaya por la cena, le traeré algo, puede que se levante luego con hambre así que... cogeré un poco para ella también" repite Agata en su mente como una especie de pensamiento articulado en voz alta del cual solo ella es consciente, de inmediato coge la chaqueta que había-

dejado sobre su cama, y se dirige hacia el comedor, teniendo cuidado al cerrar la puerta, asegurándose de no despertar a Alexia.

Los pasillos del instituto son de diseño arquitectónico antiguo, de hecho todo el lugar tiene un diseño antiguo, pasillos largos y anchos, muchos parecen no tener final, ¿que será todo lo que contiene este sitio?, Agata llega a un punto del campus en que se encuentra con dos caminos, "joder, ¿cual era la dirección del comedor?, maldito lugar lleno de pasillos" grita de manera molesta al no recordar el camino que tenía que seguir.

"Eh" se escucha, "¿acaso te has perdido?" preguntan, ¿pero quien?, Agata gira la mirada para saber de qué sitio provenía aquella voz, "pero si has sido tú" dice Agata, se trataba de Adam, el chico que ella y Alexia vieron el primer día que pisaron el instituto.

"¿Vas hacia el comedor también?" le pregunta Adam de manera curiosa, "pues en realidad estaba tratando de llegar a él" se ríe Agatha, "no recordaba qué dirección seguir, pero la culpa se debe a este sitio lleno pasillos y espacio innecesarios" le dice Agata mientras frunce el ceño como si estuviese molesta, aunque es más a tono satírico.

Agata y Adam continúan caminando hacia el comedor, mientras mantenían activa la conversación entre ambos; "¿cómo ha ido lo de mudarse solas? ¿han acabado ya con todo?" le pregunta Adam, "yo es que tengo un par de maletas ahí pero creo que podrán aguantar un par de semanas más hasta que las coloque en su sitio" se ríe Adam mientras lo cuenta, "pues nosotras hemos acabado ya, la madre de Alexia nos ayudó con ciertas cosas en la habitación y eso nos ahorró mucho tiempo"le contesta Agata.

"Bueno eso si es de gran ayuda, yo creo que estoy solo, mi compañero de habitación pasa mucho de mí así que... creo que tendré que llenarme de energías para terminar con la mudanza" le comenta Adam mientras mira fijamente a Agata. " pero... ¿tu antes habías vivido sola ya? es decir, sin tus padres y todo eso" le pregunta el joven a Agata, se nota que Adam es un tanto curioso con los detalles de la vida de la gente a la que se acerca.

"Pues en realidad no, nunca había vivido lejos de casa, hubo ocasiones puntuales en las que estuve sola, pero por largos periodos jamás, así que... soy nueva en esto, ¿tu ya lo habías hecho?" a la vez que responde Agata le devuelve a Adam exactamente la misma pregunta, la curiosidad venía de ambos lados al parecer.

"Pues yo estuve viviendo un tiempo con mis abuelos, era prácticamente estar solo, podía salir donde quisiera, cuando quisiera y llegar a la hora que fuese, mis abuelos jamás se oponen a nada" ríe Adam mientras se lleva la mano a la cabeza.

"Pues eso no es vivir solo" réplica Agata, "mientras tengas alguien que coloque un plato caliente en tu mesa y haga tu cuarto, no has vivido solo" le dice burlándose un poco de lo que había comentado el joven. "bueno, entonces supongo que estás en lo correcto" responde Adam dándole la razón, y continúan caminando hasta que ambos se detienen frente al comedor.

"Dios, que fila para la cena, pensé que a esta hora ya había cenado la mayoría de la gente aquí" Adam se cruza de manos en señal de disgusto mientras se coloca en la larga fila que se había formado para esperar la cena.

"¿Será así todos los días?" pregunta Agata quien también se nota molesta, "pues si no quieres encontrarte con una gran fila ven a eso de las 7:30 de la tarde que es cuando la gente está en sus habitaciones duchándose para venir a cenar, ahí encontraras esta área despejada" se escucha.

La voz provenía de un joven de cabello castaño y buena presencia que estaba sentado a un costado de la fila, era él quien le daba el sabio consejo a Agata en respuesta a sus quejas, este joven le sonríe amistosamente para luego continuar comiendo.

"Bueno al menos ya se como evitar estos contratiempos" dice Agata en voz baja, fuese como fuese la fila avanzaba ya no tan lenta, y luego de unos quince minutos ya había avanzado en su mayoría dejando a Agata frente al sitio donde se encontraba la comida, "¿que van a servirse?" les pregunta una mujer de contextura gruesa y mirada cansada, mientras enjuaga la cuchareta con la que está sirviendo los alimentos.

"Mmm creo que voy a tomar las albóndigas y el puré de papa para mi" le contesta Agata mientras mete la mano hacia su bolsillo para pagar, " !oh cierto lo olvidaba, mi compañera de cuarto se ha quedado dormida, estaba muy cansada ¿Puedo llevar su comida sin problema?, es decir ¿pedirla y llevársela?, es muy seguro que se levante y luego no va a tener nada para comer hasta mañana la hora del desayuno" le explica Agata a la mujer y pone su cara más inocente para lograr convencer a la cocinera ya que no podían llevar comida a las habitaciones.

"claro no hay problema, solo firma aquí y pon el nombre de tu amiga, así se tendrá registro para quien era la comida" exclama la mujer. "muchas gracias" le responde la joven con una sonrisa, "claro te firmo todo lo que quieras que amable" le responde nuevamente Agata mientras la mujer le acerca un tablero con una hoja de firmas para que pueda registrar los datos.

Agata agarra un bolígrafo que había sobre la mesa del comedor y pone su firma, "listo ahí lo tienes" le dice mientras encoge sus ojos para verle el nombre en el pequeño letrero que lleva colgando de su mandil, "ma..marina, aquí tienes" le vuelve a responder mientras esta recoge el pequeño tablero y lo coloca en el sitio donde lo tomo.

"Muy bien aquí tienes tu comida, y el de tu amiga te lo he puesto en un tupper, para llevar" le dice Marina quien se nota es muy amable y servicial, "¿a ti te pongo lo mismo? le pregunta la mujer a Adam y este asienta la cabeza dando un sí por respuesta, "seguiré caminando hacia la segunda mesa de la derecha que está vacía antes de que alguien la ocupe primero, te veo ahí" le responde Agata mientras se aleja hacia la mesa del comedor.

"Toma aquí tienes lo tuyo" se escucha mientras Marina coloca la bandeja de Adam sobre el mesón del comedor "muchas gracias Marina, ten buena noche" le contesta Adam y se dirige a la mesa con Agata. "y entonces… ¿Qué tal es tu compañera de habitación, ¿cómo se llamaba?" le pregunta Adam mientras la mira fijamente esperando una respuesta, "Alexia, Alexia Storm" le responde Agata mientras comienza a sacar los cubiertos de la funda plástica en la que estaban metidos

"!Si eso!" Alexia bueno… ¿Qué tal es?, ya te eh contado que mi compañero es un autentico idiota y pasa de mi así que, podrías contarme que tal es la tuya, así tenemos otro tema mas de que hablar" le pregunta Adam y enseguida mete una cuchara de comida en su boca hasta esperar la respuesta por parte de Agata, se podía notar que el joven necesitaba alguien con quien hablar, no estaba pasándola tan a gusto como quería después de todo y parecía ver en Agata alguien con quien llevar una amistad.

"Pues bueno...nos llevamos bien, es una buena persona, todo lo contrario al tuyo" dice Agata, y comienza a reírse en señal de burla ante la situación de Adam con su compañero, "nos llevamos bien, creo que nos llevaremos muy bien , además ambas estamos para ayudarnos" dice nuevamente y por alguna razón al terminar esta frase Agata recuerda la última situación vivida, ¿será realmente que Alexia podría llegar a necesitar ayuda en un futuro?, algo podría indicar que si, mas que todo aquella especie de amenaza recibida en el tiempo en que Alexia entró en aquel tipo de trance en el jardín.

"Tienes razón, no se la veía como alguien difícil de llevar, al contrario podría decirse que se la veía amistosa, sin duda les irá muy bien como compañeras de cuarto, instituto, y de todo" se ríe Adam y continúa comiendo, mientras Agata se le queda mirando, " pues si no veo el porque no" exclama rápidamente y luego continúa comiendo, Agata trataba de pensar en superar lo sucedido pero aun siente preocupación, aunque trata de olvidarlo y seguir como si no hubiera pasado nada, sería mejor si lo hacía para mantener todo el ambiente tranquilo.

"!Mama!" grita Alexia mientras se despierta súbitamente de la cama, "¿dónde estoy?, ¿qué ha pasado?" se pregunta, se encontraba sola en la habitación del instituto, Agata se había ido por comida así que no había nadie más que ella en el sitio, " dios, no se porque tengo tanto dolor de cabeza, ¿a dónde habrá ido ?" continúa preguntando Alexia mientras se incorpora de la cama y se para frente a la ventana de la habitación.

"La habitación contemplaba vistas a todo el campus así que Alexia se queda frente a la ventana por unos largos minutos,"lo raro es no escuchar ruidos de la gente, ¿donde estarán todos?" Alexia se dirige a la puerta de salida de la-

habitación, para ver si había alguien cerca, o saber a qué se debía tanto silencio cuando lo normal sería encontrar ruido en el pasillo proveniente de los otros estudiantes.

"No veo a nadie" exclama Alexia extrañada, estaba todo tan solitario, "¿dónde estarán?, después de todo?, dios no se ni la hora que es" exclama nuevamente, cielo se veía muy oscuro, y Alexia camina nuevamente hacia el interior de la habitación tratando de encontrar su reloj; "¿son las nueve de la noche?" se pregunta sorprendida, " he dormido unas cuantas horas, recuerdo que el cielo aun estaba claro antes de dormirme" sus palabras estaban llenas de sorpresa ante lo que había experimentado, un sueño profundo era todo lo que significaba para ella en ese momento, no era consciente de nada más de lo que había pasado.

"Sin duda todos tiene que haber ido a cenar, por eso debe de ser que no hay nadie por aquí, bueno, si es así, supongo que tendré que ir rápido al comedor antes de quedarme sin mi comida" Alexia se hablaba así misma y de inmediato coge las llaves de la habitación y su chaqueta poniéndose en marcha para ir por la cena, sin saber que Agata ya había ido a por ella.

Los pasillos del instituto se ven más oscuros que de costumbre, sin duda alguna es una diferencia grande ver el lugar por la mañana con su decoración impresionante, pero por la noche parece una sitio arcaico de película, de inmediato se escuchan un par de chasquidos de las bisagras en las ventanas, "dios que susto, este lugar sin duda es muy antiguo" se lo explica a sí misma comenzando a hablar sola.

Alexia camina frente a una habitación muy peculiar, tenía una puerta grande que en su agarradera llevaba la figura de un león, la puerta era muy distinta a la del resto, por lo cual llama su atención, a más de la agarradera la puerta se notaba más deteriorada que las otras, como si hubiese estado mucho antes que el resto de la infraestructura, parecía muy ajena al resto de área, como si estuviese superpuesta en el sitio.

"Este lugar es raro, esa puerta... parece como si alguien hubiera construido algo nuevo y esto hubiera estado ya mucho antes, ¿será acaso algún sitio donde guardan cosas que no sirven? ¿una especie de sótano o algo?" se pregunta mientras lleva la mano hacia la cerradura, intentando abrirla, aunque sería en vano pues está cerrada, "tenía la esperanza de que estuviese abierta, supongo que me quedare con todas las ganas de saber que ahí dentro, otro día sera" réplica mientras retoma el camino por el que venía.

"Debo darme prisa o llegaré solo para quedarme con las sobras" menciona Alexia para aumentar la intensidad de su marcha. Alexia camina y camina cuando de repente se ve envuelta en la misma situación en la cual Agata se vio expuesta anteriormente, no recordaba cual era el camino que conducía al comedor, se encuentra en el centro de dos caminos, ¿cual debería seguir? era una de las preguntas que invadía su mente en ese momento.

"Creo que aquella vez la profesora nos condujo por el camino a la izquierda, ¿o era el de la derecha?" se dice dudosa mientras se lleva las manos a la cabeza en señal de confusión, "si sabía que iba a despertar para llevarme un cabreo como este por no recordar la dirección hubiera preferido una y mil veces seguir dormida" exclamó enfadada mientras trataba de recordar por donde los había llevado la tutora cuando les hizo el recorrido del lugar..

"Te has perdido" se escucha de lejos, una voz tal cual como la escuchada en la situación anterior, pero esta vez no sería Adam, no era él quien recitara aquellas palabras, pues en ese instante él junto a Agata se encontraban en el comedor, entonces ¿de quién se trataba?;"en realidad si me he perdido" exclama Alexia y de inmediato se voltea para ver quien le hablaba, "sabrías tu cual es..." trata de terminar la frase pero ¿qué pasa? ¿Qué es lo que causó tan brusca detención?.

¿Porque se había quedado callada Alexia?, ¿quien era la persona que se había dirigido a ella?, de momento estas preguntas parecen seguir siendo un misterio. "tu" se escucha, la voz de Alexia había cambiado totalmente, parece como si le saliera con dificultad, ¿pero por qué?, ¿qué era lo que la estaba inquietando? "eres tú otra vez" dice,mientras mira paralizada hacia la dirección de donde provino aquella voz.

"Te había dicho que volvería, ¿no lo recuerdas?" exclama nuevamente esta entidad, y el ambiente se envuelve luego de una atmósfera espeluznante; "no soy de dejar cosas pendientes, no es mi estilo, ademas, que sepas que no eres la única que sabe que estoy aquí, si quieres preguntale a la chica que te acompañaba, ella también lo sabe" le dice nuevamente esta voz, era Mammunt, no había duda, la mira irónicamente y comienza a sonreirle enseñando sus dientes, los cuales brillan como cuchillas afiladas,.

"¿ Te refieres a Agata?" pregunta en voz alta, mientras se muestra extrañada ante lo que está escuchando, ¿porque su amiga no le habría contado de lo sucedido?, "como se llame es lo de menos, no creo que sería prudente que esté cerca de ti, a medida que el tiempo se acerca las cosas serán aún peor por aquí, o donde sea que te encuentres, ¿tienes intenciones de exponerla a eso?, le pregunta, aunque más de una pregunta parece una especie de manipulación.

Un demonio no tiene alma, menos aún sentimiento de culpa, es por ello que el torturar psicológicamente a Alexia, no sería un problema, las manipulaciones mentales estaban a la orden del día, si se trataba de cumplir su objetivo. Estaba claro que no dudaría jamás en hacer uso de estas armas, estas son más poderosas que una simple pistola o un cuchillo, estas torturas carcomen el alma desde el interior y provocan en las personas quienes son víctimas de ellas una inestabilidad crónica.

"Si tanto quieres que te de mi cuerpo ¿porque no simplemente tomarlo y ya?" le pregunta Alexia, quien esta vez ya no tiene el mismo temor que tuvo en aquel primer encuentro en el baño de la habitación, se ve mas fuerte, mas controlada. "pues, es bueno que lleguemos a ese punto niña, un ejemplo muy fácil que responde a tu pregunta sería que nadie puede entrar a una casa si no es invitado" exclama Mammunt, ¿ a que se estaba refiriendo?, ¿que no podía tomarla así tan fácilmente?.

" ¿Como te lo explico mas facil?" exclama Mammunt, " mira esto funciona como una posesión de las habituales, se sabe bien que para poder ingresar a un cuerpo o huésped, en este caso en Alexia, y no tener ningún tipo de consecuencia alguna, lo mejor sería recibir la invitación del propio dueño-

ahora bien una vez dentro lo que ocurra no se podrá atribuir únicamente a quien ingresa a este lugar, puesto que, quien abrió la puerta dio el consentimiento total, y lo que pase contó con su aprobación.

"A qué te refieres con lo que sucede es culpa de quien abre la puerta, se perfectamente que estamos hablando de manera metafórica, ¿pero a dónde quieres llegar con esta introducción de mierda, ¿no crees que estás siendo un poco redundante con el jueguito del ejemplo?" la manera desafiante con la que Alexia decía cada palabra mantenían a mamut en un éxtasis de interés.

¿Quien podía ver todos los días una discusión entre un demonio y un humano?, y aún más sorprendente un demonio y una niña, lo normal sería que la cosa esté totalmente fuera de control, Mammut podría tomar a Alexia en cualquier momento eso era claro, pero... si es así ¿solo lo impedía el que ella no quisiera o había otra razón realmente?, de ser así ¿cuál era?.

"¿Hay algo más verdad?" pregunta inquieta Alexia, " hay algo más por lo cual no puedes tocarme" le dice la joven, ¿sería capaz de con esto permitir que Mammunt diga la verdad?, "pienso que, las cosas que han venido sucediendo, esconden mucho más que este triste ejemplo, y si eso se debe a algo, y si todo lo que a sucedido es por esto, es por mi, por ti, o por lo que sea en realidad, debo saber" exclama la joven.

¿Qué pasará conmigo si decido que todo suceda?" se pregunta Alexia sin más, ¿que ha pasado?, de entre tantas preguntas y respuestas que podrían haberse escuchado en la conversación esta pregunta suena más a... ¿una sumisión?, ¿acaso Alexia simplemente estaba aceptando lo que estaba pasando y lo que iba a pasar?, empezaba a preguntar cosas que daban riendas a pensamientos de que ella estaba negociando las cláusulas para ceder su alma, su cuerpo, su vida.

¿Cuán vacía estaba como para poner expuestas las dudas que tenía si entregaba su alma?, ¿estaba dispuesta a que la devoren los demonios como si de un pedazo de carne se tratara?, ¿que estaba pasando por su mente, que hacía que las barreras que pudieran amortiguar el debate mental que estaba-

sufriendo estos últimos meses jugarán a su favor y no en contra como parecía a simple vista..

"Esa no es realmente la pregunta qué quieres que te responda, sabes, tu miedo no es desaparecer, tu miedo es hacerlo y que aun así la gente no lo note, ¿o me equivoco?" se escuchan estas palabras que apuñalaban sin piedad, jaque mate el maldito Mammunt sabía dónde atacar, la expresión de Alexia ha cambiado completamente, las palabras la han sorprendido totalmente, pero también la han herido.

¿Había dado Mammunt en el clavo con lo que dijo?, Alexia agacha la mirada y comienza a derramar lágrimas, como el agua de una cascada, era abundante, cada lágrima guardaba el sufrimiento de la soledad, había tenido razón después de todo, su miedo no era perderse para siempre, era que al hacerlo nadie note su ausencia, porque en el fondo sentía que existía solo para ella.

"He vivido siempre en la sombra, en el pequeño rincón, en el punto ciego de la gente" dice Alexia, mientras sus lágrimas siguen rodando por las blancas y rosadas mejillas, "en un momento de mi vida me sentí amada, pero luego supe que quien pudo enseñarme lo que era el amor, es alguien totalmente distinto a lo que creí en su momento", dice, describiendo perfectamente a su abuela, quien había estado inmiscuida en cada descabellada idea de la secta que había trazado su entrega al demonio con el cual estaba hablando en este momento.

"¿Como puedo yo creer que alguien realmente podría llegar a amarme?, o más aún , podría llegar a importarle..." continúa derrumbándose en una caótica confesión, ni Mammunt era un cura, ni ella se encontraba en una iglesia, pero...¿cuánto tiempo se estarían cultivando cada una de estas palabras en el interior de la pequeña?, sin duda alguna esta era toda una función gustosa para Mammunt, tenía el sartén agarrado por el mango, podía simplemente empujar con una simple garra a Alexia y esta caerá sin más.

"¿Qué podría decirte yo niña?, no soy una especie de consejero, eso se los dejos a los charlatanes que van de vestidos blancos y comportamientos tartufos, pero... cada persona viene a este mundo con un propósito en la vida-

puede que el de algunos sea malo, el de otros bueno, y a unos cuantos también les toca un destino en medio de este, tu puedes elegir en cual estar, ¿tienes miedo?, ¿sientes como el dolor te carcome las entrañas?, muchas veces se debe someter a la persona a tal punto de que el quiebre de su existencia le permita evolucionar" le dice Mammunt mientras Alexia se mantiene atenta a cada palabra.

"Es como una metamorfosis" le dice nuevamente este ser, "dejas algo atrás, porque otra cosa mejor está saliendo de tu interior, como la evolución de una oruga por ejemplo, vive arrastrándose en un principio, siendo el blanco perfecto de cualquier enemigo, pero luego, deja esa etapa para convertirse en algo mejor, un insecto capaz de volar y huir de quien quiera atentar contra su vida, contra su bienestar" Mammunt observa cada reacción de Alexia a medida que se va desarrollando la conversación, el claro ejemplo del cazador y su presa.

" Se que todo lo que te digo son metáforas, pero se que logras comprenderlas ¿no crees que estos ejemplos sería exactamente tal cual contigo?, te sientes vulnerable, sola, acompañada de tus sentimientos miserables que te vuelven aún más frágil, ¿no deseas convertirte en algo mejor que esto? podrías seguir el ejemplo de la oruga de manera perfecta, es el tiempo, es ahora finaliza estas palabras y se puede sentir el deseo de Mammunt por ser liberado de una vez por todas, las piezas empezaban a encajar, al menos era lo que parecía.

¿Este sería acaso el inicio del fin?, ¿qué podría pasar si Alexia decía que si de una vez por todas?, "ven hagamos esto, no dejemos que el tiempo siga gastando lo que debe ser ahora, has esperado lo suficiente bajo el sufrimiento, es hora de que todo cambie" le dice Mammunt mientras Alexia acerca su mano hacia el, para dejarse conducir por aquel camino del que ya no tendría retorno todo alrededor de la escena parece detenerse, el tiempo, el aire, el sonido de la electricidad en los focos, todo, mientras una especie de agujero negro de luz azul comienza a surgir de una de las paredes del pasillo.

Parece una orbe de luz, ¿pero que es lo que se supone que hay adentro?, ¿a donde se supone que conduce todo esto?, donde fuera que esto llevase a Alexia sería el inicio de las cosas que estaban destinadas a pasar desde mucho antes siquiera que Alexia naciera, de repente se escuchan unos pasosacercándose, "Alexia" grita, una voz llena de desesperación entonaba su nombre, ¿pero quién podía ser?, Alexia estaba sola, o al menos lo estaba hace un momento.

"Alexia no" se escucha de fondo la voz nuevamente ¿de quién era?, se logra ver la silueta de una joven, no estaba sola, había alguien más con ella, ¿sería acaso… Agata?, no cabía la menor duda, se trataba de Agata quien corría hacia Alexia tratando de impedir que esta cruzase aquel arco de luz, pero esta vez no iba a poder proteger a su amiga, como se lo había prometido, esta vez ya era tarde, Alexia mira de reojo a Agata mientras que Mammunt la conduce al agujero, para desaparecer en un destello de luz, "Alexia " se escucha nuevamente un grito para perderse en el infinito.

Alexia ha desaparecido, ¿dónde pudo haber ido?, las miradas de Agata y Adam que era quien la acompañaba estaban totalmente perplejas, ¿a donde pudo haberse metido? se preguntaban, y lo peor que era lo que estaba junto a ella, Agata sentía que aquello parecía una escena que había sido sacada de una historia de terror de tv, solo que esta vez la protagonista dormía junto a su cama.

¡De momento nada parecía tener sentido en lo absoluto, pero estaba claro que aquello no se iba a quedar así, las cosas deberían comenzar a explicarse por sí solas, y no tardarían en hacerlo, pero de momento, Dios sepa donde estaba metida Alexia y lo que iría a hacerle Mammunt, ¿podrían las cosas ser más negativas?, la respuesta podría ser sí, pero muchas veces de los peores momentos, surgen nuevas oportunidades.

"¿Alguna vez has sentido que estás cayendo?, pues... es exactamente como me siento(se escuchaba la voz de Alexia), su voz es quien timbra cada palabra de esta frase, "¿te gusta la soledad?, pues he dejado que me acaricie el alma... Lo he hecho, solo para saber cómo es sentirse de una manera distinta, y no es tan malo como pensé, podría ser peor, (tal vez podría haber muerto), pero ya no existe la lucha en mi interior, solo me he dejado llevar" continuaban brotando estas palabras, viniendo desde algún lugar proveniente de la oscuridad en la que se encontraba.

"La gente siempre me dijo que era afortunada de haber nacido en una familia con lujos, pero nadie se detuvo a pensar, lo que significa vivir con todo aquello, la soledad, la tristeza, la falta de una voz que te diga que incluso los días más fríos no son tan fríos si hay alguien a tu lado; esto pasa porque la gente solo ve la superficie que los rodea, sin molestarse siquiera en adentrarse más allá de lo que ven a primera vista" culmina esta frase, y no hay nadie más que Alexia en aquel sitio oscuro, pero ella mantiene su charla fluida y con un tono triste y de desahucio, hablándose a sí mismo como una especie de justificación a lo sucedido..

"Incluso la persona a la que mas ame, me traiciono, ofreciendo mi vida a gente sin ningún tipo de escrúpulos" finaliza, y se mantiene un silencio perturbador por una fracción de segundos que parecen fueran eternos, "porque todos querían conseguir poder propio" replica Alexia, "el maldito egoísmo... nos sigue a donde vayamos, me pregunto, si ella que era mi propia sangre debía protegerme... ¿Por qué razón el resto podría hacerlo? o tan siquiera importarle lo que ocurriese conmigo luego de esto" finaliza.

A este punto parecía que Alexia había perdido el sentido de la razón, y su palabras cada vez pintaba más gris, como pudo cambiar su vida en cuestión de días, de horas, de minutos, ¿había entregado su voluntad, a lo más oscuro de la vida misma?, ¿había alguna posibilidad de que esto no terminara como se suponía que iba a terminar?, o simplemente, ¿ya estaba todo perdido para Alexia?.

La reflexión que estaba teniendo Alexia consigo mismo se ve interrumpida, por un chasquido, como si algo cayera al suelo, ¿pero cual es el suelo en esta escena?, aparte de la oscuridad que es quien acompaña cada rincón del lugar, no se consigue distinguir más allá de lo que hubiese en el sitio. debía de tratarse de Mammunt quien estaba en algún lugar allí, pues fue él quien abrió aquel portal en el cual Alexia entró, y de ser así ¿dónde estaba?, a medida que las preguntas surgían el misterio también.

De repente se enciende una luz, y tras de ella, cuatro luces más, cada una de ellas se alineaban de manera perfecta formando un círculo en la escena, pero no son luces normales, parecen ser antorchas, y a medida que cada una de ellas se encienden iluminan por completo el lugar, ¿quienes son los que sostienen aquellas luces?, ¿y dónde está Alexia?.

Un cuerpo se veía dentro de aquel círculo de antorchas, ¿de quien se trataba?, ¿era Alexia?, su cara no era visible puesto que había un velo rojo que la cubría, pero a pesar de ello, tenía toda la pinta de que era la joven quien se encontraba tendida en medio de aquel círculo, si no era ella ¿quien más podría ser?, más aún cuando su voz fue quien cantaba cada palabra escuchada anteriormente, "ya estás aquí" se escucha una voz gruesa proveniente de las personas que sostenían las antorchas.

"Después de toda la negación, fuiste tú quien busco la unión, ¿ya ves? ¿Ya ves que no es tan malo después de todo?" replica, sin duda alguna saboreando con satisfacción absoluta cada una de las palabras que iban dirigidas a la pequeña, después de todo, tampoco es que estuvieran en lo incorrecto.

Alexia había tratado de huir del mal y fue ella misma quien decidió darle posada al final de cuentas, "supongo que estas lista entonces para que todo comience" le pregunta aquella misma persona quien por su tono de voz se percibe que es un hombre.

"¿Preparada?" se escucha una respuesta (era Alexia), su voz había cambiado totalmente, ya no sonaba a tristeza y melancolía, sonaba como a firmeza, tenía dureza en cada una de sus palabra, ¿como pudo haber cambiado la sensibilidad con la que hablaba, por una manera más autoritaria?; "ya se han reído suficiente de mí por un rato, ya está bien, ¿no lo crees? Thomas..." termina la frase diciendo aquel nombre, se trataba de él de quien provenía las palabras antes mencionadas, ¿cómo podía saber ella quien era?, cada una de las personas que estaban formando aquel círculo llevaban las túnicas de las visiones anteriores de Alexia.

"Cómo... ¿cómo sabes que soy yo? es... es imposible si llevas la cara tapada" exclama el hombre, se nota el miedo con el que responde cada palabra, pero estaba en lo correcto, Alexia llevaba la cara tapada, y se encontraba tendida en el suelo, ¿como podía ser posible que supiese de quién se trataba, nada de lo que pasaba tenía sentido, o tal vez si, pero era muy pronto para conocer qué era lo que desembocaría aquella turbulenta escena.

"Ya es tiempo de que la presa, deje de ser presa, y se convierta en el cazador" exclama Alexia, y de inmediato se desata a reír, aunque sus risas no suenan a ella, inundan todo el lugar, aquellas, no son unas risas con las cuales te gustaría toparte en la noche, aquellas risas son diabólicas, erizan la piel, había algo más con la muchacha, era imposible que una joven pudiera inspirar una sensación de inquietud y desesperación con el simple sonido de su voz.

Cada una de las personas que se encontraban rodeando a Alexia, se quitan de inmediato la capa de la túnica para ver con claridad de que se trataba, ¿era Alexia quien realmente había estado hablando todo este tiempo? ¿o acaso se trataba de alguien más?, y de ser así... se tenía que haber necesitado el ritual- de unión de almas para que Mammunt entrase en el cuerpo de Alexia, ¿que había pasado realmente?.

"¿Está levitando?, cómo es posible que su cuerpo se eleve, no hay nadie mas ahí" se escucha, una voz femenina y asustada exclamando estas palabras, "no puede ser posible, no, necesitaba de nosotros para llevar a cabo la unión" se repite Thomas, se lo escuchaba sorprendido y molesto a la vez, "nosotros tuvimos que colocar las cadenas para dominarlo" continúa diciendo mientras sus ojos se agrandan ante el suceso que estaba pasando frente a ellos.

"Tranquilo Thomas, ¿dónde está tu devoción?, habías jurado adorarme por sobre todo, ¿cuál es tu enfado?, ¿que una niña haya tomado tu posición en el escalón y sea ella quien lleve todo mi poder?, no creas que no se cuales eran tus intenciones en el momento en que yo pasara a este mundo, ¿querías aprovechar el lapso de vulnerabilidad entre la transición de mi espíritu a su cuerpo?, ¿o me equivoco?" exclama.

Luego de escuchar estas palabras no cabía la menor duda de que Mammunt había tomado el control del cuerpo de Alexia, como fuese que lo haya conseguido había logrado entrar en el cuerpo sin necesidad de un ritual, la fusión se había dado a cabo.

Lo más curioso de todo es que conocía a ciencia cierta el plan que tenía Thomas, aquel plan ambicioso de ser él quien tomase el control de Alexia una vez haya conseguido introducir en su cuerpo el espíritu de Mammunt, "no creas que, aunque no podías verme, yo no sabia que era lo que tenías planeado, recuerda que yo existo desde el principio de los tiempos, y aquello que tu pretendes conocer con exactitud, lo conocí yo primero antes de que sea creado" sentencia Mammunt con sus palabras, ¿quería decir entonces que Thomas planeaba un boicot en contra de él?, después de estas declaraciones no se necesitaba ser un genio para oler el problema que se venía.

Todo el ambiente era realmente incómodo, podía percibirse la tensión entre cada una de las personas que estaban dentro de la habitación, daba la impresión de que en cualquier momento se desataría una guerra, aun así la cosa no parece ni tan siquiera haber iniciado; "cada palabra, cada símbolo, quién crees que estuvo junto a los anima comedems cuándo se escribieron los rituales de invocación" le dice mientras mueve el brazo del cuerpo de Alexia hacia su rostro y de un jalón retira aquel velo rojo de su rostro.

"fui yo" dice, mientras se le pinta una sonrisa macabra pero de satisfacción en su rostro, este había dejado de ser aquel semblante angelical y suave con el que se caracterizaba a Alexia, era una mezcla de lo bueno y lo malo en sí mismo, "cada parte del plan que tuve salió exactamente como lo pensé, y te lo agradezco, si no hubiera sido por tu insistencia en atemorizar a la chica, no hubiera sido ella mismo quien me hubiera abierto la puerta para entrar" menciona la entidad parece ser que cada parte de lo acontecido estuvo claramente pensado por Mammunt.

"Pero... ¿y el ritual?, ¿y las personas que tuvimos que matar para que esto pudiera llevarse a cabo?, ¿qué papel juega todo eso en lo que está sucediendo ahora?, los escritos, las indicaciones de aquellos libros, aquel manuscrito redactado por el shaman de los anima comedems, ¿que hay de todo eso?" le dice Thomas mientras el resto de los asistentes se quedan atentos y expectantes en la espera de la respuesta de Mammunt.

"¿Qué quieres que te diga?, ¿que quieres escuchar?, la gente siempre se aferra a las creencias, buenas, malas, pero siempre quieren tener algo superior en que creer, se sienten respaldados, apoyados, guiados, ¿no es así cómo te sentías? es exactamente como se sentía toda esta gente, ¿verdad?, ¿crees realmente que nosotros íbamos a andar con jueguitos de sacrificios y vestimentas ridículas?, tenía mis marionetas, y simplemente tire las cuerdas, cada una de ellas me acerco a lo que realmente quería, un cuerpo en quien mantenerme" finaliza este demoníaco ser, mientras todos en la sala están perplejos luego de escuchar cada palabra antes mencionada.

"Nos...nosotros...¿quieres decir que nada fue real?" le pregunta nuevamente Thomas, como si quisiera conseguir una especie de respuesta que le devuelva la esperanza de que todavía existía la posibilidad de ser él quien consiga el poder que había estado esperando.

"Oh no, no, no es que todo fuese una mentira, si fuese así, ¿qué es lo que yo hago aquí?" le responde, aunque las palabras vienen acompañadas de tonos satíricos, sin duda alguna Mammunt disfrutaba la situación, y no es que Thomas no se lo mereciera, pero, ¿realmente todo había sido una mentira?, o-

simplemente, este ser solo dejaba conocer lo que le convenía, era un dios de la manipulación y la mentira.

"Bueno tu debes saber que existen dos más como mi que arribaran dentro de muy poco, ¿lo sabes verdad?" le pregunta y Thomas lo mira sin emitir ningún tipo de respuesta, "no todo en la historia es falso de hecho, aquella parte de los sacrificios ridículos lo era, pero… te he descrito perfectamente la llegada de mis dos "fratres" o hermanos como te parezca mejor llamarlos, la única diferencia es que ellos no son igual a mi" le dice Mammunt culminado aquella palabra con intenciones de sembrar intriga en los presentes.

"¿A qué te refieres con eso?" le pregunta otro de los miembros que acompañaba a Thomas, "si creen que yo podría alcanzar a acabar con todo lo que tienen imaginado, no se acerca ni a lo mas mínimo en comparación con el caos al que ellos están acostumbrados a desatar, muertes, holocaustos, guerras, son solo un plato de entrantes para aquellos que no han visto la luz de la oscuridad a la que hemos estado sometidos durante siglos" Mammunt estaba siendo claro en cada una de las palabras que decía, sin dejar siquiera cabida a la duda, los asistentes sabían lo que podía suceder con la llegada de los dos demonios restantes.

"consideren esto como un pequeño aviso, escojan bien a quien arrodillarse, aunque lo más sensato sería dar un paso atrás y no llamar a lo que no puedes controlar" les dice Mammunt, aquello sonaba claramente como una advertencia, lo decía claramente mientras comienza a desprenderse una pequeña luz, similar a la anterior, el agujero que conectaba entre dimensiones, entre espacios, entre tiempos, se abría nuevamente y en su oscuridad desaparecía Mammunt llevándose a Alexia nuevamente.

¿A dónde irían esta vez?, donde fuera que se la llevase, ya no estaba tan indefensa como antes, ya no vivía con miedo, ahora era ella quien lo despertaba en los demás. podía lograr ese sentimiento gracias al compañero que tenía en su interior, era su protector o al menos de esa manera se podía escuchar mejor el mantener un demonio oculto en su interior.

Podría acaso la situación haber tomado un giro tan radical, ¿y que había de Alexia?, ¿sería posible que... quedase algo de ella aun?, el destino se había vuelto un mito, y las leyendas comenzaban a cobrar vida para cada uno de los personajes que se veían involucrados en esta apocalíptica travesía, al final del día las cosas solo podían tener un objetivo, y claro estaba que cada quien lucharía por sus propios intereses, incluso Alexia en su inocencia decidió conseguir su propia protección.

"Las niñas no lloran, las niñas deberían ser fuertes, y romper el estereotipo tonto de la sociedad" se escucha, una pequeña niña sentada en la orilla de un rio, sostenía un palo, vestía de traje blanco y no llevaba calzado, "deberías saber que las niñas deben ser fuertes a pesar de lo que ocurra, ¿lo entiendes verdad?" se escuchaba a lo lejos, una mujer de unos cincuenta años, era quien se dirigía a la pequeña niña. su rostro resultaba algo familiar, llevaba la cara agachada y estaba empañada con un poco de lágrimas.

A medida que aquella pequeña se incorpora se logra ver un raspón en una de sus rodillas, está lo limpia con el vestido y seca las lágrimas que se derramaban en su rostro, "¿lo ves?, ya está, no ha pasado nada" dice la mujer que la acompaña, pero su rostro también se ve familiar, y lo era, aquella mujer era la abuela de Alexia y aquella niña de la imagen era nada más que ella, estaba teniendo un recuerdo lúcido de un acontecimiento del pasado, ¿pero porque?.

Pero cómo podía haber llegado esta escena a cobrar vida, después de lo que había sucedido, parecía que las cosas no tenían sentido alguno, ¿había acaso alguna línea temporal dando saltos irracionales?, podría ser así, pero no era ese el caso, el cuerpo de Alexia yacía sobre su cama, por alguna razón había regresado a su habitación, y se encontraba en un estado de reposo, como si estuviera soñando.

Entonces, ¿qué había pasado con lo que había sucedido hace poco?, ¿acaso todo había sido una ilusión nada más?, tal vez aquella especie de sueño en la que se encontraba, podría demostrar más respuestas de lo que se puede llegar a imaginar, aquello no dejaba de parecer una encrucijada, se tenía que estar-

muy cuerdo para no terminar soltando clavos de la cabeza con todo lo que pasaba, ¿acaso los demonios permiten dar saltos en el tiempo?.

"Siempre te he dicho que deberías prepararte" expresa Mary la abuela de Alexia, "no creas que esto a mermado su destino, aquella profecía de la que forme parte alguna vez, tan solo acaba de empezar, y los estragos que traerá consigo ni te los imaginas" Mary agacha su mirada y luego la redirige hacia el cielo, "yo sabía que Thomas no iba por lo correcto, sabía que él no sería ni en broma quien tomase las riendas de lo que te posee ahora" Mary mira inmediatamente a Alexia, pero esta ya no era aquella niña que se visualizaba al inicio, había cambiado totalmente su apariencia.

"Supe que todo esto daría un giro radical, cuando un día de abril fui hacia Connecticut a una pequeña excavación que habían iniciado los miembros de la escuela de historia y arquitectura de este lugar, tu abuelo fue amigo íntimo de quien llevaba la dirección de esta investigación, Lucas Griffin quien lo llamó una noche para contarle que había encontrado unos objetos extraños y una libro que parecía relatar las vivencias de una especie de aquelarre de brujas y sus rituales de secta satánica" Mary comienza a revelarle datos interesantes y muy importantes a su nieta, sabe que le servirán a futuro si quiere ganar la lucha a la que se enfrenta.

"Inmediatamente Lucas le dijo a tu abuelo si yo podía ir hacia Connecticut pues sabía que yo estudiaba de manera independiente este tipo de cosas, y le pidió que fuese a verlo para saber de que se trataba, así que decidí hacerle una visita hasta el lugar donde estaba aquella excavación" Mary contaba de manera detallada cada uno de los acontecimientos que había vivido, intentando no dejar nada incompleto para su nieta..

"Cuando llegué a aquel sitio sabía que algo grande estaría por suceder, todo el ambiente ahí fue muy estremecedor, mientras caminaba por una especie de cueva subterránea anexa al sitio percibí la presencia de algo que llevaba ahí mucho tiempo, se hacía llamar Elie, y era una bruja que habitaba aquel lugar" cada palabra que mencionaba Mary dejaban atónita a Alexia quien estaba sedienta por saber mas; "¿Elie?, pero... ¿cómo podía seguir ella con vida, después de tantos años?" pregunta Alexia, llena de intriga.

"¿Quien dijo que estaba con vida aquella mujer?" exclama su abuela, mientras añade más suspenso a la conversación con estas palabras, "las brujas son expertas en guardar haces bajo la manga, después de todo su relación a lo oculto es muy íntima y son seguidoras fieles de aquellas fuerzas oscuras en este planeta, así que no era nada imposible lo que estaba sucediendo" finaliza estas palabras mientras mira seriamente a su nieta.

"Aquella no había sido la primera vez que tenía una experiencia similar, por eso no me lleno de miedo, cuando era muy pequeña tu bisabuelo nos llevó a conocer la plantación de myrtles,un lugar que se creía estaba construido en un antiguo cementerio indio, aquella vez todos reían al finalizar la tarde porque el lugar no fue más que un sitio viejo y sin gracia, pero para mi… para mi fue mas que eso" sin duda alguna todo lo que Mary dijo estaba tan lleno de misterio que enganchaba a cualquiera que la oía.

"Te diré que, solo al momento de entrar por aquella casa pude ver varias presencias, un hombre con un gran hoyo en la cabeza se arrastraba por las escaleras del piso superior, su cara rogaba por ayuda, una ayuda que nunca le llego me imagino, así que, considero que el encuentro con aquella bruja no fue de lo más aterrador que he visto" sonríe Mary al terminar aquellas palabras.

"Aquella mujer me advirtió que algo muy fuerte estaría por suceder, las profecías no son solo leyendas, que mi sangre recorrería las venas de la persona que llevaría consigo una de las luces del abismo, esta mujer sabía que Thomas no iba por el camino correcto" exclama la abuela de Alexia mientras se acaricia la barbilla con la mano izquierda, como si tratara de recordarlo todo exactamente como paso.

"Aquella mujer no dejó lugar a que existan dudas, concretamente me dijo que él solo era el peón de un juego en el cual el no tendría ningún tipo de influencia, me dijo además que cuando llegara el tiempo de la unión de lo terrenal y lo profano, se revelaría un gran secreto que provocaría una gran catástrofe, una serie de traiciones y asesinatos,vendrían posteriormente y que a raíz de aquella revelación comenzaría lo peor que a visto el mundo" finaliza.

La cara de Mary cambia por completo al terminar estas últimas palabras, mira fijamente a su nieta como si algo le preocupara a gran manera, "yo se perfectamente a que se refiere esta mujer, lo se ahora, ahora lo entiendo todo" le dice , "en su momento no entendía nada pero ahora lo veo claramente y me aterra saber que eres tu quien esta en medio de todo aquello, y no paro de sentirme culpable por todo esto" exclama angustiada, lo que comenzó siendo como una especie de charla simple se torna en una especie de reproche a sí misma con sabor a culpabilidad.

"No puedo descansar en paz sabiendo que vivirás siendo el objetivo de muchas personas que llevan la palabra maldad tatuada en el corazón, se perfectamente que ahora no estas sola, pero temo también que con el pasar del tiempo tu ser se pierda, es lo que pasa cuando ocurren uniones de esa índole" dice Mary mientras Alexia se la mira fijamente, " te refieres a Mammunt y yo, ¿verdad?" le responde Alexia, mientras su abuela asienta con la cabeza, afirmando lo que está diciendo.

"Esto es solo el inicio de todo y deberás estar preparada, aquellos dos entes que faltan por liberarse, ni siquiera te haces una idea de lo que son capaces de hacer, es por lo que más temo, son las bestias de la catástrofe, Mammunt fue el primero pero no fue el peor de los tres, no es que sea bueno pero al menos, tiene un poco de conocimiento sobre la palabra misericordia, los otros dos arrasan con todo lo que signifique un obstáculo para llevar a cabo sus más retorcidos y sádicos deseos" continua contando Mary todo respecto a lo que engloba la situación que estaba viviendo Alexia, buscaba prepararla ante todo aquello.

"Lo que está por desatarse en tan grande, guerras, holocaustos, pandemias globales, les pueden atribuir todos los acontecimientos de esa índole, ten por seguro que son ellos quienes los provocan, aquella mujer me dijo que muchas veces estos actos no tienen un objetivo específico para ellos, solo y únicamente forman parte de su distracción" dice mientras coge un bocado de aire para continua.

"Que los humanos y el planeta son como un juego de monopoly y nada mas, asi que hazte una idea de cómo se pondrá la situación si llegan a ser liberados, lo cual es muy probable que suceda, no creas que Thomas y su gente se quedarán de brazos cruzados después de lo sucedido, hallaran la manera de hacerse con esas bestias" sentenciaba Mary estas palabras.

"¿Crees que ellos puedan liberarlos?" le pregunta Alexia, "no, no lo creo, yo estoy completamente segura de que lo harán, no tienes ni idea de como es Thomas, me pregunto si es que él no fue ya el lucifer reencarnado en la tierra del que la gente tanto habla, cualquier cosa aberrante que tuviera que hacer lo haría, tan solo por conseguir sus beneficios" inmediatamente Alexia mira a su abuela un poco espantada, y no era para menos luego de las declaraciones que estaba escuchando.

" Se que tienes temor, incluso yo contándote todo esto siento un poco de miedo, la magnitud de maldad en el ser humano es inimaginable créeme" expresa Mary; "por todo aquello es que estoy aquí, con la única finalidad de advertirte lo que se te acerca, y esto es más pronto de lo que crees, recuerda siempre que te amo tanto, y desearía poder cuidarte como tuve que haberlo hecho antes" exclamó entre lágrimas Mary en el fondo se arrepentía de lo que ayudó a crear.

"No creas que me iré para siempre, cuando sientas que no hay salida piensa en mi, yo vendré y aunque sea con mi última chispa de vida te protegeré, todo por cuanto luche, fue un gran error del que siempre me arrepentiré, y más aún si le llega a pasar algo a lo que mas ame en esta vida" exclama Mary mientras le sostiene la mano a su nieta. " si quieres odiarme en algún momento lo merezco y soy consciente de ello lo merezco" exclama y al terminar estas palabras los ojos de Mary se llenan de lágrimas.

"Te pido perdón por todo lo que está pasando en tu vida todo es mi culpa, mil veces te pido perdón hija, pero se que eres fuerte y ganaras todo esto, se que lo harás" exclama Mary para comenzar a desaparecer de la especie de sueño o visión en la que estaba sumida Alexia.

Sin duda alguna algo que le dejaría un sabor amargo, cargado de sentimientos confusos, ¿debería aferrarse al amor que sintió por su abuela? ¿o acaso debería terminar odiándola?, lo que sea que decidiera hacer, estaría en toda la libertad de ejecutarlo.

De inmediato Alexia despierta y mientras abre sus ojos para darse cuenta que Agata y Adam la estaban mirando con total desconcierto desde la otra cama de la habitación, "¿que ha pasado? les pregunta Alexia, mientras se encuentra aún un poco somnolienta, "¿qué ha pasado?" le dice Agata con un tono entre asustada y molesta.

"Eso mismo me pregunto yo, ¿qué narices está pasando contigo?, ¿puedes explicarme?, ¿de qué va todo el rollito creepy que estás creando?" le pregunta Agata nuevamente y se nota el miedo y el enojo en cada palabra que dirige hacia Alexia, podía apreciarse que era el miedo que habla por ella.

"Si te lo cuento es muy probable que piensas que estoy loca" le responde Alexia y agacha la mirada como avergonzada por todo, " realmente es probable que ya pienses que estoy loca" exclama nuevamente Alexia mientras sus amigos simplemente la miran hambrientos de información sobre lo que está sucediendo, cómo podrían ayudarla si ni siquiera saben a que se enfrentan.

"En realidad, son muchas cosas las que están en juego, y son cosas muy peligrosas chicos, yo no quiero involucrarlos en esto" vuelve a responderles Alexia, su rostro se muestra más serio de costumbre, hablaba con toda la verdad, ellos no tendrían ninguna oportunidad si se enfrentan a esta gente sedienta de sangre y venganza; Agata simplemente la mira y de inmediato se arrodilla frente a ella con gran imponencia, lo que fuera que quisiera decirle seria algo totalmente importante en ese momento.

"No creo que pueda estar más involucrada de lo que ya estoy ahora" le exclama Agata, "he visto como se adhería a ti un ente, demonio o lo que fuera, una especie de aro de luz que se abría de la nada y te vi marcharte con lo que fuera que te acompañaba, ¿dime si me estoy dejando algo más?, creo que es muy tarde para decirme que no pasa nada, lo hemos visto Adam y yo, ¿de que se trata?" Agata le insiste por una explicación a Alexia.

Ella tenía razón sobre lo que decía, ahora ya era tarde para negarle una razón a todo lo ocurrido, más aún después de lo que vio, era evidente que pasaba algo, y algo muy descabellado.

"Bien, antes de contarles todo quiero que sepan que mi intención nunca fue meterlos en esto" exclama Alexia mientras mira fijamente a Agata y Adam, quienes se muestran atentos a lo que tiene que decirles Alexia; " eh tratado de llevar la procesión conmigo, sin ni siquiera dejar que mis padres sepan lo que sucede, la batalla la he llevado sola porque he pensado que es lo mejor, pase lo que pase sabía que la única que sufrirá las consecuencias sería yo, y estaba de acuerdo con ello" exclama la joven mientras comienza a derramar unas lágrimas por sus mejillas.

"Ahora se que todos los que me rodean pueden estar en peligro, y me condeno y me culpo por ello, pero también se que no estaba en mis manos controlar esta situación que a mi también me arrastro de imprevisto" Alexia agacha su cabeza al terminar aquellas palabras, en el fondo, ¿quien desearía tener que estar pasando por una situación similar?.

"Hay cosas que están escritas desde un inicio en las cuales nosotros solo somos fichas que se van moviendo de lugar con el paso del tiempo, siempre he creído que la vida es un completo enigma, y reconozco que esto forma parte de ese pensamiento, ahora bien, ¿creen en la existencia de los demonio?" les pregunta Alexia a sus amigos, Agata abre sus ojos aturdida, admirada por lo que dice, mientras Adam está atónito viendo a sus compañeras.

"¿demonios?" pregunta Adam totalmente sorprendido, "¿ Te refieres a los tipos de cuernos largos que salen en las películas?" vuelve a preguntarle el joven con una especie de tono sarcástico, burlesco, mientras Agata lo mira fijamente, "¿y al hablar de ellos te refieres a seres diferentes a nosotros?" exclama.

"Se que les parecerá una broma, y no te culpo Adam si hasta te parezca gracioso lo que estoy diciendo, si yo fuese tú, sin duda también pensaría y actuaría igual, así que no te juzgare por ello" la seriedad no se borraba en ningún momento de la cara de Alexia.

".Todo empezó a vísperas de cumplir los 16 años, empezó con sueños extraños, los cuales atribuía al cansancio, o simplemente al hecho de tener una pesadilla, como las que tiene la mayoría de la gente a lo largo de su vida, pero luego, dejaron de ser sueños normales y se transformaron a experiencias más-

lucidas, no como los sueños normales que tiene la gente por las noches" Alexia finaliza estas palabras y se lleva las manos a la cabeza, como si tratara de contener algo.

"Las cosas empezaron muy suaves, eran un tipo de visiones, encuentros, apariciones, no sabría etiquetarlas específicamente, pero cada acontecimiento sucedido daban paso al siguiente y al siguiente, hasta encontrarme donde estoy actualmente, en una especie de callejón sin salida" finaliza Alexia mientras entrelaza las manos que ya las tenía sobre su cabeza.

"Hubieron momentos en los que no sabia que hacer, acabar con mi vida o seguir, realmente la soledad es un mal que te consume, no sabía si compartir lo que me pasaba por miedo a lo que pudiera ocurrir después, estaba consciente de que podía haber terminado en un manicomio, de eso no me cabe la menor duda" les dice Alexia pintando una sonrisa para calmar un poco la tensión.

"Ahora que ustedes pudieron verlo con sus propios ojos, al menos tengo la esperanza de no pasar como una loca, la pregunta que les hice hace un momento sobre los demonios y si creen en ellos en realmente porque hay un demonio en esta habitación cerca nuestro, pero no se alteren "les dice Alexia de inmediato pues mira la cara de susto que han puesto sus compañeros.

"Antes de que se alarmen más de lo que están, quiero que sepan que nada les va a pasar, el demonio duerme tranquilo en mi interior, y no tiene ningún tipo de intención de hacerles daño, al menos a ustedes no" finaliza esta frase como si tratara de transmitirles tranquilidad, pero no era muy seguro que aquella declaración que acababa de darles los iba a tranquilizar, podría funcionar o tal vez no.

"¿A qué te refieres con que el demonio duerme dentro de ti?, ¿cómo puede ocurrir algo así y que estés contándolo como si nada malo pasara?" le pregunta intrigada Agata, también mostraba mucho temor, y estaba claro que temía que algo le pasara a su amiga eso estaba claro, en el fondo había construido un-vínculo de amistad, y no quería nada malo para ella, sabía que pase lo que pase quería protegerla.

Alexia se acerca a los dos jóvenes que estaban frente a ella escuchando todo lo que tenía para contarles, y esta lleva sus manos sobre el hombro de Agata y Adam y sigue mirándolos fijamente. "los demonios buscan recipientes donde habitar, un cuerpo donde materializarse, por ello, cuando vieron aquel aro de luz y el ente junto a mi, no era este un ente cualquiera, era un demonio que se unió a mi, uno de los tres demonios que aparecerán dentro de muy poco tiempo, pero esa ya es otra historia" les dice.

"¿Otra historia?" continúan las preguntas de Agata, "si, otra historia, de momento te diré que estoy en medio de una guerra de poderes, dentro de poco vendrán dos demonios más, estos vendrán del mismo sitio de dónde vino aquel que está conmigo, solo que estos no son como Mammunt" sentencia Alexia ante la perplejidad del rostros de sus oyentes.

"¿Mammunt?" pregunta Agata, "si, Mammunt, así es como se llama" le responde Alexia, "Mammut él es uno de los tres demonios que cruzó el abismo y se abrió paso a la tierra, y dicho por el mismo, es el menos carnicero de los tres, no se si eso te calma un poco o simplemente te altera más, pero prefiero ser honesta en cuanto a contarles la verdad" le responde Alexia a la pregunta de su amiga.

"Pero... ¿qué va a pasar contigo?, ¿quién va a protegerte de todo esto?" le vuelve a preguntar Agata llena de angustia. "Ella tiene toda la razón " exclama Adam, quien apoya la inquietud que siente Agata por su amiga, Alexia simplemente agacha la mirada y mueve su cabeza de un lado para el otro, como si estuviera tratando de buscar una respuesta a lo que está escuchando.

"¿Cómo vas a poder con todo esto tu sola?" le pregunta Adam, también tiene el afán de obtener una respuesta al igual que Agata. " no, no estoy sola, tengo quien me proteja, Mammunt está conmigo, los dos estamos en esto, soy consciente de que la furia caerá contra nosotros" exclama; "quienes se hacen llamar nuestros enemigos irán a por nosotros, Thomas, sus seguidores, cualquiera que quiera formar parte del nuevo renacer de las bestias nos verán como enemigos, y aun así no dejare que se logren salir con la suya, los hermanos de Mammunt no serán liberados" sentencia Alexia.

Se puede percibir la determinación en cada palabra que a dicho, sin duda alguna, era la única opción que tenia, luchar, puesto que sabia cual era el resultado si se quedaba de manos cruzadas, la gente a su alrededor no sabia la guerra que estaría por desatarse, talvez Agata y Adam aparecieron en el momento clave, podrían ser aliados, o con el tiempo tal vez serían sus enemigos, pero de momento estaban junto a su amiga y de cierta manera podrían ser un apoyo emocional en el cual mantenerse.

"Cuenta conmigo para lo que sea" le dice Agata mientras agarra su mano, Alexia la mira sorprendida, en el fondo esperaba oír algo como eso, pero aun así la tomaba por sorpresa después de todo lo que ha dicho, y más que todo por el poco tiempo que han tenido para asimilar lo que les había dicho; "cuenta conmigo también" le dice Adam, y mira fijamente a ambas, este, sería el comienzo de una gran lucha que estaría por llevarse a cabo, el comienzo, el final, o el entremedio de una serie de acontecimientos caóticos en la vida de tres jóvenes cuyos caminos se cruzaron como un acierto del destino.

CAPITULO X

CONIUNCTUM- CONECTADOS

"Las cosas suelen ser un poco extrañas,al decir un poco trato de mermar mis palabras" piensa Alexia, mientras cepilla delicadamente sus dientes frente al espejo, no tenía buenos recuerdos de aquel sitio, no después de lo que pasó la última vez (su encuentro con Mammunt por primera vez).

"¿Estás ahí?" comienza a preguntar en su mente, tratando de tener una señal por parte de su demonio, pero nada, no lograba conectar nuevamente con el, ¿Cuál sería la razón acaso? Más aún cuando hace poco no paraba de marearle la cabeza con palabras, charlas, advertencias y consejos impropios de un ser como él.

Entonces... ¿qué era lo que estaba pasando?Las cosas parecían de por sí haberse vuelto más extrañas de lo que eran, Alexia podía presentirlo, lo delataba su mirada algo perdida y preocupada, "!Alexia!" le dice Agata, "Hay que darse prisa, llegaremos algo tarde si no nos damos prisa" le señala el reloj que llevaba en su muñeca, rosa y plata brillante, no parece que fuera una baratija de la que compras en un rastrillo, sus padres tenían todo el dinero para darle buenas cosas eso era claro.

"Si, salgo en un minuto" le contesta Alexia mientras abre la llave de lavabo y enjuaga sus dientes, "listo, en marcha" se dice así mismo mientras guarda el cepillo en el gavetero sobre el lavabo y lo cierra, "espero que hoy todo marche lo más tranquilo posible" se repite en la mente y abandona el baño para dirigirse a la salida de la habitación.

Agata y Adam quien últimamente no se despega para nada de ellas estaban en la salida del cuarto esperando a Alexia, parecen haber construido una especie de amistad, protección, tal vez la situación los había conectado de una manera especial y eso era muy importante.

"¿Nos vamos ya ?" le dice Agata, mientras Alexia asienta con la cabeza y abandonan la habitación, "espero que todos sean amables y no tener que aguantar a ningún listillo el primer día de clases" exclama Adam mientras continúa caminando hacia el pasillo, "no te preocupes, eso es parte del instituto, nunca deben faltar dos o tres de esos, es como una especie de patrón donde sea que vayas" le contesta Agata mientras Alexia se hecha un par de risas, "tienes toda la razón" responde Alexia ante lo que había dicho Agata.

"Aunque estas en todo lo cierto Agata, creo que no deberíamos ser tan negativos, apenas estamos empezando todo, ya tendremos más días para echarnos a llorar de lo mal que nos va entre estas paredes de granito caro y de miles de dólares" dice Alexia y de inmediato gira la vista hacia la ventana del pasillo que conectaba con el resto del campus, estaba claro que más allá de querer animar a sus compañeros también intentaba darse esperanzas a ella mismo.

"¿El salón era el 2b? ¿o estoy equivocado ?" preguntaba Adam, mientras Alexia y Agata paran de inmediato la marcha, "si era el 2b" contestan, mientras Adam les lanza una mirada "pues ya hemos llegado y no me gusta nada la cara de esa profesora"exclama y rasca su cabeza como si estuviera nervioso; " Adam no juzgues un libro por su cubierta" le dice Agata, "no creo que pueda ser tan mala"le vuelve a responder, tratando de calmarlo un poco.

"Bueno chicos, damos iniciado oficialmente nuestra vida de instituto, inició extraño, lleno de cosas raras pero bueno podemos con esto" les dice Alexia, y entran sin más al aula, Todos los alumnos se encontraban de pie y la profesora estaba frente a ellos en una esquina, era una mujer de cabello negro azabache, piel morena y labios gruesos, no parecía precisamente ser oriunda del lugar, el instituto tenia varios docentes de todos lados, ya que el sistema de seleccion era muy exclusivo tenian gente de todos los sitios dando clases, lo mejor de todos los lugares.

"Hola chicos mi nombre es Carmen y seré su profesora de historia y tutora de este año" inmediatamente se puede apreciar su acento de algún lugar de Latinoamérica aunque parecía ser un acento más neutro probablemente de la zona sur de América, "espero que todos se sientan muy cómodos en este nuevo año escolar que empiezan, tanto para los nuevos alumnos como para los anteriores que ya nos conocen" dice mientras dirige la mirada hacia Alexia y sus amigos.

"Ustedes deben ser los tres chicos de nuevo, ¿no es así?" pregunta, dirigiéndoles nuevamente la mirada, inmediatamente los tres asientan la cabeza,confirmando lo que está decía, "bien, pues han llegado justo a tiempo para la presentación, mi nombre ya lo saben así que me gustaría saber el suyo" termina la frase con una cálida sonrisa para inspirarles confianza, de cierta manera los tres jóvenes eran los nuevos de la clase y sabía lo que significaba, esa presión que de cierta manera se siente.

"Empiezas tu" dice Carmen mientras dirige su mirada hacia Adam, se nota un poco de vergüenza en el chico, quien agacha la cabeza pero de inmediato se incorpora para responder, "mi nombre es Adam Neiljovich, nací en Estados Unidos, aquí en Wisconsin, mi madre es nativa de aquí pero mi padre es de Suecia, anteriormente vivía en New York, pero nos mudamos porque mi padre recibió una oferta de trabajo aquí, bueno y tengo dieciséis años, me gusta la música country, y soy fanático de los Yankees" finaliza sin saber algo más que decir echando un par de risas con lo que había dicho a final.

"Muy bien Adam, muy interesante tu presentación, y buen gusto de música, ¿Sabes hablar acaso algo de sueco?" le pregunta Carmen interesada un poco por saber las raíces del joven. "Pues es algo muy sorprendente no se hablarlo muy bien" le contesta y sonríe, "más que hablarlo lo entiendo un poco mejor, pero en teoría muy poco para lo que debería"responde

"Bueno hay ocasiones que pasa, así que no te preocupes, pero nunca es tarde para aprender" responde Carmen intentando animar a Adam para que no descarte la oportunidad de llegar a aprender. "Bueno continuaremos entonces la siguiente eres tú" exclama y termina señalando a Agata para que continue-

con su presentación, era probable que al igual que Adam este un poco nerviosa, pero era entendible.

"Pues haber por donde empiezo, muy bien, soy Agata Rammstein, mis padres han vivido aquí toda su vida en Wisconsin, dirigen sus empresas y me gusta mucho la playa, tengo dieciséis años, y creo que eso es todo" finaliza, su presentación fue más corta que la de Adam, y se nota el tono de obligación al final, se notaba que las presentaciones no eran lo suyo; "muy bien Agata, una presentación corta pero concisa" exclama la profesora, " pues muy bien, la siguiente eres tú" dijo mientras dirigía la mirada hacia Alexia.

Alexia da un vistazo rápido a toda el aula, y devuelve la mirada hacia Carmen, al igual que a Adam se les nota un breve nerviosismo, dejándolo de lado se dispone a comenzar. "Hola a todos me llamo Alexia Storm, nací en Wisconsin también, mis padres casi nunca pasan en casa así que vivo sola prácticamente, tiene hoteles entre otras cosas y bueno recientemente cumplí quince años, !ah sí!, me gusta hablarle mucho a la empleada de la casa que es a quien suelo ver mas seguido" finaliza, su cara tiene un toque de seriedad, se nota que le cuesta un poco abrirse con el resto, será la especie de coraza que continúa manteniendo.

"Muy bien Alexia, bueno, ahora podrás hablar con más gente ya que tienes a todos tus compañeros aquí, se que sin duda todos se llevarán muy bien" sonríe Carmen, mientras el resto de la clase mira a Alexia, todos la miraban y eso resultaba un poco incómodo para ella, después de todo siempre a tenido muy poca confianza ya que no estaba acostumbrada a tener a tanta gente cerca de ella.

La presentación de la clase continuó hasta algo más 10:30, "rim...rim...rim..." suena el timbre del colegio, "muy bien chicos, a llegado la hora del refrigerio, así que... pueden abandonar el aula, nos vemos aquí a las 11:30, espero que aproveche" Carmen se retira del lugar y posterior a ello cada uno de los alumnos también; "qué hambre tenía ya con lo de la presentación, no veía la hora de salir" les dice Adam mientras lleva sus manos a su abdomen y comienza a acariciar la zona del estómago, "creo que voy a desmayar"les dice mientras comienza a hacer gestos de desesperación.

"Muy bien rey del drama vamos hacia el comedor por algo de comida, no queremos que desfallezcas de tanta hambre" le dice Agata mientras Alexia se les une y se encaminan hacia el comedor, "alguna de ustedes se percató que en el aula ahí más chicas que chicos, tengo la impresión de que este año será muy productivo" dice Adam mientras suelta un par de carcajadas

"Si estás dispuesto a ser el latín lover del aula no lo tienes muy difícil, a mayor cantidad de chicas tendrás más vía libre, bueno, a ver si eres del gusto de ellas" le dice Agata en tono burlesco mientras Adam muestra sorpresa en su cara para luego reírse un poco "no me subestimes pequeña" le responde y se lleva la mano hacia el cabello y arregla el saco de su uniforme con actitud desafiante.

"¡Bien! No ahí mucha gente, podremos pedir rápido y comer, mi estómago lo agradece" dice Adam, mientras corre a por una bandeja de comida y se coloca en la fila de la cafetería, Agata sigue detrás de él y Alexia también, parece que Agatha y Adam continúan normal pese a todo lo que a pasado últimamente, ríen, bromean, parece no costarles seguir con la normalidad de sus vidas.

Luego de aquellos sucesos extraños ocurridos hace menos de un día, sin embargo Alexia parece estar alerta ante cualquier situación que vaya a presentarse, a pesar de mantener un estado de ánimo tranquilo, su rostro se muestra reflexivo, sereno, ecuánime.

Alexia se acerca a la cafetería y se dispone a coger una de las bandejas de comida, cuando de repente nota algo extraño, como si alguien la estuviese mirando, esa incomodidad y sentimiento que desarrollamos cuando sabes que tienes ojos encima de ti, inmediatamente dirige su mirada hacia un costado, y se encuentra con una pequeña y su padre.

Parece ser que están esperando a algún alumno de aquí, es lo primero que pasa por la mente de la joven, por lo cual se tranquiliza, no encuentra razón para alarmarse, y continua en lo que se había quedado, separa una de las bandejas y cuando se dispone a tomarla escucha una especie de gruñido inquietante.

"Cada parte de su cuerpo entra en un estado de alarma, tratando de buscar la fuente de aquel sonido, cuando de repente regresa su mirada hacia lo ultimo que vio, que fue aquel padre y su pequeña, pero esta vez aquellas personas ya no eran ajenas a Alexia, todo había cambiado completamente, estos la miraban fijamente, sus ojos no parecían ser de este mundo, eran unos ojos penetrantes, negros, inquietantes, voltean en dirección a ella se mantenían expectantes, Alexia había quedado totalmente perpleja, ¿quienes eran y que era lo que querían?, sea lo que fuese estaría a pocos segundos de saberlo.

"¿Sorprendida?" pregunta uno de estos seres, el que cargaba la imagen de un padre tranquilo era quien arrojaba la primera palabra, con esto quedaba cortado el sombrío panorama en el que se había tornado un tranquilo momento de refrigerio, "¿así que tu eres la niña de Mammunt?" otra pregunta más entra en escena, pero esta vez la voz provenía de aquella aparente niña con una imagen dulce que no cuadraba para nada con aquellos demoníacos ojos negros y sin vida que le decoraban actualmente el rostro.

"Estoy seguro de que sabes quienes somos ¿no es así?, ¿no creo que te sorprenda tanto vernos?" le preguntaba aquel ente, "bueno, lo que estas viendo ahora sabes realmente qué es un disfraz, ¿verdad?, sabes a lo que me refiero Alexia, se que si" aquella entidad finaliza estas palabras citando su nombre

Y de inmeditao es como si le recorriera un viento helado de invierno por todo el cuerpo, aquellas ventiscas que anuncian la llegada de la nieve, se le mete en los huesos, solo es cuestión de un par de palabras para que en Alexia se altere cada uno de sus sentidos.

"¿Qué es lo que quieren? ¿a que han venido?, tengo entendido que ustedes no pueden cruzar a este mundo sin un receptor, es imposible que estén aquí, es impro...es improbable" Alexia tambaleaba un poco al hablar, debería expresarse con firmeza en cada una de sus palabras, debería tratar de no demostrar aún más miedo del que ya se podrían haber dado cuenta que tenía debido a este súbito encuentro.

"Tienes toda la razón con respecto a eso, es imposible materializarse sin un cuerpo, pero sabes que, hay algo que admiro y a la vez compadezco de los humanos como tu, ¿quieres saber qué es?" le pregunta el hombre mientras se le dibuja una sonrisa burlesca y algo siniestra, su cara parecía haber salido de una película de terror de la cual no quisieras ver a altas horas de la noche.

Alexia planta una mirada fija tratando de hallar la respuesta a la pregunta, podría ser una de tantas respuestas, pero en realidad sentía que cualquier cosa que pudiere decir no se acercaba para nada a la realidad, ¿que podría encerrar la verdad tras aquella interrogante que le habían planteado?; "creo que la estás ahuyentando" le dice el otro demonio con apariencia de niña, de momento tenían una identidad desconocida, aunque Alexia sabía en el fondo cuáles eran sus nombres.

"Ustedes los seres humanos siempre están dispuestos a hacer lo que sea con tal de saborear la gloria, perder la dignidad, los escrúpulos, todo con tal de ser mejores que el resto de vuestra raza, no les importa matar, traicionar y cosas aún peores que esas, todo por destacar un poco del resto" exclamaba la niña, quien estaba claro que no era realmente lo que se observaba, ¿pero entonces? ¿Cuáles eran sus verdaderas identidades?, acaso…¿sería este el momento en que Alexia conocería a quienes se iba a enfrentar, conocía de ellos pero una historia no es igual que la realidad.

"Los humanos nos temen" expresa el demonio con aspecto de niña, "porque somos los generadores del holocausto, pero vosotros lleváis mas muertes sobre sus hombros que nosotros en los nuestros durante los siglos y siglos de existencia que tenemos, se escudan en que la maldad es generada por nosotros y que es lo que causa todas esas muertes, pero eso es una simple excusa para no reconocer que tiene una corrompida y sangrienta forma de ser, al igual que la nuestra y en ocasiones hasta peor" exclamaba aquel ser, no parecía dudar ante nada de lo que decía, ¿que tendría Alexia que responder ante esto?.

"¿No crees que es un poco contradictorio?" le pregunta, " porque yo creo que sí lo es, temerle a lo malo y tener prácticas sangrientas es muy hipócrita ¿no crees?" finaliza con esta pregunta y de inmediato se suelta a reír, "sois los más hipócritas" deja escapar estas palabras como si estuviera pensando en voz alta, ¿podría acaso estar en lo cierto?Durante siglos el ser humano ha llevado a cabo matanzas inimaginables, y siempre han sido por objetivos egoístas, así que no estaba del todo equivocado.

Y no es que en realidad están diciendo algo que no fuese verdad, sobre todo, la humanidad no se caracteriza por ser el ser viviente más fiel que se diga, Alexia los miraba aun dejando notar lo aturdida que estaba por el encuentro inesperado, pero en cierta manera ya no lo estaba tanto como al inicio, ¿será que la situación estaba pasando por una etapa estable?.

"Oh cierto, con todo esto de la introducción hemos dejado los modales de lado, nos habíamos olvidado de decirte quienes somos, bueno, aunque tampoco lo vimos tan importante, porque tu niñita curiosa sabe perfectamente quienes somos, ¿verdad?" le dice esta niña de momento, puesto que Alexia estaría a punto de saber cuál era su verdadera identidad.

"Mi nombre es Lamashtu, bueno así me llamo el creador cuando me formó con su aliento de vida como le llamaba, soy conocida por muchas cosas en la historia, pero de eso te encargas de ir sabiendo tu, de momento te conformaras con saber mi nombre" expresa.

"¿Lamashtu?" comienza a dar vuelta ese nombre por la cabeza de Alexia, "nunca he oído algo igual, ¿qué significa?, ¿cuál es su historia?" se repite y sin darle tiempo siquiera para sacar una conclusión en sus pensamientos inmediatamente se escucha una risa.

"Creo que le has dado mucho que pensar" le dice el hombre que acompaña a Lamashtu, quien seguramente también continuaría a decir su nombre, "quedate tranquila niña a pesar de que ame devorar críos no están en mi menú, bueno al menos por hoy" le dice Lamashtu mientras la mira fijamente, se notaba la diferencia de aquellos seres al encuentro que tuvo cuando conoció a Mammunt, todo en ellos era distinto.

"Este que ves aquí es mi hermano oduduwa, o como le dirían tus ancestros oddua, o bueno podrías llamarlo dios, como le llamaban también muchos de tus humanos, ellos tienen nombres extraños para referirse a nosotros cada vezque piden algo, con todos esos objetos raros y actitudes extrañas que emplean para llamarnos, se ven tan ridículos con el show marcado que hacen, lo disfrutamos, no sabes cuanto" finaliza

"Porque los escuchan" le dice Alexia, "es decir, porque hacen todo esto, ustedes que siempre se jactan de saber todo, ¿acaso no saben que ellos solo los utilizan?, vamos, no creo que se necesite tanto para saber que ellos solo quieren lo que ustedes pueden hacer, no es que los quieran adorar de verdad" Alexia les plantea esta respuesta, y a pesar de mantener un estado alerta y un poco nervioso, pareciera que el tiempo que a transcurrido en el encuentro le a permitido relajarse para poder articular palabras y decirles lo que pensaba.

" Está claro que lo sabemos, sabemos todo lo que tu nos dices, ¿pero vosotros creéis que nosotros jamás sabemos nada?, ¿que solo venimos dónde están ustedes y hacemos lo que ustedes quieren?" exclamaba las preguntas aquel ser con tanta seriedad que transmite más temor de lo normal, aunque las cosas parecían haberse estabilizado un poco, el ambiente parece estar dispuesto a cualquier cambio.

"Ustedes no tiene ni idea de lo que realmente sucede, ustedes son nuestra carnada, porque una vez que saben lo que podemos darles es como darle un caramelo a un niño, a pesar de que vengan otros adultos siempre van a ir a por el que les entregó la piruleta primero" explicaba analogicamente este ser, mientras Alexia estaba muy atenta a cada palabra.

"Sabes" dice nuevamente, "ustedes actúan así porque les gusta lo que viene fácilmente y porque empiezan a confiar en esa persona que se ofrece a que eso sea posible, y es así que con nosotros pasa igual" no había respuesta más clara que la que la había dado Oddua, que era quien había respondido esta vez, aquellas palabras dejaron inmutada a Alexia, sabía que tenían razón en cada maldita palabra era lo único que pasaba por su mente.

"Y si aun te han quedado dudas del porqué hacemos esto, solo tomate tu como ejemplo, ¿porque dejaste que Mammunt se apodera de ti?,lo hiciste porque conociste lo que era capaz de hacer, y luego de eso no quisiste quedarte sola ¿verdad?, siempre dejan entrever la vulnerabilidad que los caracteriza, no se enfrentan a los problemas, siempre pretenden que alguien más los resuelva, ¿verdad que es así ? ¿o me equivoco?"- Las palabras de Lamashtu esta vez son dardos directos a Alexia, quien agacha la mirada como si sintiese culpa.

"¿Crees que papá y mamá vendrán este fin de semana abuela?" de repente las palabras dichas por estos seres activan los recuerdos en Alexia,"¿tu crees que este fin de semana vengan para jugar conmigo?" se escucha preguntar de manera insistente a una Alexia de aproximadamente seis años de edad si los cálculos no fallan, junto a ella está su abuela, quien sostiene un oso rosa con la nariz dorada.

"Ya te he dicho Alexia, mama y papa están trabajando, apenas puedan ellos vendrán, anda toma el oso, me lo has dado a mi así que lo has abandonado, debes ser un poco más cuidadosa hija" le dice la abuela, mientras esta se acerca en búsqueda de su juguete.

"Yo no lo voy a dejar solo nuevamente abuela, luego se sentirá triste como yo lo estoy ahora sin mis padres, así que el sera muy feliz conmigo" exclama, mientras su abuela siente una especie de dolor ajeno, sabiendo que su nieta a pesar de ser pequeña sentía en gran manera la ausencia de sus padres. En la actualidad cada una de las experiencias re memorizadas por Alexia, habrían sido el detonante para que las situaciones presentes lleguen a originarse.

Inmediatamente Alexia vuelve en sí y mira fijamente a Lamashtu, "si, tienes razón, el ser humano es un ser muy deplorable, ambicioso, arrogante, traicionero, y todo lo que pienses que es, pero existe algo que los atrae hacia nosotros,¿o no es así?" le responde Alexia con desafío en cada una de sus palabras.

"No te llenes la boca de arrogancia maldito animal desdichado, arrojado a la tierra errante vagas, castigado y condenado a vagar para siempre, buscando ¿que?, el mismo cuerpo humano del cual te mofas en desvalidar, esa es tu condena, depender de un humano para poder pasar a este mundo" les responde Alexia, aunque pareciese no ser ella quien diese esas respuestas, las situaciones y vivencias a las que estaba sometiendo su ser, de cierta forma-

estaban endureciendo aquella personalidad frágil que mantenía cuando todo los acontecimientos empezaron a surgir.

"Voy a disfrutar cada jodido segundo de tortura cuando te tengamos en nuestras manos, sigue pensando que tienes el toro por los cuernos pequeña, sigue confiando en que tu demonio, en que aquel traicionero te va a librar de todo lo que te haremos, sigue...sigue pensándolo.." se escucha la voz diluirse en un eco inquietante, para darle paso a una voz más familiar.

"¡Alexia! !Alexia! !Alexia!" se escucha como Adam grita su nombre una y otra vez, hasta que esta despierta de aquel especie de episodio hipnótico, "¿que ha pasado?" le pregunta está a Adam, "parecías ida, la gente se ha quedado mirándote, ¿te pasa algo?, ¿estás bien?" le pregunta Adam mientras frunce el ceño con una mirada interrogativa.

"Han estado aquí Adam" le responde Alexia con un timbre de voz un poco sobresaltado, "¿han estado quienes?, ¿ a qué te refieres?" le pregunta sorprendido y confundido por lo que esta escuchando, "joder Adam, ellos, los otros dos demonios de los que escuchamos, ¿recuerdas que Mammunt es uno de los tres demonios del abismo?"Alexia se dirige a Adam con esta pregunta intentado que este recordara sobre el tema y que así pudiese saber a lo que ella se está refiriendo.

"Claro lo recuerdo, ¿pero no necesitaban un cuerpo para pasar a este mundo?" le pregunta aun confundido Adam, tratando de obtener una respuesta clara, "claro que lo necesitan, ve tu a saber que maldito ritual, sacrificio, o lo que sea, hicieron esos dementes para liberar a esas bestias" le dice, refiriéndose a la secta de los anima commedems, con los cuales ya tuvieron un previo enfrentamiento, hace un breve tiempo atrás.

"Debemos estar alertas, ya te digo yo que esta no sera la ultima vez que los veamos, esta visita ha sido con amenaza, así que, creo que es necesario que ustedes, tu y Agatha me ayuden a comunicarme con Mammunt, él nos ayudará, después de todo estamos en esto por el" le dice Alexia mientras Adam la mira con total atención.

"Pero... ¿como estas segura de que estando sus hermanos, o lo que sean para él, no va a irse del lado de ellos y hacerte daño?" Adam le formula una pregunta que tiene mucha lógica, ¿que le aseguraba a Alexia que estando los otros dos demonios libres, Mammunt no se una a ellos y la utilice como un cebo para su beneficio?.

"No tienes de qué preocuparte Adam" le responde, "si algo me pasa a mi o si en el peor de los casos llegase a morir, Mammunt desaparece conmigo, así que sé que no le conviene que eso suceda, ahora más que nunca los necesito a los dos a ti y a Agata, esta noche les daré el libro del shaman, les indicare el hechizo de invocación"dice mientras observa a sus amigos.

"Necesito que hablen con Mammunt a través de mi y le pregunten qué es lo que debemos hacer, nadie mejor que él para ayudarnos en esto, porque nadie los conoce más como él ¿entendido?" le pregunta Alexia a Adam, aunque este parece estar un poco asustado por todo lo que acaba de escuchar.

"Vamos Adam ¿entendido?"vuelve a preguntarle Alexia, aunque esta vez con un poco más de insistencia, "si, entendido" le responde. mientras le toma la mano y se miran fijamente, "gracias" le responde Alexia, e inmediatamente se giran para dirigirse hacia Agata.

"¿Han estado aquí verdad?"les pregunta Agata, quien es más intuitiva ante la situación, "si" le responde Alexia; "esta noche debemos llevar a cabo el ritual para despertar a Mammunt, se lo he dicho a Adam y te lo digo a ti también, ¿estás preparada?" le pregunta Alexia, "claro que lo estoy, así que debemos irnos preparando" le responde esta y de inmediato abandonaron el comedor y se dirigen a la zona de las habitaciones.

Estaba claro que los problemas siguen siendo problemas estén los que estén, aunque existe una variante muy importante en ello, los problemas se encaran mejor cuando más de uno está junto a ti para enfrentarlos, porque cuando las fuerzas se unen, puede existir la posibilidad de una victoria.

CAPITULO XI

DEFENDANT ME-PROTEGEME

"Compartes mi alma, en mi interior reposas, mi alma en el plan ancestral espera, buscando un cuerpo físico" se escuchaba la voz de Alexia se escucha de fondo, " te uniste a mi, si me golpeo te duele, si me corto también sangras, una alianza en alma es más fuerte que cualquier otra" continuaba diciendo, ¿ a quien le hablaba?, ¿podría estar hablando con Mammunt?, entonces, eso quiere decir que había logrado establecer contacto con él nuevamente, ¿tal vez?.

"¡Alexia! !Alexia!" se escuchaban unos gritos, ¿ que estaba pasando?, "nunc voco te quod opus est tibi" se escuchaba nuevamente aquel lenguaje usado antiguamente, era Alexia tratando de llamar a su demonio, " te llamo ahora que te necesito, ven a mi...ven... a mi... te llamo ahora que te necesito, <Veni de aquis nigris, ubi esses quiescit>, ven de las aguas negras donde descansa tu existencia, <Ubi quiesco, ubi ego quiesco>, donde descanso donde descansa, dame la mano, no me dejes sola en esta lucha, estoy clamando a que aparezcas" exclamaba Alexia en ambas lenguas, mientras Agata y Adam la miraban un poco aterrados pero firme en la promesa de que estarían junto a ella siempre.

A medida que la escena se volvía más clara, y todo continuaba su curso, comenzaban a dibujarse unas figuras extrañas en el suelo donde estaba parada Alexia, no cabía la duda de que aquellas figuras en el suelo eran las misma que formaban parte de aquellas extrañas imágenes y figuras graficadas en los libros, uno en específico, el libro del sacerdote para ser exactos.

"Hay una casa muy vieja, el ático está pintado de celeste, no entiendo, pero por alguna razón sigo caminando" comienza a exclamar Alexia, parece ser que está describiendo una escena de la cual era partícipe, ¿pero que estaba sucediendo?, ¿debía estar invocando a Mammunt?, por alguna razón estaba-

teniendo una especie de…¿visiones o imaginaciones?, ¿estaba por descubrir algo más que necesitaba saber?, todo estaría por tener sentido dentro de poco.

"Parece que no hubiera nadie en casa, estoy bajando por las escaleras de un sótano" exclama Alexia, describiendo cada cosa que estaba viviendo en la especie de sueño en el que se encuentra, "puedo sentir que hay alguien ahí, es una especie de energía allí, siento como eriza mi piel" Alexia se mostraba un poco nerviosa mientras seguía sumida en su visión, "¿que..qué es eso?" comienza a exaltarse a medida que pasaban los minutos.

"Hay tres personas cubiertas con una sábana blanca y un hombre les está apuntando a la cabeza" comienza a describirlo entre gritos, "!bang,bang,bang! , ¿qué es eso?" exclama, mientras intenta saber de dónde venían esos sonidos, sonaban a disparos, ¿tal vez?, aunque en el fondo Alexia sabía que eran, sería imposible que no lo supiera, estaba frente a la escena, lo había descrito hace poco.

"!¡Dios no!" Alexia comienza a gritar desesperada, " les a volado la cabeza, ¡no!" continúa gritando mientras Agata y Adam están atónitos escuchándola, ¿de quienes se trataba?, ¿y qué era lo que habían hecho para tener aquel final?, lo que comenzó por una llamada a Mammunt, se estaba convirtiendo en el viaje errante de Alexia a una dimensión de la cual no tenía dominio alguno, ¿que eran aquellos episodios que estaba presenciando?, debían saberlo rápido, iban contra el tiempo.

La visión no acababa ahí, Alexia estaba parada frente a los cuerpos que yacen en el suelo y aquel hombre que originó las matanzas se gira inmediatamente, como sintiendo que alguien lo observa; "has venido"dice, posando los ojos a la dirección en la que se encontraba Alexia, ¿pero cómo es posible?, si Alexia estaba tratando de invocar a Mammunt, como podía ser posible que pasará a una escena que no tenía nada que ver con el objetivo inicial por el cual puso su cuerpo en trance.

Cuando el cuerpo duerme, se vuelve vulnerable a cualquier cosa que lo aceche, tal vez era lo que estaba sucediendo en ese momento, al estar Alexia en una especie de sueño, era muy probable que se volviera vulnerable para loque sea que estaba tratando de establecer contacto con ella, no era Mammunt, este no tenia porque hacer que ella viera aquellas escenas, esto, no tenía nada que ver con el, ¿entonces con quién?, estaba claro que todo estaba inundado en un mar de misterios, en el cual Alexia no debía naufragar.

"Las cosas no se originaron ahí" dice aquel hombre que sostiene el rifle con una mano y con la otra sostiene una especie de libro viejo y pequeño, ¿era Thomas?, no parecía ser el, ¿de quien podría tratarse?, Alexia puede ver que el libro que sostenía el hombre tenía los mismos símbolos que vio en sus pesadillas iniciales, estaba claro entonces que aquello tenía relación, con todo, ya no cabía la menor duda.

"Existen cosas que necesitas saber" exclama el hombre mientras mira fijamente a la joven, "quedate un momento y escucha" le dice mientras baja el rifle y lo coloca a un lado de su cuerpo; "todo ocurrió mucho antes de lo que te han dicho, tienes que hallar la cueva del caulibus, porque todo salio de ahí, encuentra este libro que tengo en mi mano" le dice mientras lo acerca intentando que Alexia lo mire bien, "tu sabes donde esta, lo sabes" le dice mientras comienza inmediatamente a subir el rifle a su cabeza para proceder a dispararse.

"!Espera no!, le grita Alexia intentando pararlo, pero era imposible, la bala había atravesado todo el temporal, los pequeños trozos de cerebro adornaban el piso y algunas partes de la pared, Alexia simplemente cierra los ojos, parece aún estar en shock, sube las escaleras rápidamente, pero la escena era totalmente distinta, la casa por donde había entrado ya no era una casa, parecía que se encontraba en un bosque, ¿donde estaba exactamente?.

Alexia comienza a caminar de manera lenta, no tiene ni la menor idea de dónde ha venido a parar, sigue caminando sin parar hasta encontrarse en una especie de conjunto de casas, pareciera como una urbanización en medio del bosque se logra ver una casa que tiene una puerta grande de vidrio en la zona central, reconoce que es vidrio por cómo se ilumina con la luz de la luna, a pesar de no tener claro donde se encontraba sentía como si ya tuviera conocimiento de aquel lugar.

"!Maldita sea!" exclama, mientras quita de su pie izquierdo una rama que se había atravesado en su zapato, el suelo estaba lleno de hojas y ramas secas, como si nadie se tomase un poco de tiempo para limpiar el sitio, no es que fuera a marcar gran diferencia el limpiar aquella parte trasera de la casa, ya que el bosque engloba la mayor parte de aquel sitio.

"¡Quédate quieta!" escucha a lo lejos, ¿de donde provenía esa voz de advertencia?"se pregunta Alexia, "acaso no quieren jugar conmigo" se escucha nuevamente. la voz era masculina de eso no existía ninguna duda, pero Alexia no lograba visualizar nada, aun estaba muy lejos para saber de qué se trataba, camina lentamente para no emitir ningún tipo de ruido, mientras abre con cautela la puerta de vidrio de aquella casa.

"!Mira!, que linda se ve tu hermana ¿no crees?" se continuaba escuchando la voz, aunque no se lograba saber aún de quien trataba, Alexia sabía que algo malo estaba por suceder, volvía a sentir aquella extraña sensación de la escena anterior, algo muy macabro estaría por pasar, ¿pero esta vez de que se iba a tratar?, ¿algo peor a lo anterior?.

"!No!"se escucha un grito a lo lejos, esta vez la voz era la de una niña, si, Alexia podía claramente adivinar ese timbre de voz, una niña era quien había emitido aquel grito desgarrador. Inmediatamente Alexia corre siguiendo el sonido de los gritos, tratando de evitar lo que fuera que estuviera por suceder; "¡no por favor! !no!, no me hagas daño" esta vez ya no eran solo gritos, una frase completa que le permitía saber a Alexia de donde provenía exactamente la voz.

Era muy probable que Alexia deseara saber qué era lo que realmente estaba sucediendo, pero a medida que se acercaba a la voz, algo en su interior quería simplemente volver a la realidad, "no puedo simplemente parar, debo enfrentarme antes de que me consuma entera" menciona estas palabras en voz alta intentando darse ánimos, ¿acaso trataba de convencerse de que hacía lo correcto?, las cartas estaban sobre la mesa y esta vez ya no estaba dispuesta a ser el peón si no la pieza reina.

"Esto, dios… ¿Qué diablos es esto?" era todo lo que podía articular Alexia, parecía que le costaba articular palabra, pero....¿que acababa de ver que le habían causado tal impacto?, ¿hubiera sido mejor no haber visto aquello?, era muy probable, pero ya estaba hecho, no había marcha atrás, y tampoco es que Alexia considerara retroceder, estaba decidida a enfrentar lo que fuera que esté allí.

Al correr Alexia había llegado al marco de una habitación, aquel sitio no era un lugar cualquiera, había llegado a la cocina de aquella casa, aquel lugar debería ser donde la gente se vuelve feliz, ya que se crean muchas cosas deliciosas y mediante ello se proporciona alegría al cuerpo, pero esta vez, los cuerpos no parecen sentir alegría, al menos uno de los cuerpos que se encontraba en la escena, era muy probable que no volvieran a sentir absolutamente nada, nunca más.

Pareciera como si cada escena que se encuentra Alexia aumentará su nivel de psicosis y declive emocional, lo que estaba viendo desafiaba cualquier tipo de entendimiento, a lo lejos podía distinguir los restos de lo que parecía ser una niña, aquellos reposaban en la encimera de la cocina; la escena era de lo más espeluznante, salida de contexto, como si de un animal se tratase, así era como se encontraba el cuerpo de aquella inocente, las partes estaban por todos lados.

Había un hombre a lado quién sostenía del brazo a otra niña que se encontraba en la escena, pero está aún se mantenía con vida, ¿De que se trataba todo?Alexia corre inmediatamente a detener a aquel hombre, pero antes de que tan siquiera ella llegue a detenerlo, se escucha el sonido del murmullo de gente a lo lejos. "Busquen bien por todos los sitios, tenemos que encontrarlas pronto", se escuchaba a un hombre gritar a lo lejos.

Inmediatamente el sujeto que mantenía cautiva a la niña abandona la cocina para dirigirse directamente a la parte central de la casa, hacia el salón por dónde entró Alexia, está inmediatamente también sigue al sujeto, pero se puede notar algo extraño dentro de toda la escena, aunque Alexia estaba ahí pareciera que esta persona no podía notar su presencia.

El hombre tira al suelo a la pequeña que aun mantenía con vida y saca de entre sus bolsillos una daga, aquella daga era la misma que vio Alexia en sus visiones primeras, no había duda de que se trataba de esa, estaba convencida y segura porque reconocía los símbolos que llevaba grabados a simple vista, los había visto tantas veces que era imposible equivocarse.

Alexia intenta llegar a tiempo para detener una posible escena de error más, como había ocurrido anteriormente, esta vez quería asegurarse de evitarlo a tiempo,""no puedes hacer nada"" es lo que escucha Alexia cuando se acerca a aquel hombre, "estaba viajando en el tiempo, y lo que estás viendo ya sucedió, así que, no te molestes en hacer de salvadora, porque esto ya no se puede arreglar" le repite el hombre.

Había varias cosas que le inquietaban al ver a esta persona, pero sin duda alguna lo que causaba aún más zozobra era su mirada vacía, su cara un tanto demacrada y su vestimenta, daban un aspecto de que hubiera un abandono total, ¿De qué se trataba todo esto?, ¿Que tratan de mostrarle este tipo de collage de vivencias por las que estaba enfrentándose Alexia?, Algo estaba claro, las cosas no estaban ocurriendo porque si, y pronto tendría la respuesta de todo ello.

"Muy pocas personas tienen la oportunidad de poder dar saltos en el tiempo niña, considerate afortunada" le dice el tipo mientras comienza a girar su cabeza en dirección a Alexia, "¿A que te refieres?" le contesta inmediatamente-está," ese demonio tuyo que llevas dentro, deberías de agradecer de estar compartiendo ese don con el, bueno tampoco es que debas agradecer mucho ya que está alimentándose de tu existencia, así que me parece un trato justo" le vuelve a responder, mientras por alguna razón parece haber dejado paralizada a la pequeña en el suelo mientras él continúa dirigiéndose a Alexia.

"¿Por qué razón estoy aquí?" le pregunta inmediatamente la joven, tratando de recibir una especie de respuesta que le ayuden a entender, de qué iba todo y porque estaba pasando de esa manera. "Sé que has visto el libro, sé que aquel hombre te ha dicho que en él está la respuesta, pero pequeña, ten cuidado" lanza una advertencia al aire mientras Alexia se mantiene expectante a que este continúe con su intervención.

"La primera vez que lo tuve en mis manos no imaginé lo que haría, lo que me haría, lo que haría conmigo, ese objeto...el objeto...!¡Está maldito!" exclama con mucha ansiedad y temor en sus palabras, como si hablara de algo que tiene vida propia, " escuchame aquello pudre poco a poco tus pensamientos, hasta parasitar tu mente, y luego ya es tarde porque se apodera de ti completamente" exclama nuevamente cayendo en un estado exaltado e inestable.

"No sé cómo lo deje entrar, solo no podía detenerme cuando estaba leyéndolo, sentía que cada vez que avanzaba aquel libro, algo dentro de mí sentía más hambre por conocimiento, primero fue un susurro, luego fueron visiones, hasta luego tener una combinación de ambas, sentía que ya no estaba solo aquí, veía a mis hijos fallecidos a mi esposa que había muerto, ¿Cómo podía ser probable todo aquello?" exclama aquel hombre mientras su expresión era la de una persona que trataba aún de buscar una explicación.

"Todo era muy insano, era algo imposible, más aún sabiendo que fui yo quien los vio morir, ¿Cómo podía haber regresado a la vida?, Bueno, porque en aquel breve instante pensé que podría estarlo, pero luego confirmaría que no. sabes, todo era muy raro, y por cierto, llámame Patrick" exclama el tipo mientras gira su cuerpo y se deja reposar en el suelo poniendo su mirada directamente en Alexia.

"Lo que parecía ser al inicio, visiones inofensivas, todas estas se convirtieron en voces en mi cabeza, ordenando cosas todo el tiempo… cosas que te hacen replantear si el juicio lo estas perdiendo, o si simplemente la razón de vida es la que se te desvanece por las manos" cada palabra que Patrick decía, mostraba la tortura mental a la que había está inmerso, ¿fue por esto que termino de aquella manera?.

"Te preguntarás tal vez, ¿que tiene que ver todo esto contigo?, se que te lo vienen preguntando desde que inició todo esto, pero tienes más que ver en esto de lo que crees, aquellos que te han dicho te amo esconden más peligro de lo que te imaginas, créeme, lo sé" exclama, ¿pero a que se está refiriendo?, parecía que las cosas podían perder aún más sentido en lugar de tratar de aclarar un poco el panorama.

"Yo nunca tuve fuerza de voluntad soy honesto" le dice Patrick, "cuando las voces en mi cabeza me decían que hiciera daño a alguien, tampoco es que me contuve mucho, y no es que pudiese hacerlo, pero tampoco me llamaba tanto luchar en mi defensa, ya ves lo que he hecho en la habitación de la cocina" le dice, refiriéndose a aquello espeluznante que Alexia había visto hace poco, " no creas que llevo remordimiento por eso, es más, es muy probable que se lo haga a ella también" le dice sin más mientras mira a la niña que está inconsciente en el suelo junto a él.

"¿Cómo puedes estar así después de todo?, ¿qué finalidad tiene todo lo que estás haciendo?, ¿quién se beneficia de esto?" le pregunta Alexia, intrigada, angustiada con su cara llena de duda y asombro."¿que quien se beneficia?" le responde Patrick mientras pinta una especie de risa burlona en su cara.

"chica, no te hagas la desentendida, vamos, sé perfectamente que llevas un demonio en tu interior, sabes quién se beneficia de todo esto, a quien llevas no es el único, eso lo sabemos todos quienes nos llenamos las manos de sangre para que entren a este mundo" le responde nuevamente, sin duda alguna, se refería a los dos demonios restantes, con los que acababa de tener un encuentro.

"Ellos quieren almas, se las damos, esto funciona así, nosotros somos peones de conveniencia, tú también lo eres, ¿porque razón crees que te deja llevarlo contigo?, ahora no lo sientes, pero luego te darás cuenta cuando comience a parasitar tu cuerpo y llenarlo de ideas raras y sádicas, así que prepárate, no creas que este es bueno, porque se que lo crees" le decía aquel hombre muy convencido de cada palabra que expresaba hacia la joven, ¿estaba en lo cierto?.

"Nunca olvides que al final los tres son demonios, y no se creas que se caracterizan por ser buenos, cuidate, ten cuidado de quien te rodea, puede que luego sea tarde cuando te quieras dar cuenta" le dice, parecía que todas las visiones de Alexia empezaban a desprender un significado, ya sabia donde ir, qué hacer, y sobre todo la advertencia al final, ¿acaso alguien cercano a ella sería quien terminaría haciéndole daño?.

"Vete de aquí, no debes estar mucho tiempo en este lugar, este no es tu mundo, creo que ya tienes lo que debes saber, coge el libro, leelo, ten cuidado, y por lo que más quieras no dejes tu mente sin crear una barrera de protección, luego sabrás lo que te estoy diciendo, es momento de que te marches, y recuerda una última cosa, no confíes en todos los que te rodean, te lo repito porque eso podría volverse tu final" Patrick deja muy bien plantada las palabras en Alexia, mientras comienza a desvanecerse todo alrededor.

Inmediatamente alexia abre sus ojos y se levanta sobresaltada, encontrándose con Agata y Adam que la miran fijamente expectantes para saber qué era lo que había sucedido.

"Se donde tenemos que ir" les dice Alexia, mientras se incorpora de pie inmediatamente, "tuve una especie de visión, pero esto fue real, no parece ser de esta época, bueno no importa eso de momento, sabia que había algo mas en toda esta historia, siempre supe que esto no venía desde ahora" comienza Alexia a repetir en voz alta; "¿a que te refieres? !Espera!" le dice Agata, mientras Alexia regresa a mirarla fijamente, "¿quieres parar un momento?" exclama nuevamente Agata, no estamos entendiendo nada, ¿podrías explicarlo?" le dice mientras ella también se incorpora del suelo donde se encontraban.

 "Mientras estuve en esa especie de trance, las visiones que he tenido me han mostrado lo que debo hacer, la abuela tenía un libro, es el libro que vi en los primeros sueños que tuve, antes de que ocurrieran todos estos últimos acontecimientos" les explicaba Alexia." se que existe un baúl, la última vez que lo vi estaba en el clóset de la abuela en su habitación, así que, debemos ir a mi casa inmediatamente" exclama, mientras abre su armario para coger una mochila, y comienza a guardar unas cuantas cosas de este.

"Espera, espera, espera"le dice Agata, "cómo pretendes salir de aquí si apenas es jueves, no se puede salir hasta el sábado, ¿has perdido el juicio acaso?" le pregunta Agata un tanto indignada, después de ver que se piensa marchar a casa de manera desesperada."no Agata no he perdido el juicio" le responde Alexia, " pero si supieras lo que yo, harías lo mismo que mi en este momento" dice, aunque la respuesta esta vez sonaba muy seria.

"Exacto ese es el problema, nosotros no sabemos absolutamente nada, te has despertado como loca y ni siquiera nos explicas nada, o bueno nada bien, mientras Adam y yo estamos tratando de entender porque pareces paranoica y armas una maleta para volver a tu casa sinmas" Agata tenía razón en todo lo que decía, por más que Alexia tenga buenas intenciones con todo y tratará de buscar una defensa o solución ante lo que está ocurriendo y ocurrirá a futuro, debía explicarles qué era exactamente lo que pasaba.

"Si, tienes razón Agata, me disculpo con ustedes. bien, acabo de ver dos escenarios, en ambos habían cuerpos sangre y muerte, así que, no eran visiones de animales bonitos y unicornios que vuelan para empezar, la primera imagen que tuve fue un hombre asesinando a tres personas, no solo fue eso porque luego se voló los sesos frente a mí" les decía Alexia con una expresión muy firme, a pesar de lo que estaba contándoles, que era muy siniestro.

"No obstante a pesar de que vi aquello, eso no es lo que realmente importa, aquel hombre me habló del libro, el que les acabo de mencionar, en el tenemos pautas de cómo defendernos ante el apocalipsis que está por venirse" cuando terminaba Alexia estas palabras el ambiente se había relajado, sin lugar a duda ya no había tensión entre los jóvenes, las explicaciones estaban dando resultado, Agata y Adam estaban totalmente atentos a Alexia.

"El libro lo tenia mi abuela, recuerdo mucho que de pequeña entre a su cuarto, y ella tenia un baúl en la cama, de color plata, no lo recuerdo bien, solo recuerdo exactamente unos símbolos muy raros en el exterior de este, me acerque a el porque me llamo mucho la atención, y pude ver el libro al que se refería el tipo" les dice Alexia mientras coloca la mochila que saco del armario sobre la cama.

"En la segunda visión que tuve, bueno fue igual o más macabra, pero quiero guardarme un poco ciertos detalles para mi sola" exclama Alexia y sin duda alguna estaba tomando la decisión correcta, había cosas que eran mejor tenerlas solo en su memoria. " hubieron muchas cosas confusas, pero el punto es que me encontré con otro hombre un poco más mayor que el primero, aquel hombre parecía que sabía lo que ocurrió en mi primer visión, y me habló dellibro también, este me advirtió lo que podía causarme si lo leo y me dejo llevar por las sensaciones que este puede llegar a crear en mí" exclama.

"Sentí como si trataba de advertirme, de mantenerme alerta, me dijo que debo proteger mi mente con una especie de barrera o algo así, me dijo que todo esto era para que no me afecte al leerlo, pero también me advirtió que alguien cercano a mi me haría daño, para ser exacta me dijo que me traicionaría o pondría en peligro mi existencia" Alexia expresaba total confusión y duda al terminar sus palabras, estaba claro que lo que escuchó le había planteado tal incertidumbre.

"En realidad no tengo ni la más mínima idea de quién pueda ser esa persona, o esas, no se si sea una o varias" exclama, " las únicas personas que tengo a mi lado son ustedes y a mis padres, tampoco es que sea muy popular en cuanto a amistades, así que, al menos que ustedes decidan traicionarme, mis padres están totalmente excluidos, es por ello que me suena muy descabellado todo" finaliza mientras mira fijamente a Adam y a Agata tal vez esperando alguna respuesta por parte de ellos, buscando tranquilizarla.

"Bueno si pretendes que salgamos corriendo detrás de ti con un cuchillo y matarte, eso no va a pasar, así que... puedes estar totalmente tranquila" recalca Adam mientras Agata se le hecha a mirar con una seriedad absoluta. "Deja de bromear ya niño, esto es algo serio" le responde Agata, estaba claro que no quería perder la seriedad de la situación; "Alexia siempre estaremos contigo que eso no te quepa duda" le dice a su amiga mientras le sonríe buscando tranquilizarla.

"Lo sé" responde Alexia, "no es que realmente piense que eran ustedes, era más una broma como para calmar un poco toda la situación, después de todo no podemos perder más la cabeza ¿No?" les dice Alexia y estaba en lo cierto, la situación ya era demasiado espesa. " cambiando de tema ¿Nos vamos o no? como les dije anteriormente debemos ir a mi casa lo antes posible" exclama con un poco de insistencia en su voz.

"Si, claro que te acompañaremos, ahora recojo unas cuantas cosas en mi maleta y nos vamos " le dice Agata, mientras que Adam recoge su móvil que estaba junto a la cama de Alexia y lo guarda en su chaqueta. "¿Ya estamos listos?" les pregunta nuevamente Alexia, "si" responde Adam y Agata secunda sus palabras con la cabeza, mientras comienzan a caminar hacia la salida del cuarto y esta cierra la puerta.

"Lo más difícil será tratar de salir, recuerden que en la garita están los guardias, y ahí cámaras, sabrán exactamente cuando estemos por abandonar el instituto" les dice Adam, y tenía toda la razón, el colegio tenía muy buena seguridad, también porque había mucha gente de dinero teniendo a sus hijos ahí y no era muy acertado que no estén bien protegidos, después de todo podía pasar cualquier tipo de secuestros y este tipo de crímenes al tratarse de gente adinerada.

"No sé preocupen" les dice Alexia, "se perfectamente por dónde vamos a salir, vi este lugar el otro día mientras nos pusieron a correr en gimnasia, ahí una especie de desvío que lleva hacia el descampado trasero del colegio, no llamaremos mucho la atención yendo por ahí, así que esta todo planeado" les menciona alexia quien por lo visto era muy observadora para haberse dado cuenta de las salidas y entradas no reconocidas del sitio.

"Muy bien tenemos que caminar hacia el comedor y desviarnos a la derecha, luego tomamos el pasillo hacia el patio de gimnasia, tenemos la parada del bus a cinco o seis minutos caminando, así que no tenemos problema en salir de aquí, eh visto los horarios y el próximo bus sale a las once y cuarenta, son las once y veinte así que tenemos alrededor de veinticinco minutos para salir de aquí" les dice Alexia.

Contaban con un buen tiempo, aun así deben ser precavidos, cualquier cosa que saliera mal les irá restando el tiempo, además no podían exponerse por mucho tiempo fuera pues los celadores o algún docente podrían darse cuenta.

Alexia, Adam y Agata comienzan a dirigirse hacia el comedor, deberían darse prisa al pasar por ahí, pues era muy probable que esté todo el personal del sitio, ya que era la hora justa en la que comienzan a colocar las cosas para el-

almuerzo, así que, aquella zona estaría muy concurrida, no solo por el personal del comedor, sino también por los profesores que de vez en cuando bajan para ver que todo esté en orden.

"Muy bien vengan" dice Agata, quien se había adelantado un poco, para de esa manera ver desde la entrada del comedor a que nadie esté cerca, "sigan rápido, no hay nadie" les dice con voz baja. Adam y Alexia inmediatamente aceleran el paso, y los tres se alejaban del comedor, "muy bien ahora tenemos que ir hacia el patio y caminar por donde les indique, aparentemente el sitio no tenía problema, había árboles por los cuales podríamos irnos camuflando" les dice Alexia, así que los tres emprendieron marcha.

"No hay mucho recorrido así que no tendremos problema" dice Alexia, mientras Adam y Agata continúan siguiéndola, sin duda alguna y a pesar de que el instituto era de prestigio, como toda estructura construida tenía sus espacios fantasmas, como aquel camino que encontró Alexia, una pequeña ruta camuflada que conducía a una salida del instituto.

Aproximadamente llevaban caminando lo que había dicho a Alexia, alrededor de cinco minutos cuando inmediatamente se asomaba la parada de bus junto a un par de árboles, "!eureka!, ahí está la parada" dice Adam emocionado, "ahora siento más tranquilidad, creí que seguimos caminando por más tiempo" dice con voz de alivio, se notaba ya un poco de cansancio, lo cual era un poco sorprendente ya que no llevaban mucho tiempo de caminata, esto arranca una risa en Agata y Alexia.

"Se nota que la actividad física no a sido tu fuerte, tigre" le dice Agata mientras se echan un par de risas con Alexia; " pues sabes que, no lo afirmaré, ni lo negaré" dice Adam mientras también sonríe, el ambiente que han construido los tres chicos es de lo más un buen rollo y ese tipo de sentimientos podrían ayudar a futuro, nunca se sabe.

"Okey chicos son las once y cuarenta y dos, en tres minutos estaré llegando el autobús, ¿todos tienen sus carnets?" Les pregunta Alexia, mientras comienzan a buscar en sus bolsillos, "si"responde Agata mientras Adam también saca el suyo de su bolsillo trasero, "aquí lo tengo" responde, "muy bien entonces está-

todo listo" expresa, sin duda alguna las cosas de momento no se habían estropeado y marchaban bien;el bus acercaba su parte delantera a lo lejos, podría calcularse que estaría a unos 200 metros de distancia.

Alexia, Agata y Adam salen de los arbustos y se acercan a la parada para que el bus los vea, de inmediato este se detiene y los tres jóvenes suben rápidamente para no ser vistos por alguien del instituto. "hola chicos hacia donde van" les dice el chófer, y Adam comienza a mirar a Agata un poco nervioso, Alexia toma la delantera de inmediato para no levantar sospechas, " nos dirigimos a la ciudad, al centro, pararemos por el edificio halcón brown cerca del centro comercial" dijo esta, mientras el chófer asienta con la cabeza.

Los jóvenes pasan y se sientan cerca uno del otro, "¿sabes exactamente cuál es la parada?" le pregunta Agata a Alexia, "claro que lo sé, hacía mucho el recorrido cuando salía de la escuela con mi abuela, así que no ahí mucha probabilidad de que me pierda, el trayecto no era idéntico a este porque varias cosas cambiaron con el tiempo, pero la mayor parte del trayecto lo es" le responde, lo cual calma un poco más a Agata, estaba claro que no quería llegar a perderse en esta travesía.

Sin duda alguna la ciudad estaba llena de cosas impresionantes, edificios, restaurantes, coliseo, el trayecto a la casa de Alexia sin duda alguna era totalmente contemplable, más que todo por que vivía en la parte más lujosas de la ciudad, así que todo lo que engloba el rango de su hogar era de lo más exclusivo.

El bus continuaba avanzando por las manzanas del sector, mientras Alexia permanecía pendiente del recorrido por la ventana, "¿crees que haya alguien en tu casa cuando lleguemos?" le pregunta Adam, y era una pregunta muy acertada, el plan para escapar del instituto había salido perfecto, ¿pero y cuando llegasen a la casa?, ¿qué pasaría entonces?, obviamente se darían cuenta los padres de Alexia que se habían escapado y se meterían en graves problemas.

"No, no se preocupen, mis padres iban a estar por reino unido, así que... mi casa esta sola" les responde Alexia, "parada de halcón brown" grita el chofer, mientras dirige su mirada a los chicos, "estamos en la parada jóvenes" les dice, y estos se levantan de sus asientos y abandonan el bus por la parte trasera.

"Bien, mi casa está en el piso veintiséis así que debemos entrar y tomar el ascensor, ¡andando!" les dice Alexia mientras los jóvenes caminan ingresando de inmediato al edificio, de momento todo estaba tranquilo, pero...¿con que se encontraría Alexia al momento de buscar el libro con el que se supone estará protegida?.

Desde que las cosas comenzaron las sorpresas no dejan de llover, es lo que pasa por la mente de Alexia mientras suben en el elevador, ¿estaría esto por llegar a su fin?, retumbaba también esta pregunta, "plim"plim"plim" sonaba el timbre de la ascensor, habían llegado ya, el elevador indicaba el numero veintiséis, el corazón le palpitaba un poco, porque a pesar de lo que había mencionado anteriormente, tenia una pequeña duda de si encontraría a sus padres al abrir la puerta de la entrada.

Pero no, la casa estaba vacía, parecía haber estado así desde la última vez que Alexia la piso, antes de irse a su internado, cuadros, jarrones, lámparas grandes y unas pequeñas estatuas, decoran la gran sala con la que se encuentran los tres jóvenes al ingresar por la puerta principal. "Vaya niña, si que tienes muchas cosas aquí, y yo que pensaba que mi madre era una compradora compulsiva" dice Agata mientras camina admirando cada una de las cosas en la sala de la casa.

"Que te puedo decir, mis padres viajan casi por todo el mundo, así que son fanáticos de traer algo de donde van para decorar la casa" le responde Alexia mientras Adam al igual que Agata le hecha una examinada al lugar. "!no me digas!" suelta Adam, "!madre de dios!, ¿tienes una sala de cine?;no me lo creo" exclamó Adam con admiración, "pero que no tiene esta casa" dice Agata, y estaba en lo cierto, la palabra lujo estaba escrita por todos lados.

Alexia de inmediato voltea a verlos, "si pero en realidad la casa no tiene lo más importante, gente que la habite, ah sí... y unos padres en cuerpo presente"-

les responde, mientras estos regresan a verla un poco perplejos y sus semblantes pasan a ser un poco más serios. "bueno pasemos al cuarto de la abuela, no quiero estar mucho tiempo aquí" dice mientras continúa por el pasillo.

sabía que no podía perder mucho tiempo en tonterías, aunque sus padres no están en casa, era muy común que entrase el jefe de seguridad de su padre, todos los días este llegaba a dejar el reporte diario sobre las novedades de las empresas y la casa en cuanto a la seguridad, así que no podían jugarle a la suerte. "Muy bien el cuarto de la abuela es el segundo a la derecha, entraremos, cogeremos el libro y nos vamos, la última vez estaba en el armario así que, no perderemos mucho tiempo" les dice, mientras se dirigen a la habitación.

"Bien, aquí estamos" dice Alexia mientras entran a la habitación de su abuela; "Adam por favor alcánzame la silla que está a tu derecha" dice mientras abre las puertas del armario, "aquí la tienes" le dice Adam mientras le acerca la silla que estaba junto a la ventana del cuarto, "gracias Adam, es que sin esto no logró llegar" le dice, mientras este le sujeta las manos de la silla para proporcionarle un poco más de estabilidad, Agata se mantiene en la entrada de la puerta vigilando, en caso de que llegara alguien.

Alexia coge el baúl plata donde sabía que se encontraba el libro, "!perfecto! sigue donde lo vi la ultima vez" dice, mientras se baja de la silla con la ayuda de Adam y se dirige a la cama donde deja el baúl para abrirlo, "que extrañas gráficas tiene esa cosa" le dice Agata, "parece algo sacado de un cuento de vampiros, donde guardan esas especies de dagas, que mal rollo da, luego no digan que nadie les dijo que eso… que eso da mal rollo" exclama, sin duda alguna el baúl tenía su rareza pero alexia ya lo conocía, isa que no le extrañaba en lo absoluto.

"Voy a abrirlo rápido y sacar el libro de aquí, de esa manera podremos irnos ya" les dice, mientras abre inmediatamente el baúl; había algo raro a Alexia le había cambiado rotundamente la cara, ¿que sucede?, ¿por qué razón la cara de tranquilidad que tenía le había cambiado?. Su cara ahora parecía más biende preocupación, ¿que había encontrado allí dentro que hizo que cambiase el rostro en un abrir y cerrar de ojos?.

"!¡No está!" dice, mientras pone de cabeza el baúl y cae todo lo que en su interior albergaba; "¡no está! ¡no está! !no está!" comienza a repetir de manera eufórica, mientras Adam y Agata se le quedan viendo, "vamos tranquilizate Alexia, debe estar ahí miralo bien" le responde Adam, tratando también de calmarla un poco. "vamos Alexia, tranquila, te ayudaré a buscarlo" le dice Agata quien también trata de ayudarla para que se tranquilice, en este punto no era necesario que nadie pierda los estribos.

"!Que no está!" dice Alexia angustiada, "se exactamente qué cosas contiene el baúl, y te puedo decir que el libro ya no es una de ellas" responde nuevamente llevándose las manos a la cabeza, estaba a punto de perder la razón, ¿debería sentirse en peligro en esos momentos?, se suponía que aquello la ayudaría, entonces, ¿qué debería hacer?.

"¿Pero cómo pudo pasar? nadie sabía que el libro estaba ahí eso lo puedo jurar" dice mientras Agata y Adam se mantienen junto a ella, "¿pero dónde puede estar?, no entiendo quien mas sabia que la abuela tenía ese libro en esta casa, lo peor es...¿quien pudo entrar a casa y tomarlo, si la seguridad está pendiente de eso?, vamos, no entiendo nada" exclama Alexia mientras lleva nuevamente las manos a su cabeza.

"¿No crees que puede estar en otro lado?, a lo mejor limpiando alguien creyó que era un libro normal, sabes, de estos que la gente comúnmente lee, bueno, es lo que pienso" le dice Agata, pero su idea a lo mejor no estaba del todo errada.

"Puede que a lo mejor tengas razón, hay una chica que limpia la casa cada semana cuando no están mis padres, ¿qué día es hoy?" pregunta, "pues estamos a jueves" le responde Adam, "muy bien tal vez tengas razón" le dice a Agata; "la señora de la limpieza pasa todos los miércoles, así que ayer pasó y pudo haberlo movido, y si no me equivoco lo habrá puesto en la librería de la entrada" réplica mientras se incorpora de la cama y camina hacia la puerta del cuarto.

"Espérenme aquí, ya regreso, no tardo" les dice Alexia, mientras continúa por el pasillo hacia la sala de estar, "muy bien, muy bien, veamos debe estar por aquí" dice mientras se acerca a la estantería del salón, "a ver, veamos, si no está en la parte baja sin duda lo habrá puesto en la fila de arriba" se repite, mientras se pone en puntillas para alcanzar la parte superior, tampoco es que fuese muy alta, así que le costaba un poco; "vamos, vamos, dónde estás" comienza a angustiarse nuevamente, "no puede ser, no me digas que tampoco está aquí, dios, donde estas metido"dice, como si el libro fuese a contestar.

Alexia continúa su búsqueda; estaba tan concentrada que había pasado por alto todo lo que sucediese a su alrededor, todo lo que no fuese simplemente encontrar el libro, cuando de repente un sonido extraño invade la habitación, suenan como respiros. "Buscabas esto" se escucha, mientras que Alexia inmediatamente gira su cara y sus ojos dibujan en conjunto con su cara una expresión de sorpresa, ¿de donde provenía la voz?, parecía ser una voz femenina, ¿entonces de quién se trataba?, estaba claro que no faltaría mucho para saberlo.

Inmediatamente Alexia gira todo su cuerpo, "ma..!mamá!" exclama y la mira un tanto atemorizada, "¿que haces tu con eso?, de...¿de donde lo has sacado?" le pregunta titubeante, mientras su madre la mira fijamente. "No es necesario que te mienta, asi que lo mejor será que nos sinceremos y te diga exactamente porque tengo esto en mi mano, así de una vez te apartas de lo que está pasando y dejas que todo siga su rumbo tal cual debía suceder" exclamó Mariane la madre de Alexia.

Sea lo que sea que estuviese por pasar auguraba hostilidad, ¿Apartarse y dejar que todo suceda como debería suceder?, ¿A qué se refería con esto?Pareciera ser que madre e hija estaban jugando para bandos distintos, y de ser así, ¿en qué acabaría todo?Cuando las cosas estaban por terminar algo nuevo entraba a juego, parecía que todo se volvió un laberinto sin salida para Alexia.

Sin duda alguna los caminos engloban acontecimientos inesperados, y este era uno de esos, sin lugar a duda, lo que fuera que estuviera por suceder; explicaría los vacíos que se han mantenido en la vida de las figuras principales en esta descabellada historia.

CAPITULO XII

AUTOMATA MALUM - MARIONETAS DEL MAL

"¿A qué te refieres con todo lo que acabas de decir?" le pregunta Alexia, quien se muestra aún perpleja por lo que estaba pasando, "tranquila, es normal que no lo entiendas, de hecho, parece ser que las cosas no salieron tal cual lo habíamos previsto" le contesta Mariane, pero para Alexia las cosas que decía no tenían sentido; " no te preocupes, ten algo en claro, tu no deberías estar aquí; la vieja lo sabía, y aun después de muerta sigue fastidiando todo" exclama, mientras termina sus palabras con una carcajada.

"¿ A quien te estás refiriendo?, ¿de quien estás hablando?" Alexia continua haciéndole preguntas a su madre, ella estaba tratando de esclarecer la situación, ya que todo se veía muy turbio.

"Pues te lo pongo mas claro, me refiero a tu abuela, parece que sabía exactamente lo que iba a pasar; parece que aun después de muerta sigue tratando de joderlo todo" exclamó Mariane, y Alexia simplemente se mantiene perpleja. A este punto pensaba en que, desearía que alguien esté ahí para que le dé un pellizco, quería creer que era un sueño, pero no. " no es necesario que pelees una batalla de la cual podrías ser aliada" le dice la madre, quien la mira fijamente dominando de momento la situación con sus palabras.

"Sabes perfectamente que es lo que se debe hacer, no es necesario que muera gente inocente para liberar a un par de come almas, sabes que vienen a destruirlo todo, así que ahorrémonos el ensuciarnos nosotras la manos; ellos ya son lo suficiente egoístas, asesinos, inhumanos, nosotros podemos evitarlo" le dice Alexia a su madre, mientras comienza a entrar en cólera. "¿Y como esperabas que sea?, son demonios, niña tonta, es la naturaleza del mal, escucharte es como rememorar las palabras de tu abuela, ambas piensan igual, por eso ahora está muerta" dice Mariane mientras Alexia se queda viéndola atonitamente.

"Cómo puedes hablar así sin más, de una manera fría y sin sentimiento refiriéndose a la abuela, ¿acaso no es tu madre?" le pregunta Alexia llena de ira, "como puedes hablar como si no sintieras nada sabiendo que está muerta y hablarlo como si ya, como si fuera algo simple, como un periódico de ayer, ¿acaso no te dolió una pizca que muriese?" continua haciéndole estas preguntas, porque nada de lo que estaba escuchando parecía cuadrarle.

"Me sorprende mucho que hables de esa manera de mi abuela, porque yo sentí que parte de mi corazón se fue con ella cuando murió, y se que yo soy solo su nieta, aunque fue mas madre miá de lo que fuiste tu conmigo, o eres, ¿que te sucede?" pregunta, Alexia, había perdido la tranquilidad, lo dejaba notar a medida que iba desarrollando la conversación con su madre.

"¿Te preguntas si no me duele?, claro, me dolió, no veas la cantidad de horas que me tomo pensar antes de envenenarla para que dejara de estorbar"le dice Mariane, mientras por un momento Alexia cree haber escuchado mal; abre sus ojos más de lo normal, de manera sorprendida, debería tratarse de una broma, debería.

"Yo descubrí en lo que tu abuela estaba metida, conocí a los anima commedems, conocí sus prácticas, supe de todo lo que se trataba, leí sus libros, sus apuntes, vi sus archivos, me empape de todo, ella nunca pudo darse cuenta, puesto que casi nunca estaba en casa, y estaba cansada de escuchar a mi padre expresar lo miserable que era su vida de casado, así que, busqué en que entretenerme y vaya que lo hice" continúa hablando Mariane mientras su hija escucha atentamente cada palabra.

"Cuando me fui a la universidad pude investigar más libremente del tema, hasta que logré contactar con el líder de esta secta, con Thomas, el me explico cada cosa que en ese momento no comprendía, y supe que era lo que debía hacer, el destino había puesto esta gran oportunidad en mi camino; de demostrar lo que podía llegar a hacer" exclamó Mariane con una mirada de seguridad, lo dejaba ver a medida que iba articulando cada una de las palabras que salían de su boca.

"Los seres humanos siempre nos conformamos con lo mínimo, yo sabía que estaba destinada a más"continua hablando Mariane, quien con cada palabra que decía parece una persona un tanto siniestra, y tal vez perturbada mentalmente, muy ajena a la imagen de dama respetable que conocía Alexia, la figura de madre que había mantenido durante todo ese tiempo, se veía desmoronada, ¿acaso era solo una plantilla?, ¿había sido un simple disfraz para esconder quien en realidad era?, estas serían unas de las tantas preguntas que estarían pasando por la mente de Alexia.

Mariane continua frente a Alexia, parece que la conversación no tenía intención de acabar. "habían cosas que no entendía al principio, pero a medida que fui investigando quedaban claras para mí, sabía que vendrían tres seres a este mundo, cargados de poderes y promesas inigualables, pero debían tener tres recipientes donde albergar su existencia"dice Mariane, pero eso Alexia ya o sabia, lo había escuchado en sus encuentros anteriores.

"Cuando supe todo aquello, me ofrecí para ser uno de ellos, uno de los recipientes, pero Thomas me dijo que necesitaban un cuerpo muy joven para ese entonces, y que además, las profecías indicaban que serían tres niños, por lo cual, me ofrecí a ser una de las personas que de vida al que sería portador o portadora, y así fue como decidí que vinieras al mundo"exclama Mariane, oírla hablar era como escuchar hablar a una perra psicópata no había duda, su mirada inexpresiva ahuyentaba a cualquiera.

Las cosas se habían salido totalmente de control, Alexia no sabía exactamente qué era lo que había pasado con quien se suponía era su madre, ¿vivía acaso una vida falsa?, ¿sería esto a lo que se refería aquel hombre de la visión pasada?, ""alguien cercano a ti te traicionara"" retumbaban en su mente estas palabras, ahora no cabía duda de que de esto se trataba, si no era a su madre a quien se refería, ¿entonces a quien mas?.

"Pero...papá, ¿papá no sabe nada de esto?" preguntaba angustiada Alexia, "no creo que el haya apoyado cada idea descabellada que has tenido, no lo creo capaz, el no es como ti" le grita a su madre, Alexia empezaba a sentir que el alma se le bajaba a los pies; siente una especie de baja de tensión ante lo sucedido, el impacto está jugando una mala pasada en su cuerpo, pero se-

repone, sabe que debe mantener los estribos en la situación, aun así, no deja de ser tan solo una niña asustada tratando de manejar una situación que sobrepasaba a cualquiera.

"No creas tan cierto todo lo que dices Alexia" se escucha una voz que viene del pasillo, Alexia se gira inmediatamente cuando se sorprende con lo que ve, era su padre; Aquel hombre que le plantaba besos en la frente al dormir era el hombre que la miraba fijamente desde el pasillo de la casa, con una mirada fría, una cara inexpresiva. Pero sus ojos eran distintos, no parecía ser realmente él, tenía los ojos totalmente perdidos como si estuviera en una especie de trance o hipnotismo.

¿ De qué se trataba todo esto?, ¿de dónde había salido su padre?, Alexia y sus amigos habían estado en la casa y se aseguraron de que no hubiera nadie, entonces…¿de donde salieron Rob y Mariane?, acaso…las partes de la casa que Alexia conocía, ¿guardaban algún cuarto o puerta extra?, porque de no ser así, sería imposible que pudieran atravesar las paredes sin hacer ruido.

"¿Cómo has llegado hasta aquí?" le pregunta inmediatamente Alexia a su padre, aún no logra entender de dónde ha salido, "tu madre y yo estábamos en casa, en la habitación que tenemos dentro de nuestro cuarto, recuerda que es el cuarto de cámaras, ¿Lo habías olvidado verdad?" le pregunta Rob, y era cierto, en ese cuarto solía quedarse el jefe de seguridad, ya que tenía conexión a todas las cámaras de la casa y del edificio, se le había pasado totalmente por alto, pero era normal, Alexia tenía claro que sus padres habían ido a resolver unos cuantos asuntos de trabajo a Inglaterra, al menos era lo que creía.

"ya que estamos los tres aquí, en este encuentro imprevisto, me puedes explicar entonces… ¿De qué va todo lo que dice mamá?, Dime qué…Esto es una broma ¿no es así?" pregunta Alexia angustiada, aún conserva una pizca ingenua de esperanza, de que las cosas no sean como parece que son, aún conservaba la esperanza de que empezarán a reír y le dijeran que se trataba de una broma, aunque no auguraba ser ese el caso.

"Pues bien Alexia, creo que es hora de que dejes de ser un poco mimada y tonta. Si, ella tiene razón, cada jodida palabra que salió de su boca está llena de razón, ni nosotros somos los padres normales que crees que somos, ni mucho menos tú eres la hija de un cuento de hadas, creo que tenemos que sacarnos un poco las máscaras" le dice Rob mientras camina hacia Mariane y los dos miran fijamente a Alexia.

Cada palabra que Rob decía eran como puñales que atravesaban a Alexia, "debería tratarse de una pesadilla" piensa, "no es real" se repite incesantemente.

"Las cosas nunca fueron blanco y rosa Alexia" le dice, quien de momento puede llamarse su padre. "Deberías entenderlo un poco, pero solo sirves para andar llorando por las paredes y diciéndole a todo mundo lo mala que es tu vida sola" exclamaba Rob sin ningún tipo de remordimiento por las palabras que botaba como cuchillas, podrían cortar al simple contacto.

"Siempre has vivido llena de lujos, y aun así, vivías quejándote de todo aquello, así que, deja de hacer como si esto te sentara mal. Ni tu eres la hija perfecta, ni nos amas como crees, y tampoco creas que nosotros vamos a morir por protegerte" exclama, como si de una especie de tortura nefasta se tratase, nadie tenía pavor ni contemplación al momento de articular palabra.

"!Para ya quieres!" grita Alexia, "Al menos guarda un poco de empatía por todos los años que estuviste a mi lado" le dice entre lágrimas, a este punto era imposible contenerse. "No hace falta que me muestres un lado inhumano, para decirme de qué va todo esto, vamos al grano y acaba con tu introducción innecesaria" parecía que Alexia había tomado un poco de valor para decir estas últimas palabras.

"No te preocupes, no soy una persona de introducciones a gran escala, y está reunión de familia no va a durar mucho tiempo" dice, y de inmediato la madre de Alexia se acerca a ella sujetándola de los brazos. Lleva un pañuelo a su boca, el pañuelo estaba empañado de lo que parece ser un líquido. Alexia empieza a dar manotazos tratando de liberarse pero es imposible, el padre, quién estaba detrás de ella, ahora la sujeta también para evitar que se mueva.

¿Donde estaban Adam y Agata en esos momentos?Alexia estaba siendo totalmente vulnerada, era imposible que lograra escapar, eran dos contra una, "acaso aquí termina todo" eran las palabras que pasaban por su cabeza.

"!Basta!" grita desesperadamente Alexia, mientras comienza a perder fuerza en cada uno de sus golpes, "¡Adam!, ¡Agata! !Ayúdenme! Ayuda....." comienza a gritar, pero parece ser que nadie sale a su rescate. ¿Dónde estaban después de todo los dos jóvenes?, Se suponía que estaban en el cuarto cerca de la sala, ¿Pero por qué razón no aparecían su rescate?.

"Puedes gritar todo lo que quieras, de tus amigos ya me encargue yo" dice el padre, mientras suelta una risa siniestra. "Los he dejado en la recámara, tranquila, no les he hecho daño, sólo están durmiendo una plácida siesta, así nosotros mantenemos está feliz reunión" Rob continua manteniendo la sonrisa sarcástica y burlesca en el rostro.

"Rim rin rin" de repente se escucha un ruido de teléfono, " es el mío" dice Mariane, y está le sede el cuerpo de Alexia al padre, la cual para este momento ya se encontraba totalmente sedada y dormida. " hola" responde, "ya la hemos encontrado"contesta nuevamente. ¿Con quién se supone que estaba hablando al otro lado del teléfono?, sin duda no debería ser nadie bueno, eso estaba claro.

"Ahora mismo Rob y yo la llevaremos al coche, e iremos hacia la bodega" dice, mientras Rob carga a Alexia en sus brazos, y la coloca como si estuviese dormida, sin duda alguna hacía esto para no levantar sospechas mientras bajaban del edificio.

"Estaremos ahí en aproximadamente veinte minutos, sigan preparando todo" dice mientras cuelga el teléfono y lo guarda en el bolsillo trasero de su pantalón. Se acerca hacia el sofá y agarra el libro que había dejado en la mesa de centro de la sala, "tengo que ir a por el baúl que está en el cuarto, no tardo" le dice Mariane a Rob, y se dirige hacia el antiguo cuarto de la abuela de Alexia.

"!Muy bien!, lo tengo…" dice Mariane y se dirige hacia Rob. "Ahora si podemos irnos" le repite, ambos caminan hacia la puerta de salida de la casa y abandonan la escena. ¿A donde iban a llevar a Alexia, y que tienen pensado hacerle?. Sin duda alguna no se trataría de una salida al parque o tomar un café, tampoco se podría tratar de un viaje en familia, la cosa no pintaba bien por ningún lado donde se le viese, y al final, estaría por descubrirse todo.

"¿Tienes las llaves del coche?" pregunta Rob, "si aquí las tengo, colócala en la parte de atrás y abróchale el cinturón; agarra aquella bufanda que está en el bolsillo del asiento, amarrale las manos, no quiero eventos indeseados en medio camino" dice Mariane, quién habré la puerta del conductor para arrancar la marcha hacia un destino aún desconocido.

"Muy bien, era entrando por la avenida North Downer, ¿Era el edificio cinco verdad?" pregunta Mariane, mientras lleva las manos al volante tratando de ver hacia los lados, identificando si estaba en el camino correcto, " si" responde Rob, debes aparcar en el garaje de a lado del edificio, entramos por la puerta trasera" le responde, ¿A dónde irían después de todo?, Y lo más extraño aún, quién estaría esperándolos en ese sitio, la intriga se apoderaba de cada minuto que transcurría.

Comienzan a bajar a Alexia del coche, Rob la carga en sus brazos, y la llevan de inmediato con dirección al edificio, junto al parking donde había dejado el coche Mercedes color gris que conducían. El sitio donde iban no encajaba para nada con el estilo que llevaba la familia de Alexia, un edificio totalmente antiguo, lleno de grafitis, parecía ser la guarida de algunos drogadictos, o tal vez delincuentes buscados que no querían ser encontrados.

"Muy bien, entra por aquí" le dice Mariane a Rob, mientras abre una gran puerta negra, la cual estaba adornada por muchos grafitis, tal cual como lo estaba toda la fachada del edificio." Ten cuidado, el piso tiene muchos clavos por todos lados" le advierte, mientras se encontraba esperando a que entrara para cerrar de inmediato la puerta.

"!Debemos dirigirnos al subsuelo, que es donde están esperándonos" dice Mariane, mientras se embarcan en un elevador sumamente viejo, pareciera-

que iba a desprenderse con tan solo tocarlo, aún así, ambos suben con Alexia en brazos, Rob presiona un botón del tablero del ascensor, y este se cierra de inmediato, para dirigirse hacia la parte baja del edificio.

"Bum" suena el golpe del ascensor al llegar al último piso, era ahí donde estaba ubicado el subsuelo de aquel edificio. "Clack" se escucha luego el sonido de las puertas del elevador abriéndose, la primera imagen es de lo tanto perturbadora, cosas extrañas pintadas en todas las paredes, una especie de estatua con una bestia de tres cabezas a la entrada. A lo lejos se puede observar alrededor de diez personas, llevando los mismos trajes que tenían los anima comedemms, no cabía duda, estaban nuevamente ahí.

Por lo visto los padres de Alexia habían establecido conexión directa con estos, era muy probable que a este punto, incluso ellos se hayan convertido en miembros activos de esta secta. Además con lo antes mencionado por la madre de Alexia, no cabía la menor duda, pero...¿ Qué era exactamente lo que pretendían hacer con Alexia?.

"Que bien Mariane, veo que al final te decidiste, entonces creo que podemos empezar de inmediato el cambio de cuerpo, no queda nada para que se alinee el cosmo y se abran las puertas. No hay que perder tiempo debemos darnos prisa" dice Thomas, quien mostraba una sonrisa con cada palabra que salía de su boca. Debería estar regocijándose de la situación, después de todo y al final, estaba por salirse con la suya.

"He preparado el sitio donde va a estar ella y donde estaré yo, primero sacaremos a Mammalia de su interior, y de inmediato se abrirá un portal donde saldrán los otros dos demonios, quiero que ustedes una vez abierta aquella brecha, comiencen el ritual, sin perder ni un segundo de tiempo. Esta vez no quiero cometer errores" dice, mientras comienza a remangar la muñequera de su túnica y corta inmediatamente la palma de su mano.

De inmediato comienza a derramar abundante sangre de su mano, con la cual, dibuja tres símbolos en cada extremo del suelo, como si tratase de delimitar una figura geométrica con estos símbolos, sin duda alguna Thomas estaba totalmente loco a este punto. "Colócala dentro de las figuras, que su cuerpo no-

salga del límite de cada uno de los símbolos" le dice a Rob, mientras inmediatamente este la pone en el suelo.

"¡kraack!" se escucha una estruendo fuerte de lo que parece ser un rayo al caer, "rápido" dice Thomas, "ya es la hora" replica nuevamente, mientras saca del baúl el libro usado anteriormente en los rituales. Se lo entrega a uno de los miembros de la secta, "debes usar el de cambio de almas, no es difícil, lo tienes ahí, así que… hazlo bien Matt" le dice Thomas a uno de los miembros de la secta, mientras entrega el libro en la mano de este.

Thomas de inmediato se quita la túnica, su cuerpo está lleno de símbolos extraños, no hay una parte de su cuerpo que esté libre, cicatrices, marcas y símbolos decoran su humanidad.

Alexia, quien yacía aún totalmente inconsciente en el suelo, era una cuadro que desencajaba en ese ambiente, parecía una escena de locos, como una bella flor creciendo en la selva de cemento. "empiezen" grita Thomas, quien se acuesta junto a Alexia colocando su mano sobre la de ella, parece que a este punto ya todo estaba perdido, no había nadie quien entrara y se llevara a Alexia del peligro, no siempre las personas buenas logran esquivar las desgracias a las que el mundo las expone.

"¡Escucha luz anclada" dice Matt, "audite ancoris constiterunt" tras de él inmediatamente comienza a repetir Thomas estas palabras, utilizando su facilidad para hablar en latín, "el tiempo de abrir el cauce llega, y en la unión la nueva era, tres son las luces que al imperio conducen, el estigma y la grandeza se unen por tres caminos, Mammalia, Lamashtu y Oduduwa son los nombres de lo divino, del poder y del destino" continua Matt, mientras Thomas se encuentra en el suelo, en una especie de trance momentáneo.

"¡Unum corpus tribus!, ¡un cuerpo para tres!,¡unum corpus tribus!"sigue repitiendo Matt mientras comienza a desplegar de la escena una luz radiante, cada uno de los símbolos grabados en el suelo comienza a emanar una luz incandescente, parece que aquel rito estaba dando resultado, y de ser así… ¿qué pasaría con Alexia?. Sin duda alguna lo que parece dado por culminado podría cambiar inmediatamente.

"!Prarrrrmmmm! !kraaaaack!" comienza a sonar nuevamente, pareciese como si el cielo quisiera abrirse ante lo que está sucediendo, ¿alguien bajara a salvar a Alexia?, a lo mejor en un mundo paralelo cabría la posibilidad, pero de momento, no parece ser así. Una especie de manto semi transparente dibujaba la silueta de Alexia, mientras desprendía de sí una especie de energía, ¿de que se trataba?

"Es Mammunt" dice inmediatamente la madre de Alexia, mientras ella y Rob miran, como si se tratase de un show del cual compraron entradas gold para no perderse cada detalle, pero después de todo, no se equivocaban. Aquel extraño suceso que estaban viendo era Mammunt en su forma espiritual, lo que fuera que Matt estaba haciendo funcionaba, había logrado desprender de Alexia el demonio que había unido a su cuerpo.

"El cuerpo que contenga las tres vías al purgatorio te dará la libertad absoluta" continúa exponiendo Matt, mientras aquella luz en el cuerpo de Alexia se alza indudablemente llena de poder, Thomas agarra con más fuerza la mano de Alexia, tratando de que nada puede separarlo de ella, al final la oscura ambición por la cual a hecho decena de cosas sin piedad había dado resultado, o pareciera ser así.

Súbitamente algo comienza a brillar al otro extremo de la habitación, ¿de qué se trataba?, parecía ser aquel orbe de luz similar al que Alexia atravesó junto a Mammunt tiempo atrás, pero, si Alexia yacía aún en el suelo, ¿de quien podría tratarse entonces?. Algo fortuito estaría por ocurrir, aquel extraño suceso había acaparado la atención total de los presentes.

"I fecit illud" se escucha, cuando inmediatamente de la luz sale una figura humana, ¿pero que lleva puesto?, su cuerpo está decorado por una vestimenta extraña, no parecía ser de esta época, llevaba en su mano una daga, acaso… ¿era la misma daga que estaba dentro del baúl?. Pero de ser así…¿cómo podía ser eso posible?, ¿de quien se trataba?, ¿quién era?, ¿acaso se trataba de un miembro perdido de la secta?.

No podía ser posible, pues de ser así, estaba claro que lo reconocen todos, y la sorpresa pintaba el rostro de cada uno de los que estaban en la sala, así que no podía ser posible que conocieran a aquella persona, si es que se trataba de un ser humano, ¿tal vez criatura?, bueno, eso estarían por conocerse

"Aquel individuo extraño gira su mirada inmediatamente y observa la escena en donde había llegado a parar. "¿Quienes son ustedes? dice, mientras los mira con recelo y no es para menos, dirige su mirada hacia toda la habitación e inmediatamente la dirige hacia el suelo, "¿que intentan hacer?" dice mientras los mira fijamente.

"Lo que estemos haciendo no creo que se asunto tuyo ¿verdad?" dice inmediatamente Rob, quien a este punto podía deducirse que no era el, sus ojos tenían un color negro en su totalidad, ahora talvez encajaba todo el mal trato que había dirigido anteriormente hacia Alexia, era imposible que el le dijera tan duras palabras, si algo estaba claro, era que el la amaba, ¿entonces quien lo había controlado o manipulado?.

 "Creo que deberías seguir por donde habías llegado" le dice Matt, cuando de inmediato se escuchan un par de quejidos, "¿que está sucediendo?" pregunta Thomas de mal humor, este seguía en el suelo junto a Alexia, cuando termina su pregunta, y de inmediato abre los ojos y se encuentra con el extraño sujeto. Sus ojos parecen querer salirse de la órbita cuando mira a esta persona, ¿pero qué pasa?, ¿será acaso que le conoce?.

"¡Tú eres..! !el!" dice perplejo mientras trata de incorporarse del suelo. "Yo soy quien debió poner fin a todo esto" dice inmediatamente, mientras empuña fuertemente la daga que lleva en su mano, "¿quién es el Thomas?" pregunta una de las mujeres de la secta. Sin duda alguna todos estaban totalmente sorprendidos y deseosos de saber quien era.

"El es Sabash, el shaman de los anima commedems, fue él quien dio origen a todo esto" les dice, mientras trata de incorporarse de un vez por todas, "¿pero que haces tu aquí?" le pregunta Thomas lleno de sorpresa. "Tu debes estar muerto, ¿cómo pudiste sobrevivir?" continúa realizando preguntas, mientras mira a aquel ser con un poco de horror.

"Debía estarlo, pero cuando supe que mi deseo de ser el portador absoluto de los demonios del averno estaba en riesgo, decidí liberar mi alma hacia otro tiempo, tú no entenderás jamás eso porque tu no estas preparado para esa magnitud de poder y conocimiento" Thomas se sentía tan inferior al escuchar aquellas palabras. ¿Qué pretendes hacer con toda esta gente?, ¿ya les has dicho acaso que todos van a morir?" exclama.

"Eso no es cierto" le responde Thomas mientras trata de fingir como si no supiera nada, "¿pero como que no es cierto?" le pregunta Sabash. Si has llegado a este punto y sabes quien soy, también sabes completamente lo que le pasó a mi pueblo. No es algo de lo que me enorgullezca" dice, mientras agacha su cabeza como si le avergonzara lo sucedido, y era muy probable que así sea.

"El poder de los demonios arrasó con cada uno de los hombres, mujeres y niños de mi tribu; Casi acabando conmigo también" menciona ante la atención de todos los presentes, "Aquello fue una carnicería, fue imposible contenerlos, sin embargo me salve tan solo por unos cuantos segundos, fue cuando desprendí mi alma, de mi cuerpo presente en ese momento, de no serlo así, mi destino hubiera sido él mismo" le dice, mientras todos se quedan perplejos escuchado.

"Sabes que son devoradores de alma, ellos no hacen tregua, no me digas que crees que tu vas a poder contenerlos" menciona con sarcasmo Sabash. "No es que vengan a este mundo a negociar, no hay nadie quien haya logrado unir su cuerpo a ellos, de eso estoy seguro" dice mientras deja ir nuevamente una sonrisa burlona.

"Pues de eso te equivocas" le dice Matt, "aquella niña que ves en el suelo, logró hacer lo que tu no, a diferencia de ti ella logró unir su cuerpo con Mammunt uno de los demonios" exclama, mientras Sabash se lo mira sorprendido, " si es así, créeme, no sabemos como lo hizo, pero sabemos que es posible, así que no estas en todo lo cierto" le dice nuevamente Matt mientras lo mira de manera desafiante.

"Pero…¿cómo?" dice Sabash mientras mira el suelo donde yacía Alexia acostada, "¿cómo pudo una niña únicamente hacer esto" se pregunta, "¿y qué es lo que pretenden hacerle?"exclama. "¿acaso piensan matarla?"Sabash continuaba preguntando lleno de intriga ante la situación que veían sus ojos.

"Lo que queramos hacer con ella creo que ya no es de tu incumbencia" le dice Thomas, mientras lo mira, "creo que nosotros podemos encargarnos de esto solos" exclama. Sabash lo mira fijamente mientras de inmediato mira a Alexia. "Hay más respuestas de esto que sin duda conmigo tendrán más valor, tu no podrás con todo lo que va a suceder, de eso estoy seguro" le dice, cuando de inmediato guarda la daga en su cintura, y dirige su mano hacia la altura de su pecho. "!Surgit!" grita, y de inmediato saca de su espalda una especie de polvo negro que lanza con dirección a Alexia.

"!Despierta!" grita nuevamente, pero esta vez no en latín, inmediatamente Alexia abre sus ojos, parecen estar cubiertos de una lámina blanca y levita inmediatamente para ponerse en pie, "levántate de una vez y liberate" grita Sabash, mientras Alexia recobra la normalidad de su aspecto y sus ojos vuelven al tono habitual. "Madre" dice, mientras mira fijamente a donde están su padres, "no la dejen ir" gritó Thomas, mientras cada uno de los miembros de la secta se acerca para sujetarla.

"Basta ya de estupideces" dice Alexia, mientras coge la daga del baúl qué estaba junto a ella, a medida que cada uno de los miembros de la secta se acercan a ella la escena comienza a tornarse sangrienta, el filo de la daga cortaba piel por doquier, degollaba a todos a su paso, lejos estaba de ser la inocente niña que comenzó a tener horribles experiencias, y parecía haber perdido toda humanidad en ese momento.

"Queremos ver sangre, ahora están teniendo todo cuanto querían, todo cuanto soñaban" repite Alexia quien parecía haber perdido los cabales, no sonaba tan ella, sin duda alguna a este punto era Mammunt quien hablaba, pero Alexia tampoco ponía mucha resistencia para que dejase de ocurrir las cosas de tal manera.

Poco a poco iban restando las personas que quedaban en pie, quedaban únicamente Thomas, sus padres y Sabash el shaman, ¿que decisión tomaría Alexia o en este caso Mammunt con ellos?.

"Hija no sigas con esto, recuerda que te amamos, para, no nos hagas daño" dice Mariane, mientras retrocede de la escena junto al padre, "¿que pare?" le responde Alexia, "estoy segura que no hubieras pedido que pare si fuera mi sangre la que estuviera adornando el suelo de este lugar, ¿o me equivoco acaso?" le responde Alexia nuevamente sin demostrar un gramo de sentimiento en su cara.

"Podemos dejar el intento fracasado del te amo, cuando los tres sabemos que no es verdad, no me amaste ni lo harás ahora, solo es el miedo hablando a través de ti, así que acabemos de una vez con esto" le sigue respondiendo mientras alza la daga que tiene en la mano.

"Eres una maldita, maldito ser extraño, deberías morir igual que todos, sola, a este punto nadie te lloraría, porque no simplemente te moriste y nos dejaste en paz" comienza a gritar Mariane, como si hubiera perdido totalmente los estribos.

"Sabes algo Alexia, se que voy a morir, solo te diré una cosita para que vivas con aquello siempre" le dice, "tu padre no es tu padre, lo mate, te has dado cuenta de eso ¿verdad?" Mariane parecía empezar a decir cosas sin sentido, ¿pero a qué se refería?, "mira te lo contare rápido, cuando se enteró de lo que yo estaba siendo participe, quiso detenerme porque te amaba supuestamente, entonces lo que hice fue desangrarlo hasta que muriera votando la última gota de su cuerpo" Mariane parece haber enloquecido con cada palabra que decía, ¿era cierto?.

"Luego de eso conjure un hechizo para mantener su cuerpo, para que me sirviera como una especie de marioneta, así que, si tienes que odiar a alguien, odiame a mi, si soy una jodida perra lunática, pero al menos el cobarde de tu padre no fue, así que, si, murió tratando de protegerte, pero tomó decisiones equivocadas, y por último, no te sientas mejor que mi, tus manos también tienen sangre como las mías" exclama.

Alexia miraba atónita a quien había sido su madre, ¿como el ser que le dio la vida podría ser una persona sin alma y corazón?, habían cosas que desconcertaba hasta a la persona más sensata, pero sin lugar a duda, no era ni la hora, ni el momento para sentirse mal.

"La diferencia entre tu y yo madre, es que tu morirás sin saber que pudo pasar, luchando por personas equivocadas, mientras que yo viviré para encargarme de que las cosas sucedan de la manera en la que deben ser" le dice, mientras lleva la daga al cuello de esta y lo clava sin piedad, acabado inmediatamente con su vida, cayendo al suelo mientras se desangra. Alexia mira fijamente a su padre, quien cae junto a su madre, puesto que esta ya no tenía vida para controlarlo.

Alexia sentía que su corazón moría con esa imagen, alguien que si la amo sacrificó su vida por intentar protegerla, aunque no haya tenido éxito en ello. Su mente se llenaba de todos los recuerdos junto a su padre, pero debía regresar al momento actual. "Siempre te amare Rob" dice mientras seca un par de lágrimas.

"¿Qué piensas hacer con él?" le pregunta el Sabash a Alexia, "¿con él?" le responde, "!mmm!, de el encargate tu" replica nuevamente, mientras camina hacia aquel portal de donde había venido el shaman, "disfruta pero no tanto, tenemos que marcharnos" le dice Alexia, mientras se pierde dentro del orbe de luz.

"Has escuchado a la dama ¿no es así?" dice Sabash mientras se acerca a Thomas. "Creo que es el momento exacto para decir tus últimos deseos" le dice mientras le sonríe a la cara, "estás escogiendo mal" dice Thomas. "Vas detrás de una niña estúpida que no sabe absolutamente nada" exclama, mientras dirige su mirada al Shaman, " no es así, yo no sigo órdenes de nadie, yo solo veo lo mejor para mí como todos" le contesta de inmediato.

"Aquella a la que llamas estúpida ha tenido éxito en lo que tú no, ¿ y cuánta edad se llevan se diferencia? ¿Treinta? Cuarenta años?" exclama, sin duda alguna no se equivocaba en lo que decía, cada palabra tenía acierto.

"Ella logró lo que tú no, mira, tiene el poder que tú nunca tendrás, logró unir su cuerpo a uno de los demonios, y eso ya es mucho, por lo que veo a ti te ha tomado casi toda la vida y no lo lograste, anda ya, vamos, acabemos con tu miseria" le dice mientras clava el puñal en el lado izquierdo de su pecho un poco al centro donde quedaba su corazón.

Thomas lo mira sin fuerzas, lo mira sin aliento, lo mira ya sin vida, tenía razón el shaman, había fracasado, creció creyendo algo que no podría nunca verlo y se aferró a una idea que nunca lograría, ¿Habría llegado todo a su fin?, "las cosas no acaban ni siquiera de empezar, y es una pena que no vayas a verlo" le susurra al oído, mientras Thomas lo observa moribundo y sin energía.

"Los lobos nos pintamos pieles de cordero, nos vemos más amigables para los demás" le susurra nuevamente, mientras se regresa a verlo fijamente y le sonríe. "!Vamos!, muere ya de una vez" le dice, mientras suelta una carcajada siniestra, los ojos de Thomas se tornan de un color blanquecino en su totalidad, dejando ver que su vida ha llegado al final, ¿ahora podría estar tranquila Alexia?, estaba claro que esto era solo el inicio de todo lo que vendría a futuro, y ya estaba preparándose para todo aquello.

"¿Vienes?" le grita Alexia, mientras el Sabash suelta el cuerpo de Thomas al suelo, y abandona la escena poco a poco. "Ya estoy aquí pequeña alma" le dice mientras camina con ella para perderse ambos en el orbe que se cierra y deja una chispa de luz final.

¿A qué se refería el shaman con que las cosas no acaban tan siquiera de empezar?, ¿Acaso había alguna razón más por la cual llegó en ese momento?, ¿en ese tiempo?, ¿en ese instante?. Sin duda alguna el mundo engloba una serie de acontecimientos inexplicables y este no dejaría de ser uno de ellos. Y era muy probable que Alexia nuevamente este por descubrir quienes realmente la rodean, ¿El hombre de las visiones que había tenido le advirtió que alguien en su entorno la traicionaría, Pero...¿realmente habrían sido estos solo sus padres? ¿O había alguien más?

Tan sorprendente como un oasis en medio de la nada, así sería lo que estaría por pasar dentro de poco, mucho o nada, las líneas del tiempo y de la-

coexistencia entre personas se enlazaron con un propósito, de eso estamos claro, Alexia y Sabash una unión extraña que traería muchas batallas a futuro, y más aún cuando las estrellas caídas quieren ser liberadas del abismo donde se encuentran, si es que aún están en aquel sitio oscuro aguardando a ser liberadas.

www.ingramcontent.com/pod-product-compliance
Lightning Source LLC
Chambersburg PA
CBHW080713120726
48001CB00010B/3004